趙麗宏文学作品

朗朗書房

北京朗朗书房出版顾问有限公司
荣誉出品

倾听远古回声

赵丽宏文学作品 卷12

Works by Zhao Lihong on Literature

散文卷·艺林悟谈篇

赵丽宏　著

中国出版集团
现代出版社

图书在版编目（CIP）数据

倾听远古回声 / 赵丽宏著 . -- 北京：现代出版社，2014.8
（赵丽宏文学作品；12）
ISBN 978-7-5143-2569-0

Ⅰ . ①倾…　Ⅱ . ①赵…　Ⅲ . ①散文集—中国—当代　Ⅳ . ①I267

中国版本图书馆 CIP 数据核字（2014）第 164174 号

倾听远古回声

作　　者　赵丽宏
责任编辑　肖云峰
特约编辑　钱午骏
出版发行　现代出版社
通讯地址　北京市安定门外安华里 504 号
邮政编码　100011
电　　话　010-64267325　64245264（传真）
网　　址　www.1980xd.com
电子邮箱　xiandai@cnpitc.com.cn
印　　刷　北京兴湘印务有限公司
开　　本　650mm × 970mm　1/16
印　　张　18.25
版　　次　2014 年 8 月第 1 版　2014 年 8 月第 1 次印刷
书　　号　ISBN 978-7-5143-2569-0
定　　价　36.80 元

……致读者

……赵丽宏：静水流深

出版人　呼延华

至性情怀逸洒人间，如椽劲笔抒写春秋。

赵丽宏先生，自梦想起微，或农耕田野，或行走山川；或泛舟书海，或沉浸乐律；或意兴书艺，或撷趣简笔；或际友文坛，或独坐静思。无论身处文革乱世中的黑白颠倒，八十年代文化思想的狂热，还是九十年代商品化大潮冲击下的价值迷失，抑或世纪之初经济崛起过程中的道德缺席，他恒守真善美，不懈追求光明。童心、青春，大地、故土，命运、灵魂，人世的欢与悲，生活的爱与痛，艺术的变与止，都在他那支笔下粲然生辉。亲情的微语、时代的回响、历史的脚印、远古的叹息、异乡的天籁、人迹和自然……四十年行笔，一声声浅吟低唱，在他的作品中宛如清溪穿行于葱茏密林，曲调悠远。

啼鸟鸣春，人间回暖。作家灵感的羽翼，或翱翔于无尽的天际，或栖息于沉默的怀抱。赵丽宏的早期散文，如破冰春风，倏然而至。刻画往事的艰辛，畅叙青春的激扬，用语谦冲平和，文风隽永真挚。《小鸟，你飞向何方》里钟情泰戈尔的小女孩，《雨中》放学回家的孩子们，生命草，铺路者，独轮车，茉莉花，海之歌，雨花石，物语幽思……灵性与深刻兼具的散文篇章映现世态，更见情感皈依。编读赵丽宏，沉浸于他早期的散文世界，共鸣于他的独语，悲喜于他的奇遇。画面清丽，沁人心脾。

亲情和回忆是作家宏大叙事的主题。身处思想启蒙文化勃兴的八十年代，赵丽宏没有愤世嫉俗，不作激昂文字。他用生活的原色和人伦之美，以平和笔触和浓郁抒情，铺陈出一串串晶莹的瞬间：童年足迹，青涩琐忆，舐犊情深，父子悯怀，款款铭刻于心。即便那些来自荒唐时代的痛彻回忆，时而哀伤，时而愤怒，但你从他文字的底蕴里，仍可洞见对真情和灿烂的求索。《他在人间》《旷野的微光》《永远的守灯人》《氿畔》《炭火，燃烧在雪地里》《队长》《纺织娘》《岛人笔记》……他编织出一条抒怀之途，字里行间情真意切，祈望黎明溢于言表。

屐痕之美，成为赵丽宏书写心怀的曲水流觞。从青年梦想到中年情怀，作家的心路历程在河山图卷中徐徐展开。临清风，对朗月，登山泛水，意酣歌。《五老峰遐思》《戈壁魂》《晨昏诺日朗》《山湖琴韵》《长江魂魄》《永康记幽》《日月金字塔》《白夜之旅》《沉船威尼斯》……他把对大地的缱绻编织进自己的生命，他把尘世的纷扰决绝于心灵之外。充满感性的描述和咏叹，恰似他自己创作的清唱剧，个性凸显。但他所追求的个性化，对这个世界深具意义。他以内心的博爱，记载着踏访过的一山一石、一草一木、一水一城，并赋予斑斓而恣肆的色彩。他心系天地苍穹，眼睛里拥有一个阔朗的世界。

作文贵有根，根之所系，非止亲情，非止经历，犹在家园。守望家园之城，是赵丽宏万千诗文篇章中最跌宕的交响。浸染着泥土与江海气息的故乡上海，这个开埠170年历史的悲欢之城，以驳杂与多元、屈辱与骄傲、凋零与繁华、混沌与光明、古朴与时尚、精微与浩瀚，赋予赵丽宏诗情奔涌的创作源泉。品阅《上海抒情》《上海的脚步》《童年的河》《走出石库门》《淮海路的表情》《香山路梧桐》《小楼昨夜春风》《回眸南京路》《夕照中的等待》《城市之美》……历史和现实中的“上海表情”，因文字而更加丰腴。

读到黄浦岸边，你能听见情侣们的甜蜜低语、孩子们的天真笑声；读到豫园，便能看到亭台楼阁，古木葱郁；读到苏州河，你能感受一个城市守望者激浊扬清的强烈渴望；读到夕照中的老人，便会发现那里面灵魂的坚持……健朗的笔触，动情的文字，明亮的初心，相融相生，掠影浮光，美若朝曦。守望家园的赵丽宏，以真实生活为底板，举凡市井风情、社会迁变、城市景致……触物咏怀，尽收渊阁。借朴实散文，发挚诚情愫，这是历经转蓬离乱的作家最深刻的扎根所在。他心里的一串串珍珠，是对故园的一往情深，是对上海的浓切情思。我蓦然发现：这个深夜提笔才情卓绝的文学家，自有一片绿荫匝地的精神家园，只因他纯净如斯的心灵中，植入了一棵馥郁葳蕤、根深叶茂的家园古树。

赵丽宏的文学世界，并非只由回忆、故土、亲情、游历所构筑。他是一个传统的知识分子，痴迷读书，喜爱书画，浸于音乐，犹钟艺术赏藏。他观艺察象，沉迷之中的感知、触动、赏析、慨叹……引人唏嘘，令人陶醉。

旋律如梦。交响乐中音符跌宕，隽永笔下势态起伏。温婉的摇篮曲调，多舛的黑翼天鹅，柔丽的提琴奏鸣，傍着作家的人生情感，完美契合。编读赵丽宏的音乐随笔，品味作曲家的炽热典雅，正是敞开心扉、涤荡浊绪的佳途幽径。瞧！作家细数音乐往事，儿时的提琴梦想，如今的诗人心绪，都洗濯于诗句的溪流中："我是一只快活的蜜蜂，/ 萦飞于蓓蕾初绽的花林。/ 羽翼，透明而又晶莹，/ 扇动着一阵阵馥郁的清芬。"更播撒在浩瀚的宇宙间："呵，天边，又隐隐地响起了雷声，/ 前方，或许会有更为神奇的风景！"谐韵而生的语言，随韵而起的乐章，幽幽落落，驻人心魂。魂所依，情所绊，依绊至深，艺术陡生。赵丽宏的艺术随笔趣意盎然：写意的树根造型，执着的幽暗舞步，简洁的断臂雕像，精致的书刊装帧……宏与微、续与断、幻与静、举与止，都系于文字的真与美。作家思忖之处，艺术博雅之间，门类遍及：篆刻合书印，食古而吐秀；木雕之面具，深藏朴与狞；手卷与尺牍，沛然漾古风；串窑绘彩釉，火中呈异彩。大到园林巨厦的个性设计，小至玲珑古玉的意蕴独具，艺术品与艺术家，在作家妙趣舒缓的文字中，亲切而不失深沉。文理细腻，脉络明晰，随笔尽处，余韵不绝。

散文是铺陈的诗歌，诗歌是凝练的散文。在赵丽宏的文学世界里，诗歌一直是他绵如细雨的心曲。他以诗人的才情瞩目文坛，以想象的翅膀放飞天空，以敏锐的触角感知大地，以意境的追求托物言志。四十年清平洗练，成就篇篇卓尔不凡的诗作。《雪花，雪花》中那莹洁的白花，《江芦的咏叹》那解剖心灵发自肺腑的倾诉，《舞忆》中"我梦里出现过的精灵"，《黄河故道遐想》中曲折动情的人生况味……轻吹的气息，释放的触觉，瞬息之中，灵感已围城。叩击闭锁的门墙，呼唤心底的诗章，恰似诗人在《早春之咏》中所写："出土便是宣判冬天的

末日 / 尽管寒风仍在江边呼啸横行。”藩篱冲破，再植花木，语言园林，葱葱郁郁。然而，天地的广阔浩荡，自然的渺渺无期，更令诗人神往。融合时空，跨越意表，他慨然写下：“四方的庭院 / 封锁不住自由不羁的心 / 举头向天，天上有古时的明月 / 也有未来的风云和星辰 / 俯首问水，水里有远去的故友 / 也有冥幻中的美人和精灵。”神游太虚、意尽思穷之时，复归故土、提炼诗艺之日——长诗《沧桑之城》焕然诞生。苏醒的理性与感情交汇，潺湲的情意与思想争鸣，短促的诗行，灵动的节奏，吟咏出一曲家国故园的深情赞歌。

灵感泉涌，诗文凝结。赵丽宏的文学成就，并非来自信马由缰的想象的旷野，亦非来自都市一隅的孤芳自赏。四十余年来，他曾于乡下陋室，摸索黑暗，以孤独之语排遣孤独；他曾于四步斋内，结友朋之契，体人伦幽婉；他曾于黄浦江边，发诗文之韵，通天意渺渺，载道于无心不为人迁。许多文坛前辈和文学师友，以关爱和真诚，与他相逢在文学这个幽谧的花园里。巴金先生德高年劭，用真挚高尚的文学心魂，秉烛照亮作家的文学路径；守护暖灯、驱散寒意的冰心先生，给赵丽宏寄来创作的信念；秦牧先生笔端的潮汐，推动年轻的风帆启航远行……文学的路途如何漫长，先驱的身影便如何光明！

四十年文坛耕耘，赵丽宏行板如歌。文明泛青的脚印，早已卷起历史的炊烟。诗人赵丽宏，作家赵丽宏，依然沉浸在他一以贯之的宁静里。与赵丽宏面对面，你永远听不到慷慨激昂之语。平缓的表述里，你似乎难以发现历史镌刻在他心中的爱与痛；安然的目光中，你也无法察觉四十载春秋的波澜起伏。所有的悲欢哀乐，都隐藏在他清澈深沉的文字中，让人读而心动。静水流深，这正是赵丽宏和他文学创作的真实状态。

十八卷作品，辑自先生迄今版行的七十余书卷，积两年又半之功，编纂甫成。聊作序语，比较先生诗文如彼壮丽的篇章，诚惶诚恐。

二〇一四年七月

记于朗朗书房

…… 自序

…… 我愿意做一块礁石

趙麗宏

读书和写作陪伴了我大半辈子。写作对有些人来说也许是一种追求时髦、与时俱进的事业，而我却始终认为，这应该是一件以不变应万变的事。这是我自己选择的一种生活，是我的人生。万变的是世事，是永远花样出新的时尚，不变的应该是一个写作者的心境，是他对人生的态度，即所谓在喧嚣中寻宁静，在烦扰中求纯真。这几十年，我努力让自己保持这样的心境。

岁月和命运如曲折湍急的流水，蜿蜒于原野山林，喧哗，奔流，定无轨迹。在水中，你可以是浮萍游鱼，随波逐流，可以漂得很远，却不知所终；你也可以是一块礁石，任激流冲击，浪花飞溅，却始终保持着自己的安静和沉着。我愿意做一块礁石。

我最初的写作，其实是在乡村“插队落户”时的日记。在一间狭窄的茅屋中，在一盏飘忽幽暗的油灯下，一颗年轻的心抒写着对自然的迷恋，对人生的憧憬。那时的写作，不为发表，没有想过要把自己写成一个作家，只是感觉文字和我有缘，写作驱赶了我的孤独，使我的精神世界变得充实，使我在困苦的环境中思考人生的意义。四十多年来，我的人生曲折起伏，经历了各种不同的时代和环境，然而文学一直是我亲密友善的旅伴，写作已成为我的生活方式。文学之于我，恰如那盏在黑暗中燃烧的油灯，尽管人世间风向来去不定，时起时伏，只要心里还存着爱，存着对未来的希冀，这灯就不会熄灭。我的文字，便是这灯光在我心里的辐射。这辐射衍化成文字，记下了我所感受到的时代、人性和自然。和文学结缘，是我此生的欣慰。

巴金先生曾在他赠我的书中为我题写过这样两句话：“写自己最熟悉的，写自己感受最深的。”这是他对自己一生写作经验的总结，也是对后辈的一种鞭策，我一直铭记在心。说真话，抒真情，这是每一个写作者遵循的原则。离开了真，便无以为美，也无以为善。

编这套文集，源自出版界朋友的一片真挚的热心。将我四十多年写作的文字汇编成十八卷文集，是一个浩大的工程，我没有勇气和精力做这件事。这套文集的策划编纂者呼延华先生和他的编辑团队不辞辛劳，从选文、编目到编辑出版，历时两年半，为之呕心沥血，辛苦了无数个日夜，将我的各类作品作了精心细致的搜集和梳理。很多连我自己都不记得的文字，也被他们从那些无人注意的角落里找到，收进了文集。读者即将看到的这十八卷文集，汇集了我的大部分作品，是我大半世人生的缩影，也是我跋涉的屐痕、情感的留影，是我的生命以文字形式长出的枝叶，开出的花朵。它们并非天香国色，只是文学大花园中的一个小角落。出版如此规模的一套文集，也许无利可图，我从一开始就有些怀疑，这样的计划，能否付诸实施。如今，面对着堆成小山一般的书稿清样，感慨万千。一个写作者，能遇到这样真诚执着而有气度的出版家，是我的幸运。我深怀感激。

二〇一四年夏日

于四步斋

…… 倾听远古回声

树 根 的 歌

在一次民间工艺美术展览中，我看到了一些与众不同的展品。介绍栏的品名一栏里写的是“树根造型”。我还是第一次看到，也是第一次听见在雕塑中还有一种叫“树根造型”的东西哩！细细地看去，我不禁在它们面前停住不走了。

这难道是一些树根？不，分明是一些出自艺术大师之手的雕塑精品！瞧，那阔步奔逐的，是鸵鸟；那引颈呦叫的，是梅花鹿；那羽翼初展的，是苍鹭。一匹乌油油的“奔马”，昂首扬鬃，撒蹄卷风。有趣的是，它的四条腿中，竟有三腿都十分夸张地伸展出来，高高翘起，只有一条后腿稍稍点地，颇有欲腾云驾雾、凌空飞奔的势态。奔马的雕塑，我看到过不少，大概不下上百匹，但构思如此大胆，形态如此独特的作品，却从来没见过。再看一头威武勇猛的“犀牛”，它那个几乎同身体一般大小的头微微低俯着，一只尖锐的独角雄赳赳地挺向前去，仿佛随时都会猛扑过来。最有意思的是“双人舞”，粗粗一瞥，似乎有一点“印象派”雕塑的味道，两根形状怪异的圆木棍扭在一起，还伸出几根枝丫。仔细一辨，原来是一对身材修长的舞伴，只见他们一手相携，一手挥动，一脚踮地，一脚扬起。

看着看着，你会情不自禁地感到他们好像真的轻快地舞起来，两人配合默契，舞得旋风一般……

面对这一切，我惊叹，我折服，我陶醉，真正的流连忘返了。这时，品名栏里“树根造型”四个字却又跳到我的眼睛里来了，仿佛在提醒我：不要忘记，这是树根！于是，凝视着这些被巧妙地截锯下来，并被赋予了全新的生命的树根，我的心里翻腾起来。无疑的，这些树根都是极有价值的艺术品，它们和那些名贵的牙雕、玉刻、珊瑚、玛瑙之类并肩而立，实在是毫无愧色的。这，该归功于谁呢？归功于大自然的造化吗？是大自然造就了这些千姿百态的树根。记得许多次攀登名山，我也看到过奇形怪状的树根，它们顽强地钻进石缝，有的隆起，有的扭曲，有的成团成球、互相缠绕。当时只是感叹，根本想不到它们的用途，至多在以后记游时，用“盘根错节”之类的话把它们形容一番。呵，把这些被人视作腐木朽枝的东西请进工艺美术的高雅之堂的人，实在是应当被感谢的。记得有人说过，艺术家的一种难能可贵的气质，便是具有发现的才能，发现生活中各种各样有意义的、美好的事物，尤其是那些不易被人认识的事物。创作树根造型的那个人，不愧为一个真正的艺术家。我忽然产生了访问他的愿望。看作品的署名，原来是某工厂的一个工人。

认识这位作者，竟是一个极偶然的机会。那天我到工人新村看一位朋友，闲聊中谈起了那些有趣的树根造型。不料那朋友一拍大腿，笑道：“哈，巧了，这附近就住着一个‘树根迷’呢，成天在家里琢磨一大堆老树根。你说的，不定就是他哩！”一问姓名和单位，果然，真是他！那朋友告诉我，这个人有点古怪，除了树根，对什么都不感兴趣。上班之余，就是找树根、看树根，有时会对着一段老树根呆头呆脑地坐上好久……“总之，这是个不可思议的怪人。”那朋友颇为自信地作了这样的总结。大概，他看到我的神色有点不以为然，便又说：“不信？你见了他就知道的。”

半个小时之后，我们已经坐在一堆树根中间了。真的，这屋里到处是树根，地上堆着树根，桌上摆着树根，窗台上放着树根，甚至连墙上也挂着树根。一进门，便仿佛是突然走进了一片幽谧的原始森林之中。真想不到，在这热闹的大都市中，竟会有这样一个所在！

树根的主人，是一位不修边幅的中年人。我们进屋时，他正一门心思地在一只小酒精炉上烘烤一段树根，竟没有发现我们进门。我那朋友大声招呼了一下，他才抬起头来。他看了我一眼，我发现，那双眼睛似乎受着某种激情的驱使，闪闪发光，但却连一点询问的意思也没有。

“他是专来拜访你的！”我那朋友笑嘻嘻地说。

“嗯，”他心不在焉地哼了一声，挥手指指身后的椅子，说：“请稍坐一会。”说罢，又迫不及待地俯身烘他的树根了。唔，还真有点怪！只见我那位朋友得意地朝我一眨眼，意思是说：怎么样，我没说错吧！

对于主人的这种怠慢，我并不介意。环顾了一下四周之后，我饶有兴致地观察起这位树根迷来。此刻，他手捧着一段多枝多丫的树根，在酒精炉上翻过来，翻过去，幽蓝的火苗舔着树根，也映亮了他那聚精会神的脸。我知道，这会儿，他的全部心力，都集中在树根上了。也许，他刚刚受到某种巧妙的启示，正沉浸在那种很不容易得到的创作灵感中……想到这里，我有点忐忑不安了：这样打扰他，该不会影响他的创作情绪吧？

我刚准备告辞，树根迷却说起话来：“好啦，你可以到沙漠里去喽！”

到沙漠里去？我吃了一惊，这是冲我说的么？仔细一看树根迷的神态，我恍然大悟：原来他是在和手中的树根造型讲话呢。只见他把那段树根放到桌上，歪着头欣赏着，那神情，是陶醉的，是幸福的。这时，我才看清楚了，这是一头骆驼，昂着小小的脑袋，耸着高高的驼峰，憨厚稳重，悠然自得，真是惟妙惟肖。

大概，他突然想起了屋里还有两个客人，回过头来抱歉地朝我们笑了：“瞧，光顾着捉这头骆驼，把客人给忘了。”

说着，连忙沏茶。

我们的话题，当然是关于树根造型。听说我喜爱他的树根造型，他高兴了，话匣子一下子打开，滔滔不绝：“哦，那才叫有意思哩！把树根变成艺术品，你相信不相信？现在还有人笑我呢，树根？劈做柴火还嫌难烧；变宝？别捏着鼻头做梦了！你看，他们这样笑我。我对着树根发愣，有人骂我憨大、呆子，可他们哪里知道我的心思。生活，纷繁绚丽，就像一片彩色的海洋，每一个人都以自己的方式在这片大海中游泳。有的人闭着眼睛，那么，周围的色彩再美，再丰富，他也看不见；有的人在水里睁开了眼睛，那就不同了，他能发现多少美好的东西呵！我想，有意义的生活，应当是用自己的劳动改变这世界，把一切丑的，改造成美的。而艺术，就是向人们展示这些美好的事物。”说到这里，他笑了，脸上似乎泛起几分不好意思的神色，“我整天对着那些枯树根发愣，那模样，大概是有点呆头呆脑，可是，观察着这些树根，生活中许多生龙活虎的形象会在我的眼前跳动起来。有时候，我好像走进了一片森林，看到林中百兽在我身边奔走呼号；有时候，我又像走进了神话世界，看着云中群仙在我身边飘然飞舞……于是，我就一个一个地把它们捉住，把那些树根变为……”他顿了一顿，随手拿起桌上那只骆驼，说：“譬如，变为这个‘沙漠之舟’。你说，这有没有意思？”

我笑着连连点头，又忍不住看了一下坐在旁边的那位朋友，并学着他刚才的样子，朝他眨了眨眼，用眼神反讥道：你不是说他怪吗？到底怎么样！那朋友避开了我的眼光，也笑着不住地点头。

是的，这并不是一个怪人：他健谈，热情，语言也生动。你听，那些关于生活和艺术的精彩议论，真叫人感慨不已。能在树根中找到众多的形象，那无疑是个想象力极为丰富的人。可是听我这样赞叹后，他却笑着摇头，并拿出厚厚一叠速写簿。打开这些簿子，我惊呆了，这真是一本形象的百科全书呀！从天上飞的，到水里游的，从树上跳的，到地上爬的，从拄着拐棍的白发老翁，到牙牙学语的婴孩……全都栩栩如生地活跃在这一本本簿子里。在那老练圆熟、潇洒多变的线条中，看得出很深的功力。哦，这是他长期观察生活的心血结晶，是他进行创作的原始素材。真是个毅力惊人的有心之人呵！

看罢速写簿，他又娓娓谈开了。随着他的叙述，一幅又一幅动人的画面在我眼前铺展开了。且让我随手撷取几幅吧。

……月光如水，从窗外泻进来。夜已深了。

他躺在床上，一段树根用绳子缚着悬在他的头顶上。树根在月光下轻轻摇荡着，黑黝黝的影子，在床边的白墙上晃来晃去，一忽儿大，一忽儿小，随着树根角度的变换，影子的形状也不时变化着。白天，他曾为这段形状奇特的树根花费了多少神思呵，然而，树根却像一个蒙着面纱的姑娘，任他苦苦求索，也不肯露出那神秘的真实容貌。晚上躺在床上，我们的树根迷不能安寝了，那位隐匿在纱幕后面的姑娘仿佛在逗他：你呀，就不想看到我的容颜了吗？他把头靠在墙上，看到了自己的脸在月光下的侧影，看着，看着，他猛一下跳了起来。于是，树根就开始在月光里晃荡起来。不久，他终于揭开了那层面纱——一个新的美妙的树根造型，在月光里诞生了……

……炉火熊熊，锤声叮叮。在一个人民公社的小农具厂里，他又一次着迷了。可这次不是对着树根。他蹲在炉边，津津有味地看工人用炉火烘烤着竹子和木棍，一根根按照需要扭曲成各种形状。炉火，在他明亮的瞳仁里燃烧着，一闪一闪的。忽然，他快乐地拍了一下巴掌，乐滋滋地叫一声：“有了！”转身就往外走。工人们看着这个奇怪的过路人急匆匆远去的背影，有点儿摸不着头脑。原来，有许多形状独特的树根，往往因局部长得不理想而使他大伤脑筋。在这里得到启发后，他回去做了那只酒精炉。此后，在那蓝黝黝的火光中，树根，按照他的愿望扭动了……

呵，这是一种惊人的事业心，一种近乎狂热的艺术家的事业心。就是凭着这个，他成功了！不错，在那些寒风裹地、百花凋零的岁月里，他曾经被人嘲笑，被人辱骂，甚至被人批判，而一旦春返大地，草木萌芽，他精心哺育的那朵艺术之花，就不可抑制地以它独特而美妙的仪态，怒放在社会主义的艺术花园中！

告辞的时候，我忍不住仔细地把这位不平常的民间艺术家观察了一番，我想从他的形象中找出一点艺术家的气质来，然而不行，他实在太平常了，没有深邃的眼神，也没有潇洒的风度，如果走在路上，谁也不会注意他的。但，谁能否认他是一个真正的艺术家呢！看着，想着，我不禁为自己的这种想法感到好笑起来。自然造就人类的时候，哪里会根据他将来的身份而给他以特定的模特儿呢？工人，会天生一副工人的面孔，而艺术家，会天生一派艺术家风度，这真正荒唐了。然而有一个道理是明显的：有理想，有恒心，并且热爱生活，勇于探索的人，总是能获得成功的，总是会被社会发现他的真正价值的。正像那些看似微不足道的树根，大自然把它们塑造得千姿百态，绝不是有意识地为人类提供艺术品的，但只要它们身上蕴藏着美的内涵，那么，它们迟早会被人类发现。

1979 年 10 月于上海

我 和 杜 甫

春天的时候，一位写散文的好友从南方回天津，途经上海，给我带来一尊来自广东佛山的杜甫陶塑。“你写诗，让杜甫陪着你吧。”友人微笑着，把陶塑放到了我的书桌上。

从前，我曾有过一尊“太白醉酒”，一件很生动的青田石雕，可惜早已被人打碎。现在，杜甫天天陪着我了。这是一尊杜甫的坐像，是一个跋涉者的形象。诗人坐在十块巨大的岩石上，身边是行囊和雨伞，手中握一卷诗稿，正在举首凝思，那清癯的脸上没有笑容，眉头紧锁着，深沉的目光里流露出忧郁，一绺乌黑的长须在风中飘动……这个形象，和我对杜甫的想象是相符的，我非常喜欢，喜欢迎着他那深思的眼神，构思我的诗文。

我从小就喜欢杜甫，然而更崇拜李白，觉得杜甫的诗不如李白的潇洒豪放，也没有李白那种缤纷奇丽的想象。“十年动乱”中，“四人帮”把杜甫说得一无是处，我反倒为他鸣不平，于是索性下了决心，捧来杜甫诗集，仔细读起来。杜诗使我仿佛掉进了一片浩瀚无涯的海洋，我尽情地游着，终于逐渐认识了这片海洋的瑰丽深厚。读作品，是了解一个作家的唯一途径。杜甫的诗，使我了解了他的遭遇，知道了他的抱负，懂得了他的追求，也真正认识了他的灿烂夺目的才华。

你说他不潇洒不豪放么？读他的《登高》，我总是感觉到自己的拘谨和渺小。你听吧：“风急天高猿啸哀，渚清沙白鸟飞回。无边落木萧萧下，不尽长江滚滚来。万里悲秋常作客，百年多病独登台……”尽管悲凉沉郁，然而大气盘旋、声势不凡，即便道路坎坷、生命衰老，大自然和人生的壮阔之景却萦回于心……

你说他想象不奇丽么，请看他怎样描绘公孙大娘舞剑：“……观者如山色沮丧，天地为之久低昂。㸌如羿射九日落，矫如群帝骖龙翔。来如雷霆收震怒，罢如江海凝清光……”这样的比喻和奇想，李白大概也会叹为观止的。

而最使我钦佩的，还是他对生活、对人民的态度。杜甫在世，几乎一生不得志，这使他深入底层，亲自体会到了民间的疾苦。万方蒙难、千家野哭的情景，是当时所有的诗人有目共睹的，但倾诸纸墨，使读者感到如泣如诉，引起强烈共鸣的，却绝不是人人笔下所有。有些人也表现民间疾苦，却不过是旁观者无关痛痒的叙述。杜甫不然，他的诗，让你觉得他是在受苦人中间歌唱，给人相濡以沫、相呴以湿的感觉。“朱门酒肉臭，路有冻死骨”，“感时花溅泪，恨别鸟惊心”，何等的撼人心魄！倘不是亲身体验，绝对写不出这样的诗句。垂暮之年，在草堂中温饱难图，他依然在诗中希望有广厦万间来大庇寒士，惦念着天下的饥寒之民，这样的诗，现在读来还能催人下泪。

读着杜甫的诗，我觉得自己逐渐成熟了，深沉了，懂得应该如何生活，如何为人为文。不管舆论曾对杜甫如何不利，又是“儒家”，又是“官迷”……他的动人的诗篇，却使他牢固地确立了在我心中的地位。

现在，和杜甫相对而坐，觉得分外亲切。如果在灯下翻开一卷杜诗，杜甫便仿佛会轻轻地对我朗诵起他的诗来。他坐在那块粗犷的岩石上，身上还带着旅途的风尘，诗中却毫无疲倦之意，他的声音是幽远而又苍老的，然而无比真诚、无比深沉……

很自然的，我为桌上的杜甫坐像写出一首诗来：

风尘仆仆
历尽了万里跋涉
歇一歇脚
在这里擦汗小坐
行囊包裹搁在身边
雨伞还淌着水珠
手中握着一卷沉甸甸的诗稿
深沉的目光凝视着我

哦，诗人
你想告诉我什么
是人生道上的风雨坎坷
还是艺术路上的艰难曲折
是关于山河的万千气象
还是有了新的传世之作
正准备对我吟哦
尽管你永远沉默
你的诚实深邃的眼神
却告诉我很多很多

提起笔，摊开稿纸
你就严峻地凝视我

仿佛在叮嘱：
写吧，但要记住
坚持你心中的追求
忠于你脚下的生活

1983 年 1 月

舞　忆

轻盈得像云，柔软得像水，悠悠地从天边飘过来，从地下涌出来……

热烈得像火，刚劲得像剑，在幽暗里不屈地燃烧，在寂寥中凛然地飞……

这是你么？是曾经在舞台上消失了15年后的那个你么？我不相信自己的眼睛。

15年，可以使牙牙学语的小姑娘长成妙龄少女，也可以磨灭任何一位少女的青春光彩。岁月无情，谁也无法抗拒这自然的法则。扳指算算，你也该四十好几了，时间老人，一定用他那把从不讲情面的雕刻刀，在你的额头刻出了深深的皱纹，并且，抹去了你身上那些优美的线条。舞台生涯，也许只能属于回忆和梦境了——不要怪我，我就是这样想你的，很自然，也很合理。当看到报上的消息时，我怎么也不相信，然而报上登的，确实是关于你的消息，说你回来了，又回到了舞台上，又将出现在许多熟悉和陌生的观众面前。于是，我开始为你担忧，为你捏着一把汗：能行么？能像当年那样跳么？我甚至有点为你惋惜：与其以失去了青春魅力的舞姿，重新出现在热爱你的观众面前，不如依然默默无闻，让人们在心灵深处、在记忆的屏幕中保留着你的美好形象。为什么要由自己来破坏这个形象呢?

你可能不知道，在我的记忆中，你的形象是多么美妙。我怎么也不会忘记你那些动人心魄的舞姿!

开始看到你跳舞时，我还是个少年。我总以为，跳舞，是女孩子的事情，女孩子跳，女孩子看。我们男人，不会对跳舞感兴趣的！那一次，当场子里的灯突然熄灭，只留下舞台上那一个又圆又亮的光圈时，剧场里刷地静下来，空气也似乎凝固了，仿佛整个世界都在焦急地期待着。我屏住气，心里好紧张呀，我无法想象，即将出现在这个光圈中的，将是什么。你，悄无声息地出来了，是从那深不见底的幽暗处突然飘出来的，像乌云中泻出的一道闪电，像湖波里飞起的一只白天鹅。看不见你的脸，只有一个披着透明羽纱的背影，在那个跟着你转动的光圈中飘飞。你的双臂轻轻摆动时，仿佛是起伏的波浪，是翩翩的翅膀；你的身躯打转时，仿佛是田野中一团飞旋的雪花，是风中摇曳的柳枝……你的每一个细微的动作，一举手一投足，都牵动了我奇幻的想象。我微张着嘴，出神地凝视你，真是惊呆了——这是一个人在舞蹈么?分明是童话里的仙女，是神奇的传说中的精灵呵！当你面对观众，在灯光下站定谢幕时，我看清楚你了，你的神采飞扬的脸上，闪烁着亮晶晶的汗珠。然而你毫无倦色，快乐地微笑着，那闪耀着青春光彩的笑容，像一朵在夏雨之后悄然绽开的睡莲，含着晶莹的雨珠，羞怯而又优雅地点着头……

这以后，我常常看你跳舞。你的舞姿，创造出许许多多美丽的形象，都一一印在了我的脑海里。所以，在我的记忆中，你是一个飘舞在森林里的善良的少女，是一只飞翔在大海上的勇敢的海鸥，是一个不畏艰险、为穷人抗暴除害的仙姑，是一只孔雀，是一朵雪花…….

真的，我的记忆里，有了一个奇异的舞台。当你突然从这个世界销声匿迹以后，我记忆中的舞台上，灯，依然会常常亮起来；你，依然会悄无声息地飘到灯光下，翩然地舞着，为我展开诗一般的画面。记忆和幻想交织在一起，你的形象，便不断地在我的心中完美起来。我觉得，你的舞姿，可以展现所有我所向往的、憧憬的美，不管在生活中有还是没有，你是无所不在、无所不能的……

此刻，电视机屏幕不安地眨着眼睛，似乎和我一样，也在表示疑惑。屏幕上那个女子正在舞剑，她旋风一般转着，手中的剑，化成了一道若有若无的白光，在她的周围飘绕、闪烁，轻柔中迸透出无法遏制的刚劲。是的，她有婀娜的身段，有柔韧的腰肢，也有能牵动我想象的优美的动作，然而，怎么可能是你呢！15 年的岁月呵……

终于，屏幕上出现了脸部的特写：一双激动的大眼睛，淹没在一片晶亮湿润的水光中，不知道是汗，还是泪……

哦，是你！尽管额头已没有了当年的饱满和光泽，尽管眼角已出现了密密的鱼尾纹，然而没有错，是你！你的那双眼睛，依旧有当年的神采，只是深沉了，它们仿佛要告诉人们一些什么：不尽是重上舞台的欣喜和欢乐……

转瞬之间，特写镜头便消失了。屏幕上，只留下你的背影，静静地伫立在那个圆圆的光圈里，像一尊优美的雕塑……

电视里的音乐和图像都消失了，我还在想着。你，要告诉观众一些什么呢？你的眼神，你的舞姿，蕴含着多少内容呵！我知道，这 15 个春夏秋冬对于你，绝不是一首轻松的抒情诗。我听说过你所遭遇的不幸，听说过你所经历的稀奇古怪的坎坷。你曾在呼啸的北风里习舞，曾在孤独的油灯下练步，曾在人们的嘲讽中咬着牙，流着汗，恢复变形的体态……在生活的舞台上，你从未曾倒下！现在，你走过来了，并且奇迹一般重现在艺术舞台上，像15年前一样，为人们播撒着美的种子，透露着青春的气息和光彩。你使人们惊讶，也会使人们深思的。

是的，明天，我就要来找你，我将听你亲口叙述你这15年的人生旅途。我相信，你会告诉我一个秘密：你，是怎样挽留了青春。对了，我还要送给你一首诗，一首在你重上舞台之前写的诗：《舞忆》，那是记忆和幻想的产物。如果你不笑话，我将轻轻地为你朗诵：

我梦里出现过的精灵
我诗中飘出来的女神
是维纳斯
挥动起断而复生的手臂
是飞天
飞出了敦煌幽暗的洞窟
以你轻盈的脚步
驱逐残存我胸中的嘈杂
以你优雅的旋转
煽动隐藏在我心底的激情
以你纤纤素手
撩开乌云滚滚的帷幕
托起我向往的太阳和月亮
撒出满天晶莹的星
不时投我以莞尔一笑
是雨后的芽在闪耀
是初春的风在飘动

是燃烧的流星

照亮了我的夜空

……

1983年3月于上海

诗，在他镜头中流淌

烛

一团熊熊燃烧的烛火，映红了深邃的天穹。火光中，升起一位昂首望远的女子的剪影。她高高地举起手臂，仿佛在呼唤什么，又像要奉献什么……是人？是烛？分不清。然而画面中透溢出一股深沉的激情，深深地把我震动了。面对叶勇明的这幅彩色摄影作品《烛》（刊于《艺术世界》1983 年第 2 期），我品味、思索了许久。

4 年前，我和叶勇明很偶然地在青岛海滨相识。其时，他还是一个美校学生，背着画夹和照相机，兴致勃勃地在海滩上奔跑。和我一样，他也被大海迷住了。我写诗，他画画，很有共同语言。回上海后，他向我展示他在青岛拍的一些照片，我的眼睛发亮了——在这些用照相机摄下的黑白画面中，我发现许多他的画里所没有的东西。海浪、礁石、帆影、树、草，甚至是一些普普通通的街道和房屋，都仿佛有了生命，有了激情。搞摄影，我自然是外行，然而在他拍摄的那些照片里，我能自由地驰骋想象，能找到诗，所以我喜欢它们。就拿这幅《烛》来说，他把人置于烛光的核心地位，体现了人的力量和追求，启迪人们思考：是谁给生活带来了光明和希望？

村　口

两棵高大的古银杏树，静静地伫立在村口。每天，村里的人们从它们身边走过：孩子们上学，大人们下地干活，老人拄着拐杖去走亲戚……不管是飘着微雨的早晨，还是燃着晚霞的黄昏，银杏树永远执着地站在那里，用它那魁伟、慈爱的姿态，迎送着来来往往的人们。因为有了银杏树，空旷的村口充满了生命的活力，大自然的气氛变得安谧而又恬静……

在江南，有许多这样的村口。如果匆匆而过，你可能不会留下任何印象。叶勇明经过这个村口的时候，却流连忘返了。他觉得两棵古银杏很美，而人和树在一起的时候，那画面就更迷人。那是一种宁静和谐的美，大自然和人，在绿荫覆盖的村口融为一体了。于是他一次又一次地来到这里，在村口拍下一幅又一幅作品：春、夏、秋、冬，清晨、中午、黄昏，各种各样人物从树下走过……村口的作品，竟有了数十幅之多。其中摄于雨雾之中的这一幅，是我最为喜欢的——

雨雾濛濛，为世界罩上了一层飘忽透明的轻纱。两位女社员从村里走来了，肩上扛着农具，手中提着竹篮。远处那棵银杏隐匿在雨雾里，若有若无，时浓时淡，像一把撑开在她们身后的奇异的伞，又像一只正向她们挥动的巨大的手掌；而近处那棵银杏，几乎占据了半个画面，而且只能看见树身的下半段，还有那些裸露在地面上的巨蟒般的根——一块多么古老多么深沉的土地呵！她们踏着这块土地，说说笑笑地从雨雾中走来。春天的原野在前方等待着她们！

这是意境幽远的画。

这是充满希望的诗。

廊

两排雄壮高大的圆形立柱，排列成一条笔直深远的走廊。构图是新奇而又匀称的，那是一种典雅的装饰美。

如果仅仅是一条空荡荡的走廊，那么，即便构图再新奇再别致，至多也不过表现一种形式上的美，画面之外的东西，就很少了。然而寂静的走廊里有活动着的人！一位年轻的母亲，携着她的在学走路的孩子，慢慢地向走廊深处走去……

有了母子俩，这画面给人的印象就完全不一样了。你看，人是那么渺小，而廊是那么高大，那些巨杉一般的圆柱和两个小小的画中人，形成极为强烈的对比。这种由人和物的强烈对比所产生的艺术效果，刺激着我的想象。我仿佛听见这母子俩的对话，正在高敞深远的廊中幽幽地回响：

“妈妈，这里的石头柱子为啥这么高，这么粗？它们是从地里长出来的吗？”

“不，傻孩子。这是人造出来的。”

“人的本事这么大！妈妈，这条大走廊要通到哪里去呢？”

“别急，我们慢慢朝前面走……”

……

面对这样一条走廊，你不能不感叹人的智慧和伟力。人类曾经创造出许许多多雄伟壮观的事物，如万里长城、金字塔、巴拿马运河、葛洲坝……在这些雄壮的建筑前面，人显得那么微不足道，那么可怜，然而恰恰因为如此，才格外显示出人的伟大。

如果把《廊》比作一首诗，那么，廊中那一对母子真可以算作诗眼：没有这两个小小的人影，就失去了比较，失去了意境，失去了想象的余地。

初　秋

古往今来，有多少人在诗和画中表现过秋天，每个人心目中的秋天都不一样，每个人笔下的秋天也不一样。大自然的丰富性和人的思想感情的丰富性，决定了表现秋的艺术作品的丰富性。

叶勇明的这幅《初秋》，没有展现田野里成熟的稻禾，也没有摄取枯萎的黄叶，而是描绘了一阵秋天的劲风。风是无形的，然而大自然中处处有风的足迹。你看，画面上仅有的几片竹叶颤抖了，而且都向同一方向倾斜着，垂下了头。看着它们，你分明能听到风的凄厉的呼啸，听到一片风吹竹叶的沙沙之声。画面的主要空间是云天，满天云彩正在风中疾走。两只展翅高飞的大雁是画面的中心，它们迎着扑面而来的秋风，振动着强健有力的翅膀，满怀信心地寻找它们的归宿……几乎没有任何从一般意义上象征秋的事物，但你却能从中感受到浓浓的秋意。秋天，随着强劲的风来了，空旷高远的天空底下，有许多生命正在颤抖，正在枯萎，也有许多生命仍在顽强地奋争着，搏斗着，已经准备迎接新的春天了！画面上有几分凄凉萧瑟之气，但更多的是清新，是明朗，是蓬蓬勃勃的生机。

只要抓住事物的本质，就可能做到以小见大，以少胜多。“一叶而知秋”，大概就是这个道理。

1983 年 5 月于上海

雕塑门外谈

欣赏雕塑艺术品，是一种美好的享受。

雕塑家用他们那奇丽多姿的想象，用他们那灵巧的手，把普普通通的泥土、玉石、木头变成了形形色色的艺术品。所谓“化腐朽为神奇”、“化平庸为典雅”、“变粗俗为精细”，实在不能算什么溢美之词。在艺术中，大概没有比雕塑更形象、更直观了，艺术家的情感和美学观点，通过他们的作品，立体地展现在观众的眼前，不必通过语言、文字和声音作为媒介。不管你的文化修养如何，不管你的欣赏习惯如何，雕塑作品，总是能留给你一个生动具体的印象。因此，雕塑艺术几乎渗透到日常生活的任何领域，成为一种最具有群众性的艺术。

最通俗的和最高深的，有时往往如水乳交融，你无法区分它们——

通俗之中，有最高深的道理蕴含其间；而所谓高深，也总是由许多通俗的因子构成。雕塑亦是如此，简简单单的形象，常常使人从中得到无穷的启示，从中悟出不平常的道理。而那些雕塑佳作，更会使你浮想联翩。难怪古人留下的一座雕像群，可以使莱辛写出一部美学名著《拉奥孔》来。

古希腊人的审美观

面对着两千多年前的那些精妙绝伦的希腊大理石雕像，连最缺乏想象力的人也会忍不住惊叹！哦，这么美！智慧女神雅典娜，呈现着各种各样美妙的姿态；银弓之神阿波罗，向四面八方伸展着刚劲健美的肢体；而爱神和美神维纳斯，简直就是爱和美的端庄圣洁的化身；还有那些使人感受到力的搏动的青年武士；那些虽然被冠以神的头衔，却有着最优美动人的体态的少女们……

两三千年了，这些雕像的魅力从来未曾消失过。爷爷们携着孙儿在它们面前流连忘返，等孙儿们成为爷爷之后，依然会带着孙儿再来……这样不知循环了多少代。数不清的血肉之躯在衰老、死亡，这些石头的雕像却永远年轻，永远光彩照人。

什么原因？当然应该在雕像身上寻找。

你看那些男性雕像，个个都有强壮的体魄，发达有力的肌腱，在他们匀称的躯体和四肢上凹凸着，如同一片波浪起伏的凝固的大海，你能在那些海浪般起伏的肌肉和骨骼中，想象出强有力的优美的运动。他们身上的每一根线条、每一块表面，都表现出男子汉的力量和刚强，表现出勇敢和无畏。你看那些女性雕塑，面部表情都是那么纯真宁静，身体的曲线都是那么柔美优雅，如同原野上那些潺缓清澈的流水，自由自在地、沿着最自然的轨迹流淌着，最美丽最芬芳的鲜花在河畔开放。可以说，她们的身上集中了所有女性的美。这些雕塑，美得完善、美得圣洁、美得高尚，你无法对他们做什么挑剔。因为任何挑剔，似乎都会成为对美的亵渎。我想，古希腊的男子和女子，绝不可能像这些雕像一样，都是那么俊美，那么健壮，那么婀娜动人，肯定也会有骨瘦如柴或者大腹便便的人，也会有侏儒和畸形儿，也会有不堪入目的丑女人。然而雕塑家的刀凿远远地避开了他们。

原因大概可以找到了——雕塑家们将人群中的美，全部集中在他们的雕像之中了。正如别林斯基所说：“对古希腊人的艺术心灵说来，一切自然形态都曾是同样美的；但是，人是精神的最高尚的容器，古希腊人的创作目光是尽情地、骄傲地贯注在人的美妙躯干和人的美不胜收的形态上的……”这种来自生活的高度集中的美，使得他们的作品成为不朽的艺术奇珍。只要人类对自身形象的审美观不发生变异，这些雕像的魅力和光彩，就永远不会黯淡。

雕塑是这样，其他艺术亦同此理。孜孜不倦地在生活中寻找着美、撷取着美，并且用自己的作品高度集中地表现着这些美的艺术家，他们的艺术生命是长久的。

罗丹的两刀

有人问罗丹：雕塑的诀窍是什么？

罗丹回答：凿去多余的一切。

这真是极其精彩、极其精辟的结论，高度概括了雕塑家创作的过程。然而，何为必要，何为多余，这也许要使所有的艺术家反复思索斟酌，甚至苦恼，罗丹自己也不例外。有时候，连人像的双手也成为多余，这似乎不可思议。罗丹用无数心血塑成了巴尔扎克的雕像，身披长袍的文豪高昂着雄狮一般粗犷威武的头颅，傲然面对着污浊的世界，长袍中伸出一双手，一双精细的、有力的、活灵活现的手，这双写出了《人间喜剧》的手，曾使雕塑家花费了很多工夫。然而当有人指出这双手和整个作品粗犷雄健的风格不协调时，罗丹毫不犹豫地挥刀削去了那一双精心雕凿而成的手。这狠心而又大胆的两刀，使《巴尔扎克》成为一尊独具魅力的不朽之作。

罗丹的这两刀，使所有从事艺术创造的人们都得到了启示——为了得到艺术上的完美，必须尽可能地删除一切冗枝赘节。有时候，你花了九牛二虎之力，动了很多脑筋，流了很多汗水，却造就了一些节外之枝，写诗、作文、编戏、绘画，都会遇到这种情形。这时候，不妨学一学罗丹。如果发现赘笔而不愿意删除，那大概永远也成不了第一流的艺术家。

是的，这位大师说得真好：凿去多余的一切。

大禹和大卫

去年曾去绍兴，参观了景仰已久的禹陵。在那古老的墓地，竟见到了一尊鲜艳夺目的大禹像。

我做梦也不会想到，大禹居然会是这么一副模样：头戴皇冠，身穿花花绿绿的皇袍，圆头圆脑的胖脸上，露出一种痴憨的表情。这怎么是大禹呢！这位传说中率领人民开河治水、吃苦在先、磨光了腿上的汗毛、三过家门而不入的民众领袖，竟然胖乎乎地穿上了皇袍，痴痴地憨笑着面对前来瞻仰的人群……

这尊糟糕的塑像，破坏了我的情绪。原来怀有的那种庄严神圣的历史感，似乎都流失了。

其实，谁也没有见过大禹，然而大家都觉得这尊雕塑不像！原因很简单：雕塑者缺乏起码的历史知识，大禹的时代还是原始社会，根本不可能有这样的皇冠皇袍；然而这还在其次，关键是塑像丝毫没有表现出禹的气质和风骨——坚忍、顽强、勇敢、聪慧、豁达。这尊花花绿绿的塑像，充其量只能是一个饱食终日、无所用心的昏庸的封建帝王形象。作为一座历史人物的雕像，这是虚假的、不真实的，观者的失望和反感，当然是自然而又必然的了。

由此想起了米开朗琪罗的《大卫》。同样是谁也未曾见过的远古时代半传说性的国王，《大卫》却使所有观者为之惊叹，为之折服。面对米开朗琪罗塑造的这个英俊健美、气宇轩昂的青年男子形象，人们觉得他就是大卫，就是那个在孩童时便勇敢机智地打死了来犯的巨人歌利亚的英雄。因雕像和传说中的大卫在气质上是一致的，《大卫》的眉宇中流溢着无畏和勇猛，他的裸露的肌体中透露出不可抑制的力量……

是的，真实，就像一把无情的标尺，衡量检验着所有的艺术品。虚伪的、违背事物本质的艺术，绝不可能有生命力。

加莱义民

假如你看过《加莱义民》，你一定忘不了那六位走向死神的勇士。

这是罗丹的著名雕塑作品，取材于法国历史故事：1347 年，英军围困法国加莱城一年之久，最后城中粮食耗尽，被迫投降，英军准备夷平全城，杀绝居民。六名勇敢的市民自愿赴英军驻地，他们脖子上套着绳索，手里拿着城门的钥匙，决心以自己的牺牲拯救全城市民的生命……罗丹把这个悲壮动人的历史故事，凝固成了一座雕塑。他是如何刻画这六位勇士的呢？也许有人会把他们全体都表现得慷慨激昂、义形于色，描绘出六位天神般的清一色的英雄。罗丹却别具匠心地精心塑造出六个完全不同的形象来。是的，六位勇士，有老有少，为了同一个崇高的愿望，一起叩响了死神的大门。然而，面对着敌人和死神，他们的神态却并不一样——有愤怒的，高昂着倔强的头颅，眼睛里燃烧着仇恨的烈火；有冷静的，漠然凝视着脚下的路，像一座凛然的冰峰；也有紧张的，惶惑地摊开了双手，有些不知所措；也有悲哀痛苦的，低垂着脑袋以手掩面，不忍正视前方。也许，前两种神态，在人们的意料之中，而后两种，不是贬低了英雄吗？我以为罗丹是对的。世界上不可能有完全相同的人，有一千个人，就有一千种不同的性格，即使是英雄也是如此。六位自愿献身的勇士，身份不同，年龄不同，经历不同，对生活的态度不同，当死亡临近时，当然会出现不同的神态。那位低垂着脑袋的年轻人，也许刚刚和慈祥的母亲、心爱的姑娘诀别，此刻，亲人的哭声尚在耳边萦绕，而美好的生命却即将终结，他悲哀了……这有什么不可理解呢！你能因此指责他是懦夫么！你看他的脚，依然向前迈着，丝毫没有转身逃跑的企图。正因为罗丹塑造了六个各具性格的英雄，塑造了六个有血有肉有感情的活生生的人，《加莱义民》才给人一种强烈的真实感，给人一种惊心动魄的美感。听说《加莱义民》出现在加莱城中时，成群的加莱市民都凝视着塑像哭了起来……

记得罗丹说过："在艺术中，只有那些没有性格的，就是说毫不显示外部和内在的真实的作品，才是丑的。"有性格的作品，决不会浅陋平庸，有性格的作品，才是有力量的，才能感染人；而那些没有性格的作品，必将被人们淡忘。

佛像的美

有一次，和油画家陈钧德谈论雕塑，他告诉我，他收藏着一些最美的雕塑艺术品。拿出来一看，我愣住了：竟是一些古老佛像的脸部造型。那是一些端庄沉静的脸，饱满的前庭，挺直的鼻梁，抿紧的嘴唇，细长的眼睛半开半阖，似睡非睡，似醒非醒，你无法明确地断定这是怎样一种表情——是欢乐？是悲哀？是欣喜？是忧愁？是满足？是痛苦？似乎都是，又似乎都不是。然而这表情使人感觉到一种圣洁的宁静，感觉到一种高尚的淡泊。假如你烦躁不安，凝视着这些脸，你会平静下来；假如你心存污浊，凝视着这些脸，你会自惭形秽……

画家自有他的理论："这是典型的东方美，在这样的神态中，蕴含着人类所有美好高尚的感情，这些感情，不是赤裸裸地暴露在表面，而是要你去体会，要你去想。这种美，境界要比西方的雕塑更高，米开朗琪罗、罗丹、麦尼埃的雕塑，都无法和它比：他们的雕塑，固然将人类的各种感情表现得淋漓尽致，可是'尽致'之后，可以让人体会的内涵便不多了。”

他的理论，使我惊诧。佛像，竟然会比米开朗琪罗和罗丹的作品还要高明？也许说过头了吧。然而细细一想，画家也确实有他的道理。我想起几年前在四川乐山看大佛时的感受。站在这尊高达七十余米的巨型雕像脚下，你会产生出一种神秘感，会产生许多联想——关于历史，关于人生，关于艺术，关于宗教和神话……大概不仅是因为佛像的高大，更因为他沉思时含而不露的表情。欣赏艺术品的过程，是一个审美的过程，也是一个再创造的过程。一件好的艺术品，不仅能给人美的享受，还应当激起人的想象和思索。我回想了一下自己所喜欢的一些雕塑，几乎都是如此。刘焕章有一尊雕塑：一位少女，低垂着脑袋，双手掩面，似在思索，似在痛哭，似在回忆什么惊心动魄的往事……雕塑名为《无题》。这无题的少女雕像，曾牵动我无数联想。那尊使全世界倾倒的《米罗的维纳斯》——那个失去了双臂的美丽的女神雕像，她失去双臂，并不是出于雕塑家的原意，完全是因为意外的事故，然而却因此而引起了人们更大的兴趣，几百年来，多少人猜测着她原来的模样……雕塑如此，其他艺术亦然，如李商隐的诗、赵无极的画……

高明的艺术家，应该懂得读者和观众的心理，不要把所有一切都表达穷尽，最好留一些东西，让欣赏的人去体会，去想，去根据他们不同的生活阅历和艺术观进行再创造。也许，这就是评论家们常挂在口上的所谓“含蓄”吧。

含而不露、能启发人的想象的艺术，才是真正高明的艺术。

空气就这样飘动

以《空气》命题，用刀凿镂刻出一尊雕塑来，你能想象这雕塑是何等模样？

这恐怕是一个难题，不一定人人都能拿出像样的答案来。我曾经以这个问题难过三位朋友，三位想象力都不算贫乏。第一位答曰：一个小男孩，手里抓一只大气球，气球要往天上飞，小男孩拼命按住不放，气球和孩子呈相持状。第二位主张雕一张大开着的嘴巴，作竭力呼吸状。第三位更简洁：瘦竹一竿，在风中向一边倾斜。三位言罢，都有些得意，我于是出示一帧题为《空气》的雕塑相片，三位稍一观摩，便面露愧色了。

这是巴黎杜伊勒里花园里的一尊雕塑，作者是罗丹的学生、法国雕塑家马约尔，一位独具风格的艺术大师。且看他如何表现《空气》：一个裸女，似坐非坐，似躺非躺，四肢自由而又优美地伸向空中，仿佛想去触摸什么，又像在被什么无形的柔软的东西托着抚弄着，那姿态，仿佛要飘起来，旋起来，飞起来……粗粗一看，似乎与空气并不相干，稍加联想，便能领悟出无穷奇妙来了——这位美丽的女郎，分明是被活泼而又清凉的空气包裹着，从女郎飘飘欲飞的形体中，你能想象那些看不见摸不着的气流是怎样无拘无束地在飘、在流、在旋转。这是正在运动着的空气，是春天清新的空气，所有的生命都陶醉在它的抚弄沐浴之中，鲜花在这空气中恣意开放，小鸟在这空气中自由翔舞。雕塑家用刀凿雕刻出的这位姿态奇特的女郎，就是在这空气中怒放的花，就是在这空气中飞翔的鸟。她陶醉在空气里，融化在空气里，她就是空气的形象，她就是空气……

是的，马约尔的《空气》使人产生了极为丰富的联想。空气无形无色，谁也无法描绘它的模样，然而雕刻家却巧妙地雕出了飘动的空气。“空气就这样飘动！”马约尔完全可以理直气壮地向所有的人宣布。

空气可以这样飘，那么，阳光可以怎样流淌？雷声可以怎样疾走？春意如何蔓延？生命如何运动？……这一切，都能诱使艺术家尽情地展开想象的翅膀。有什么不可以表现的呢！世界是如此博大缤纷，人的思想是如此自由多彩。艺术家用自己与众不同的独特的想法和手法创造艺术，而读者又会用自己的审美习惯和想象力去丰富发展这些艺术。让那些陈旧的、习惯的、蚕茧似的枷锁在自由飘动的空气中粉碎吧，艺术创造的天地是何等广阔！

悲哀种种

斯坦尼斯拉夫斯基看过梅兰芳的戏之后，惊奇地感叹道："他一个甩袖的动作，把一位少妇的悲哀表现得淋漓尽致！"我没有研究过梅兰芳的表演艺术，但我相信这位苏联戏剧大师的眼光绝不会错。甩一下袖子就能表现悲哀，那大概是表演艺术的极高境界了。

文学家表现悲哀或许容易些，环境、表情、千变万化的心理描写、充满性格的细节刻画……写活一个悲哀者，并让读者有如身临其境般的感觉，不能算一件太难的事情。

雕塑呢？我觉得很困难。雕刻家可以雕出一张愁苦不堪的脸，可以让大颗的泪珠停留在脸颊，可以镂出无数因哀伤而出现的皱纹，可以描绘出一双失神的眼睛，可以刻出一张欲说无语的微张的嘴……是的，雕塑家尽可以在刻画脸部表情上大做文章。确实也有许多雕塑家作过尝试，如米开朗琪罗的《哀悼基督》中的圣母、罗丹的《思》和《欧米哀尔》、多那泰罗的《圣玛德兰》等。这些形象各异的悲痛哀伤的表情，永远地留在了世界上，留在了人们的记忆里。这是一些无声的悲哀，一些可以用直观感受到的悲哀，一想起这些表情，人们的心情便会沉重起来。

大师们的创造当然是成功的，不过可以断言，那是以无数次的不成功作为代价的。有不少雕塑家试图用类似的手法表现悲哀，却未能如愿。人们很自然地会在他们雕出的形象前感叹道："哦，那不是欧米哀尔么？""瞧，多像米开朗琪罗的圣母！"

寥寥几个字的感叹，无异于宣判死刑。看来，人的表情还不那么丰富。

还有另外一种悲哀。米开朗琪罗的《晨》《昼》《暮》《夜》，是四尊斜倚在美弟奇教堂墓碑上的人物雕塑，这四个人物的表情似乎并没有流露出悲哀，只是漠然沉思着，似睡非睡，似醒非醒，冷淡和倦慵像雾一样笼罩着他们的面容。然而非常奇怪，面对着他们，每一位观者都会感受到深深的痛苦和哀伤。什么原因？是他们整个躯体的构图——那些无可奈何向下滑落的姿态，那些无力低垂着的头颅和四肢，只有沉浸在极度悲哀中的人，才可能很自然地做出这种姿态。他们许是经历了难以想象的苦难，希望的烛火一盏一盏在他们的人生旅途上熄灭。他们疲惫不堪，他们厌倦了，他们默默地诅咒着命运，哀叹着生命无情的流逝，哀叹着自己的不幸……间接地表现悲哀，能够使观者得到如此强烈的感受，你能不为雕刻家的精确、深刻和变化无穷的手段折服？

又想起了美国雕塑家迪奇的一尊雕塑：《哀悼的女人》。那是一个跪在地上的女人，她双手撑地，长发披散的脑袋深深地埋在双臂之间。我们看不见她的脸，看不见她的表情，但她的哀痛和悲伤却表现得那么深刻、那么酣畅，这是使人断肠的悲哀。我们仿佛可以听见她压抑的呜咽，可以听见回荡在她灵魂中的哀号。

隐去脸面，照样能表现悲哀，这真是雕塑家更高明的地方。正如生活中的有些人，常常把痛苦和忧伤挂在嘴上，但旁人却毫无共鸣；而有些人，尽管一声不吭，人们却能在他们的沉默中窥见心灵深处的隐痛。在创作中，尽量曲折间接地表现作者的意图，有意识地留出一些空白，让读者用自己的观察和联想去填补它们（当然，这些空白要留得恰到好处）。这是极聪明的手段，这类作品的意境深邃丰富，使人回味不尽。

根和玉石

第一次听说树根雕塑时，我很有些怀疑：那些腐朽的树根，果真能登上艺术殿堂?

亲眼观赏之后，我才折服了。这确实是一些迷人的艺术品，它们的魅力和韵味，是人为的雕塑无法比拟的。艺术家利用树根的自然形状，稍加制作，便使它们变成了各种各样的人物、飞禽、走兽……倘论形似，几乎没有一件根雕是惟妙惟肖、完全逼真的，雕塑的形象往往夸张离奇得让你瞠目结舌——牛少了一条腿，鹿脑袋比身子还大，狮子几乎没有躯体……然而它们的动人之处，也就在这种出乎你意料的夸张之中。我的书橱里，也有了一件根雕，一尊小小的普希金头像——一段普普通通的倒置着的竹根，那些乱而密集的根须，成了诗人的鬈发和鬓须，而根须下一节竹鞭上，雕出了诗人忧悒沉思的面容。这是根雕家姚元龙赠我的礼物，在所有的艺术品收藏中，我最喜欢这一件。全世界的普希金雕像数以千计，这是独一无二的一件，谁也无法再复制第二件。

这种艺术，注重神似而不讲究形似，只要你富于想象力，并且了解各种形象的内在精神，你就可以在千奇百怪的树根之中发现举世无双的雕塑。

面对这些变成了艺术品的树根，你不得不为大自然的造化拍手称绝，不得不为艺术家大胆合理的想象赞叹不已。是的，大自然创造了无数天生丽质，一花一草，一石一木，都有美妙蕴含其中，如果能发现它们，并且充分地利用它们，它们便能为人类的艺术生辉。这方面，雕塑家为所有的艺术家作出了表率，他们最懂得其中奥妙。一大堆色彩斑斓、质地迥异的玉石，在雕塑家的刀下，自会各得其所。洁白的，雕成纤纤少女；乌黑的，雕成神话中的武士；粗犷的、细腻的、稚憨的、质朴的、华丽的，都能用恰到好处的色泽和质地表现出来。一块有着黑色斑点的青玉，雕塑家可以把它琢磨成极精妙的艺术品——青玉被雕成一只肥硕的菜瓜，而黑的斑点，竟被精心镂刻成一只栩栩如生的小甲虫，黑甲虫在水灵灵的青瓜上爬着，两者浑然一体……

于是很自然地联想到文学创作的内容和形式，不同的内容，需要以不同的形式来表现，两者的联姻必须情投意合才好。我想，常常欣赏一些出色的雕塑，常常研究一下雕塑家们的选材和构思，对文学家的创作一定是大有裨益的。

1983 年 12 月于上海

鸣　　盘

友人从湖南铜官带给我一个陶瓷艺术挂盘。挂盘上的花纹别致而富有诗意：淡黄的带斑点的底色，几株黑黝黝的树影，优美地将纵横的枝杈交错在一起。挂盘挂在墙上，就像洞开了一扇神奇的小圆窗：月光，在窗里流淌；树影，在月光下默默地沉思……

一天，湖南的一位诗人到我家做客。这位诗人不仅诗写得出色，还是颇有名气的篆刻家，对美学挺有研究。挂盘是他家乡的产品，他自然一见就认出来了。

"这盘子，你似乎挂错了地方。"环顾四壁之后，他微笑着提了个建议："你不妨挪一个地方，换一堵空白的墙壁试试，也许会更好看一点。"

湖南诗友的建议确实有道理，悬挂盘的墙上，有一个挂钟，还有一幅画，显得拥挤了一些。诗友走后，我立即将挂盘挪了地方，挂到了床边的板壁上。果然不错，挂盘更加引人注目，给人一种幽谧、恬静的感觉。

这天晚上睡觉时，耳边似乎不时有一阵阵轻微的声音出现。这声音时续时断，像关在竹篓里的螃蟹在轻轻地吐泡，又像是什么电器因接触不好而爆着电火花……起初我以为是自己的幻觉，可这声音不断地出现，弄得我心神不定。半夜开灯起床，仔细在屋里找了几圈，没有发现任何会作声的异物。再睡到床上，这声音又幽幽地响起来，似乎从很遥远的地方传过来，使人捉摸不定。妻子竟有些害怕了，从来没有过这种响声，莫不是作怪了？一夜不得安宁……

第二天早晨，这声音仍然响个不停。我凝神谛听了好一会儿，终于发现了秘密——原来是墙上那个挂盘在叫！这实在不可思议，从来没听说过陶瓷挂盘会叫的。我觉得很有意思，如此精美的挂盘，还会自然作声，这不是稀世宝贝么！妻子要把挂盘挂回原处，被我阻止了："别动它，就让它叫吧。你不觉得这很有趣吗？"

它成了一个真正的鸣盘，整天在我的床头时断时续地响着。而我，再不讨厌这声音了。夜阑人静时，听着墙上挂盘那细微而又幽远的低鸣，我产生了很多想象——

是一只不知疲倦的金铃子，在宁静的月夜忘情地唱歌，萧瑟秋风割不断它清亮的歌声。我甚至可以想象它那对透明的响翅，是怎样在清冷冷的月光中颤抖……

是一只我叫不出名儿的小鸟，躲在那些大树的阴影里不停地啼叫。它大概是在深情地呼唤着它的情侣，然而没有谁应答。它的呼唤有些急切，也有些凄然……

是一股清澈透明的泉水，正从岩缝里不断地冒出来，在幽静的树林里缓缓流淌，和如水的月色融合在一起……

挂盘为什么会响？我想道理大概并不复杂，总是有什么东西振动使它产生了共鸣，就像传说中的铜香炉、铁剑会自鸣一样。科学发展到今天，因此而疑神疑鬼的事情毕竟很难在我们这辈人中出现了。我并不想探索这响声的确切原委，一些有趣的自然现象，有时候用严密的科学道理一解释，就会变得索然无味，倒不如暂且留下谜底，让人们展开想象的翅膀，从中得到无限的乐趣……真应该感谢那位湖南诗友，他的建议使我的挂盘变成了会唱歌的宝贝！

挂盘的鸣响像优美的催眠曲，把我送进了梦乡……

几天后的早晨，当我从梦中醒来，挂盘寂然无声了——是早起上班的妻子，悄悄将它往右挪了一寸！我连忙将挂盘移到老地方，然后屏息、期待着，那奇妙的响声却再也不肯出现了。

挂盘里，依然有斑斑点点的淡黄色的月光，依然有黑黝黝的优美的树影，然而它从此再没有鸣响过，无论把它挂到哪里都一样。我无法知道其中的奥秘，只是深深地感到遗憾。我怪妻子，妻子笑了："如果这盘子老是叫下去，你一定会厌烦的。这样好，你可以留下一段美妙的记忆了。"

她说得也有道理。挂盘虽然再不做声，但它曾经是一个真正的鸣盘，在寂静中凝视着它的时候，那细微而又幽远的奇妙音响，还是会在我耳畔响起来的……

1984 年 5 月 17 日于上海

面对崔灏的挑战

去年初夏，我坐小木船游览了小三峡。峡中的风景秀丽、险峻、幽谧，使人流连忘返。回去后，我曾想写些诗文，把游小三峡的感想付诸笔端。然而时间过去了整整一年，我居然没有写出一个字来，几次想动笔，终于没有动起来……这究竟是什么原因？想来想去，是因为怕。一怕写不出小三峡的奇妙和优美来；二怕写得不如别人好。在游小三峡前，曾经读过王昌定的一篇小三峡游记，他写得绘声绘色，神情皆备，把大宁河和小三峡都写活了。读他的文字，有身历其境之感。这样便更难以下笔了。

于是想起了李太白在黄鹤楼写下的诗句："眼前有景道不得，崔灏题诗在上头。"面对崔灏写黄鹤楼的诗作，李白的笔也曾经踌躇过。崔灏的诗确是前无古人的绝唱。对所有在他之后来到黄鹤楼并且打算作诗的骚人墨客来说，崔灏的诗不啻是一种严峻的挑战；你也想写黄鹤楼？假如你不怕相形失色，那么请试试。我大概是遇到了类似的挑战了吧。

在文学创作中，这种情形不胜枚举，不少业余作者也会遇到。相同的题材，前人有了佳作，后人还会继续写。也许有的人根本不理会前人的作品，自己写自己的。而有些人却相当重视前人的同类作品，并且把它们看作是一种挑战。倘下决心写，那非得写得不同于前人，非得超过前人。假如对前人的作品五体投地，钦佩得失去了自信，那就只能收起笔临阵脱逃了。

前人向后人挑战，这无疑是一件好事情。这是一种诱饵，是一种刺激，它将刺激着后人写出更好更新的作品来，于是青出于蓝胜于蓝，文学便发展了、进步了，文学库藏中便不断增添新的瑰宝了。

面对崔灏们的挑战，有为者当然不应临阵脱逃，要有勇气接受这种挑战，下工夫写出胜过前人的作品来。李太白便是一位勇敢者，他钦佩崔灏，自叹不如，然而他把“自叹”付诸笔端，也写成了千古绝唱。其实，他是接受了崔灏的挑战的，谁能说他是一个败者呢。

而我，能不能写出小三峡的诗文呢？我想，我大概不会甘心就这样白跑一趟吧。我要试一试。

1985 年 9 月

石　壶　施

面对着我案头的那把茶壶，没有一个人不称奇惊叹。

这茶壶，色泽如年代久远的紫砂，造型精妙绝伦——壶身是一捆粗细不一的竹子，一束竹藤将竹子拦腰捆扎。竹子的形状、质地极为逼真，竹身、竹节、被利刃砍伐的刀痕，甚至还有豁缝和蛀孔，无不惟妙惟肖。那一束竹藤也几乎乱真，藤束和每一根竹子间都有细小的孔隙，可容一只小蚂蚁钻过。壶盖和壶身浑然一体，如不谛察，很难在壶顶一片参差不齐的竹子断面上找到壶盖的痕迹。最令人赞叹的，是壶把和壶嘴。两者皆由自然扭曲的竹鞭巧妙构成，从壶嘴基部和壶把上端各窜出一枝细竹，数片竹叶错落有致披列于壶身前后两侧。出自壶嘴的那枝细竹上，还叉出一根极细的竹鞭弯弯曲曲凌空挂落，大有一触即断之势。

这壶名为“束竹壶”。说它是茶壶，它更像雕刻工艺品。我试问过不少朋友：这壶用何种材料制成？有答紫砂，有答树根，有答红木，有答塑料……可所有的答案都是错的。我的答案是——这壶是用制砚台的整块岩石雕成，于是总会引出一阵惊叹。世间有瓦壶瓷壶陶壶铜壶锡壶铁壶铝壶紫砂壶玻璃壶塑料壶，很少有人听说过还有什么石壶。

物以稀为贵。我案头这把奇妙的石壶全世界独一无二，所以朋友们对它的任何赞语我都不以为过分。不过，对这把石壶的妙处，朋友们只知其一，不知其二。其一是它的形状，其二是它的内容。我用这把石壶喝茶，所以只有我知晓它作为茶具的妙处——用它泡茶，香味绝不散失，而且格外醇厚，瓷壶和紫砂壶无法与之相比，沸水注入此壶，壶身决不烫手，茶水出壶便不烫嘴；茶叶即使在壶内泡上三五天，也不会变质。说它是壶中之宝，应该当之无愧。

看这把石壶底部，正在壶把下端发现一小章，其状如茶壶，上刻“石壶施”三字。这是制作者的特殊标记。石壶雕刻者姓施，名伟民，是一位年方二十四的小伙子，在上海皮毛总厂工作。施伟民虽然还名不见经传，但算得上是黄埔江畔的一个奇才。他从小喜欢绘画书法，后来迷上雕刻，曾拜师学习微雕，在象牙、骨片上雕刻字画，也搞微型石雕。小伙子心灵手巧，而且极有耐心，可以静坐在案前一动不动刻上整整一天。一年前，他才开始雕刻石壶。第一把雕的是“束柴壶”。因有绘画和微雕的技艺在身，雕石壶便得心应手。“束柴壶”雕成后，其色泽、造型使所有观赏者称绝，一次偶然被一位来自台湾的老茶客看到，赏玩再三，爱不释手，欲出数千元购藏，施伟民笑道：“这是我的业余爱好，刻着自己玩，不售人的。”台湾茶客叹道：“我走遍世界，还没有见过如此精致特别的茶壶，难得难得！”施伟民于是接连不断地雕出了一把又一把石壶，而且造型都不相同，其中有梅桩壶、樱花壶、竹节双身壶、三友束柴壶、蟠根壶、提梁壶。一把新的石壶，便是一个崭新的艺术天地。譬如蟠根壶，形状犹如一块鳞纹遍体、根须虬结的老松树根，别出心裁的是，在壶身中央的一块树疤上，竟还雕出一片精细典雅的青铜器花纹，使整个茶壶显示出一种古老而神秘的情韵。

施伟民模样清瘦而且文静寡言，常常会一个人对着树木花草发呆，他是在为自己的雕刻艺术积累素材。如果以为这就是他性格的象征，那就错了。他曾经微笑着告诉我："在市里的一次霹雳舞大奖赛中，我还得过第一名呢！"这位能雕刻也能跳霹雳舞的年轻人，正准备在上海办一个石壶展览，到时候上海人会看到他雕的那些奇妙的石壶。我相信，"石壶施"这三个字，将来必定会得到茶壶收藏家和老茶客们的青睐，他们将会因得到一把"石壶施"的石壶而快活不已。不过得到这种快活的机会极少，因为，把一块石头雕成一把茶壶，谈何容易，要雕得形态异常、别具一格，就更难。雕成一把石壶，前后须花费十多天。一个"石壶施"，纵有三头六臂，短时期也刻不出几把石壶来。所以，他的石壶必然珍贵。

1989 年夏

智 慧 女 神

她默默地站在我的书桌上，以平静超然的目光注视着我面前的稿纸。她显然在想她的心事，她的心事远在地球的另一面，在远离我数万里外的另一块大陆上……

她是我从墨西哥带回来的一尊铜像，墨西哥人把她称为“智慧女神”。

在墨西哥城的那个工艺品市场里，她并没有占据过太显著的位置，因为她不算太大，也没有奇特的造型。那些骑马或不骑马的堂·吉诃德们，那些持矛或挥剑的古希腊武士们，那些威风凛凛和公牛对峙着的斗牛士们，那些翩然起舞的印第安女郎们，全都要比她显赫得多。当我站在这一大群形形色色的铜像前流连忘返时，陪同我的墨西哥朋友奇怪了：

“怎么，你想带一尊铜像回去？”

“是的，很想。”

“你想要哪一尊呢？”

我在犹豫。货架上的铜像都不错，但它们太笨重，而且价格昂贵，如果想买一尊带回去的话，恐怕要把我口袋里那点可怜的外币花得一干二净，而且回国的旅途将因此而变得艰难——几十斤重的大家伙，怎么个带法？

“先生，你喜欢哪一尊？”

从货架后面传来一个小姑娘怯生生的声音，我这才发现了这个小铺的主人。这是一个十四五岁的小姑娘，一双棕色的大眼睛执着地注视着我，既热情，又诚恳，像盯着一个熟悉的老朋友。

陪我的墨西哥朋友告诉小姑娘：这是中国人，是作家。小姑娘惊喜地笑了。她毫不犹豫地从那一群使我眼花缭乱的铜像中挑出一尊比较小的，双手捧着送到我手中：“你买这一尊吧。这是智慧女神，她会带给你智慧和幸运的，作家先生！”

于是我才发现了这尊铜像——一座带黄色大理石底座的胸像，看样子，像一个全副武装的古代武士，铠甲满身，头戴铜盔，铜盔上有一条瞪眼咧嘴的鳄鱼，铜盔下有波浪形长发垂落披散在肩头，这是唯一的女性象征。铜像的脸部表情平静而肃穆，似乎略含微笑。希腊神话中的智慧女神是雅典娜，在我的印象中，雅典娜不是这模样。雕像的底座上隐约镌刻有一行外文字母“MINERVA”，不知是什么意思。也许，这是墨西哥人对智慧女神的称呼吧。

“作家先生，带一个智慧女神回中国去吧，你会把智慧和幸运一起带回去的！”小姑娘恳切地劝说着，清澈如水的目光中绝无商人的狡黠。

看来这是一个无法拒绝的建议。我花 4 000 比索，买下了这尊智慧女神，其中包含着一个墨西哥小姑娘美好的祝愿。

坐汽车，坐飞机，飞越美洲大陆，飞越太平洋……铜像终于站立在我的书桌上了。我们相视无言，在沉默中度过了无数个白天和黑夜。我和铜像相处的时间，超过了我和妻儿相处的时间。

我的所有诗文，都在她默默的注视下完成。不管是白天还是深夜，她总是以那种平静超然的目光看着我，平息着我的焦躁和烦恼。

而我，也看惯了她的模样，连她的一些缺陷，我也都已一一习惯，譬如那高挺的鼻略有些歪，一双眼睛也大小不一……

她已经成了我书桌的一部分，成了我生活氛围的一部分。我几乎已忘记她是智慧女神。一天，一位来自远方的朋友走进我的书房，对这尊铜像大感兴趣。欣赏了半天，他突然问道："这铜像雕的是谁？"听我说这是智慧女神，他不以为然地笑了："智慧女神？你被老外耍了，这哪里是什么智慧女神！"

我被老外耍了？我被那个有一双清澈如水的大眼睛的墨西哥小姑娘耍了？我不愿相信事实会是这样。

朋友走了，疑问却留了下来。铜像在书桌上依然故我，目光中的平静和超然一如往昔，只见那微笑中似乎多出几分嘲讽来，她仿佛不时在发问：我是智慧女神，你信不信？

谁能回答这问题呢？铜像不会开口说话，我也不可能重返墨西哥考证核实。这难道将成为一个铜铸的谜语，凝固在我的书桌上？无意中，目光落在了铜像底座上那行隐约可辨的字母上：MINERVA。这几个字母到底代表什么？我查阅了书架上的《英汉词典》，没有这个词。莫非真是墨西哥民间雕刻家即兴胡乱拼凑成的一个词？

我的邻居中有一位老翻译家，精通多国文字，曾将数十部外国著作译成中文。何不求教于他呢？

"MINERVA，英语中没有这个单词。可能是人名。"老翻译家沉吟片刻，翻开了摊在桌上的那部半尺多厚的《英汉大辞典》。

"哦，有了 MINERVA——密涅瓦，罗马神话中的智慧女神，即希腊神话中的雅典娜。"

老翻译家合上《英汉大辞典》，微笑着注视我。我的心头如释重负。那个墨西哥小姑娘没有骗我。

回到书房，我找出《希腊罗马神话小辞典》，翻到了"雅典娜"的条目。条目的内容远比我想象的要丰富。

“智慧女神，女战神，即罗马神话中的密涅瓦。主神宙斯听他第一个妻子墨提斯说她将生一个女儿，她女儿的儿子将比宙斯强大，宙斯便将妻子墨提斯吞进肚里。当墨提斯要生产时，宙斯感觉头部疼痛，就请火神赫斐斯托斯劈开了他的脑袋，雅典娜全身披戴铠甲从里面跃出。她把纺织、缝衣、油漆、雕刻、制陶等技术传授给人类。她与海神波塞冬相争，因出示第一棵橄榄枝而获胜，遂成为雅典城的保护神。她在无意中杀死了特里同的女儿帕拉斯，为了纪念帕拉斯，雅典娜便改名为帕拉斯，并自称帕拉斯·雅典娜。”

这样，铜像的头盔和铠甲便有了合理的解释。至于头盔上那条狰狞的鳄鱼，大概属于雕刻家即兴的创造了。不过我还是无法把桌上的这尊铜像和辞典中的雅典娜联系起来。辞典中那个有着惊心动魄的经历和丰功伟绩的女神是难以接近的，她在冥冥之中威严地俯视着人世，她的目光中有睿智也有杀气。而我桌上的铜像目光永远平静超然，那条狰狞的鳄鱼也不能改变她的性格，反而更衬托出她的沉静。倘要在她的身上联想起什么人的话，我只能想起那位墨西哥小姑娘。我的耳边至今还回响着她的声音：“作家先生，带一个智慧女神回中国去吧，你会把智慧和幸运一起带回去的！”

1990 年 4 月 30 日于上海四步斋

古瓷四品

前几年，受几位有收藏癖的朋友怂恿，常常去逛民间古玩市场。在那里既长知识，又长见识，当然，也破费钱财。作为报偿，我的案头书柜中逐渐多出一些古色古香的小摆设。烦躁不安时看看那些历尽人世沧桑的古人遗物，心情便会恬淡如水……

明　盘

摊了一地的瓷盘，我一眼就看中它，摊主并不把它当成宝贝，当初它的满面尘土便是明证。要价十五元，还价十元，爽然成交。洗尽尘土之后，它即刻在我书柜中粲然夺目地占据了一席地盘。

它的造型、釉色准确无误地告诉我，这是明代的瓷器。虽然模样平平无奇，只是那种最普通的青花平底圆盘，然而盘底的青花图纹实在是非同一般。粗粗看去，只见粗犷苍老的蓝色线条杂乱无序地交织在一起，不明其所以然。细细谛视，便会有不少发现，其中有怒气冲冲的眼睛，只是难辨是人眼还是兽眼。也有无眼无口的面孔，横七竖八地叠在一起，组合成沉默而怪诞的一群。如果愿意想象，还可以看到狂风漫卷，以及在风中走的云，在风中飘动的树枝和长发……

我无法为这幅画命名，它使我想起毕加索，想起毕加索那些千奇百怪的画。倘若毕加索在世，面对我的青花瓷盘，面对一位明代中国民间艺人随手画出的这幅画，不知会作何感想。

宋 杯

用现代人的眼光来看，这是一只极普通的小碟，属于家常用的酱油碟之类。然而它却是老祖宗用来喝茶的杯盏，是一只完好无损的宋代瓷杯。

不少朋友表示怀疑。一是怀疑它的年龄，那淡青的釉色光可鉴人，能是近千年的老古董？二是怀疑它的用途，容量如此之小，斟满茶水也不够喝一大口，会是茶杯？

结论是肯定的。这确是宋代瓷茶杯，没有人能否定它的真实身份。

它常常吸引我的目光，并非因为它的价值，也不是它所表现的艺术。从审美的角度来看，这瓷杯属拙朴一类，艺人们用泥坯随手捏出，未加任何花饰。当然也是一种美。我看它，是因为它使我联想起宋人喝茶时的情景。以这样的小杯喝茶，必定有极深的涵养和极好的耐心。试想一下，在竹林中席地而坐，长袖飘拂于微风之中，酽酽的浓茶从壶嘴里呈一细线飘然注入杯内，然后手持小杯一小口一小口啜饮，说话也是慢声细气……这样的风雅和悠闲，现代人已难得消受。粗俗的现代人！

一次，将我的联想告诉一位古瓷收藏家，他笑道："宋朝的农夫，大概不会有这样的闲适吧！"第二天，收藏家送我一只宋代的粗瓷大碗，比现代人的饭碗还大一点。他说："这也是宋朝人用来喝茶的，你喜欢想象，不妨也对着它联想一下吧。"我看着手中沉甸甸的大碗，不禁哑然失笑。

画　碟

明代青花小碟，直径不过 6 厘米。蓝边，碟底绘画。碟沿上有一道淡淡的裂痕。按收藏家的说法，有这一道裂痕，便使它身价大跌。

大概是当年烧窑的火候不到家，釉下的青花竟如同墨色一般。碟底的绘画却因此而别有了一番韵味。画的似乎是三片荷叶，向三个不同的方向伸展出去，构成一个对称的图案。再仔细看，那荷叶中墨色浓淡不匀，有枝杈横陈其间，更像是蓬勃蓊郁的大树之冠。三棵大树如此排列，景象就非常奇妙了，只有孩童才可能把树画成这样。树底下那些斑点，可以看做是发育繁茂的花草，如果愿意遐想，可以想出五彩斑斓的颜色来……

小友林君赴法国留学，前来辞行时，赠此画碟给她作纪念。数月后林君从巴黎来信，信中说起那画碟，已被她转赠一法国画家，画家视若珍宝，以为碟中之画乃大手笔，遂将画碟陈列于客厅显眼处，向所有来客介绍。林君在信中写道："本以为一个小碟没有什么了不起，想不到在这里这么受重视！"

读罢林君来信，亦喜亦憾。喜者，小小画碟，为中国艺术增添了光彩，总算没有被埋没；憾者，它可能永远无法回到中国人手中了。

异　兽

青花果盘，盘内绘五匹异兽。青花呈深蓝色，为清初之作。

五匹异兽笔墨简练，线条流畅。说它们是异兽，因为看起来似龙非龙，似马非马。中间一匹蜷成一团作俯卧状，周围四匹挥动肢体作腾舞状。谁也无法判定它们属何种兽类。从椭圆的身躯上伸展出的五个肢端，每一个都可以看作是头，也可以被看作尾，当然更可以看作足。假如把其中最长的那一端看作尾，像巨蜥；看作头，则如恐龙……中间那一匹卧地的异兽首尾相衔，收藏四肢，更无法看全其真实面目。

我常常想，在盘中作画的那位古代艺人当年画这五匹异兽时，不知以什么为原型。画得如此熟练，可见已画过无数遍。也许，这是传说中的神兽，是幻想的产物。其中的故事，大概永远不会有人来告诉我了。

1990 年 6 月

陶　　痴

总也忘不了玉人君那段妙论："你烦躁不安？你想扔瓶子摔罐？扔吧，摔吧，你那些瓶瓶罐罐扔掉也不可惜。去收集几件千百年前的古玩意儿试试，来之不易，你便舍不得扔了。摸一摸老祖宗留下的瓷盆陶罐，保管你心平如镜。"

玉人君是某大报编辑，十五六年前喜欢吟诗作文，在上海也小有名气。后来在报章上看到他名字的机会越来越少，曾为之纳闷，以为江郎才尽。几年前，听传闻玉人君已成为沪上首屈一指的古陶瓷收藏家，不禁一惊一悟。惊者——以玉人微薄的薪金，何以收进那些遗传千年的古董，而且竟成为公认的收藏大家？悟者———这些年不见玉人诗文的原因，似乎有了答案。所谓一心不可二用，玉人所为或正成一例。文人中有业余爱好的不在少数，像玉人这样顾此而失彼，实在不多见。

与玉人久别重逢的一幕颇有戏剧性。去年初夏，偶然路过地处闹市的民间古玩市场，只见沿街摆满地摊，摊主中不少是来自江西的农民。摊上摆满沾有红土的瓷盆陶罐，其中有些造型颇别致，尤其是青花瓷盆，那些渗入瓷内的蓝色花纹粗犷拙朴，不像是今人手笔。摊主口口声声断定他们的货色都是明代以上的古瓷，这不能不使人生疑。千把年前的古董，花十来元钱便能买一件，哪有这等便宜的事情！在一处地摊前，见有一位高个子男人正蹲在地上，极认真地将摊上的瓶、碗、盆、杯一一捧起观察。他时而将瓷器贴近眼睛反复谛视，时而将鼻尖凑近瓷器嗅闻，样子有些古怪。终于选出几只青花瓷盆，也不还价，付了钱，从提包中拿出几块旧布仔细将瓷盆包好，好像真是得到了什么宝贝。等他起身准备走开时，正好和我打了个照面——此人竟是玉人君！

于是，玉人君成为我学习辨赏古瓷的启蒙老师。在那批买卖古董的摊主中，玉人是颇有威望的人物，所有人对他都毕恭毕敬地以“老师”相称。没有人敢向他漫天要价，因为他是真正的内行，假货真货，他一眼便能看出分明。有些摊主对自己收罗来的瓷器辨不清真伪优劣，玉人一到，便可真相大白。他能根据陶瓷的形状、釉色和一些不易察觉的手工痕迹，准确地判定出作品的年代。我问他其中诀窍何在，他淡然一笑，答道：“没有什么诀窍，看得多了，你也会变成内行的。”

一次，一个年过花甲的老摊主拿出一尊白釉陶俑，神情诡秘地介绍道：“真货，起码千年以上！”

玉人接过陶俑，眼睛一亮。陶俑高近一尺，造型奇异生动，猴面人身，着长袍，持朝笏，颇像《西游记》中弼马温。陶俑釉彩呈象牙色，光泽古雅照人。这尊陶塑，从造型到色泽都使我感到新鲜，只有那些想象力丰富的艺术家，才可能创作出这样的作品。看玉人面对陶俑全神贯注的样子，猜想这必定是稀罕之物，于是便问：“这是什么朝代的作品？”

“隋唐之交，有这样的兽面人身俑。”玉人一面说话，一面瞪大眼睛继续观察手中的陶俑，目光锐利得似乎能射穿那兽面人身的怪物。

隋唐之交，距今1300年，古得可以了，老摊主目不转睛盯着玉人，留心看他脸上每一丝细小的表情变化。见玉人如此观察那陶俑，不禁眉飞色舞："哪能，不是假货对哦！"

玉人翻转陶俑，目光在底座内凝留片刻，突然摇头一笑，轻轻将俑放回到老摊主面前。

"是真古董，对哦？"老摊主有点迫不及待。

"假的。"玉人不慌不忙，不紧不慢。

"怎么会假呢？你不要摆噱头！"老摊主急了。

玉人又翻转陶俑，指着底座隐处的一个斑点，笑着说："请看破绽。"

我定睛一看，明白了。那斑点中，隐隐约约刻着一个阿拉伯数字"8"。于是不得不佩服玉人的精细。隋唐的艺术家无论如何不可能在自己的作品上留下如此印记。倘是近人仿作，为何要自留破绽？这"8"字代表什么？那就难以破译了。

老摊主也看见了那个"8"字，情绪大跌，嘟囔道："倒霉，花百把元钱收进一件假货。"说罢，将俑放进一箱中。

"明天你再来看，那个'8'字就没有了。"离去时，玉人笑着预言。

"他如何作假？""你放心，他们有这种本事。不过也只能唬唬外行。"唬唬外行，大概可以将许多人唬住，像玉人这样的行家，有几个？玉人不是那种藏而不露的人，果然，他终于邀我去他家了。我这才相信，说玉人是大收藏家的传说不假。他那两间不大的房间里，四壁都是古色古香的木架，架上陈列着3 000年来的中国陶瓷。上至商周秦汉，下至宋元明清，形形色色的盆碗瓶罐把人看得眼花缭乱。其中有几件，据说还是海内外独一无二的孤品。玉人将数百件藏品一一点过去，仿佛在介绍自己的宝贝儿女。在欣赏这些宝贝的同时，我的脑子里依然不时冒出那个一直困扰着我的问题：玉人并非腰缠万贯的豪富，何以有能力收进这么多古董？

似乎知道我的困惑，玉人的妻子开始向我数落丈夫："这个人喜欢瓷器喜欢得发痴了。除了吃饭穿衣，家里的钞票都换成了这些坛坛罐罐。"她指着架子上一只黑釉花瓶，半嘲半夸地介绍道："喏，就是这么一只黑驳落拓的旧瓶，他一见到眼睛就发直了，问人家卖不卖，那人说要彩电，他二话不说，连忙抱出家里刚刚买来的20寸大彩电。我们两口子现在还看一台9寸的黑白小电视呢！"

玉人嘿嘿一笑，摇了摇头："彩电算什么，这花瓶是东晋遗物，举世无双呢！"

我这才注意到，玉人家中，除了陶瓷，几乎没有其他家当！我的那个问题，似乎也因此而有了答案。

我问玉人："怎么看不见你写诗了？"

玉人双手抚摸着那只东晋黑釉瓶，笑着答道："诗？这不是诗吗！我以前写的那些顺口溜，怎么能和这些陶瓷相比。那些顺口溜，读过就忘记，而它们——"他环顾四周，目光中充满了陶醉和向往："它们的魅力永远不会消失。"

1990年6月22日

戏台下的杂想

一

小时候，坐在戏台下，总觉得那两片合着的大幕是神秘的。它们默默地在人们的面前垂落着，就像两扇奇妙的大门，门一打开，便能看到许多新鲜的风景，还会有许多有趣的人物走出来。它们也像一个精神世界极其丰富的巨人抿紧嘴唇，他只需张开嘴，就能发出悦耳动听的声音。那时，所有的戏在我的眼里都是好看的，即便是街头演出的那些拙劣的活报剧，也使我觉得妙不可言。

后来不知从什么时候开始，大幕的神秘感逐渐消失，对启幕后的景象也不敢有太多的期望。原因其实也并不复杂，那是因为自己的眼光变得挑剔了，是因为曾经积累了太多失望的经验。现在我看戏前的心理准备是：期望不要太高。这样，却常常有意外之喜。如果期望太多，失望必然也多。我想，在生活中，不仅仅看戏是这样。

二

看京剧。小时候爱看的是武打戏，最好不要唱，一唱就觉得烦。

譬如《三岔口》，全剧没有一句台词，三个演员在台上模拟暗中打斗，惊险幽默，妙趣横生，使人提心吊胆，又使人开怀大笑。记得六七岁时看过这出戏，隔几十年再看，依然兴趣不减。

以动作为语言，看起来似乎增加了理解的难度，其实，却是在演员和观众之间省却了一层障碍，尤其是在观众听不懂的情况下。当然，舞台上的动作除了生动易懂，还必须是艺术，可以变形，可以夸张，可以从生活的动作脱胎为舞蹈。既赏心悦目，又能理解动作的涵义，这大概是哑剧的一种最佳境界。在目前的舞台剧中，舞台具备着这种长处。芭蕾舞能成为一种超越民族国界的世界性剧种，道理正在于此。

前不久陪几位苏联作家看京剧，其中有《失空斩》，也有《三岔口》。《失空斩》他们看得很吃力，除了唱《空城计》时他们从诸葛亮的神态和唱腔中体会到镇静外，其余都要靠翻译解释，而看《三岔口》时，无须我作一句解释，他们全都看懂了，而且乐得眉飞色舞。《三岔口》和这些苏联人之间没有任何障碍。说《三岔口》这样的京剧和芭蕾舞有异曲同工之妙，大概不算牵强吧。

三

从前，对戏剧中的男扮女装，总是百思不得其解。既然戏中的角色是女性，为何不让女演员来演，却弄个大男人憋着嗓门在舞台上忸怩作态，使人想起来就浑身起鸡皮疙瘩。在西方，只有那些心理变态者，才会男扮女装女扮男装。然而梅兰芳却因此而成了名扬天下的艺术家，其中总有成功的道理。

7 年前，有一次被朋友邀去看宋长荣唱花旦，也是男扮女装。宋长荣是四大名旦荀慧生的弟子，虽只是主持外地一个地方小剧团，却在大上海的舞台上引起了轰动。本来是准备到剧场里去受罪，看一个年过半百的当代男人扮演一个古时少女，似乎有些荒诞不经。演的是《拷红》和《柜中缘》，宋长荣在舞台上俨然是两个不满 20 岁的少女，举手投足，居然无不表现出少女的柔媚，韵白唱腔，也完全是嗲溜溜的女声。然而想到那一身花衫下裹着的是 50 岁的男身，便有些毛骨悚然。看到后来，终于忘记了戏台上那个活灵活现的女主角是男人，剧中人的喜怒悲欢感染了我，使我再也无暇分心。作为花旦演员，宋长荣应该说是成功的，一个男人能把女人演到这样，确非易事。

在舞台下感受了一次男扮女装的表演，对梅兰芳们成功的原因便有了认识。一种特殊的表演艺术，而且有众多观者为之痴迷，它的存在意义和价值当然不容否定。个人的好恶，不可能决定一种艺术的盛衰。不过，宋长荣那场演出并没有改变我的观念。对京剧的男扮女装和越剧的女扮男装，我仍然不喜欢，这样的形式违背自然，扭曲人性。试想，如果生活中的男人都学女腔，而女人都男气十足，世界将会是何等的可怕。

四

昆剧有独特的韵味和魅力，是中国戏曲的精华。看过几场昆剧之后，产生了同感。北方的粗放豪爽和南方的细腻委婉，在昆曲中被融化一体，这是一种风味纯正的中国式的典雅。

我看过张静娴主演的两出戏，《占花魁》和《长生殿》。两出戏中的两个女主角花魁娘和杨贵妃，除了美貌酷似之外，其余差别甚大，一个是出身微寒、心地善良的烟花女子，一个是深得君王宠爱的王公贵人。张静娴不愧为一流的昆剧演员，在戏台上做唱俱佳，把两个性格差别很大的古代女子演得形神皆备，显示出一个昆剧艺术家的才华。

花魁娘和杨贵妃，都是被剧作家赞赏和同情的人物。但看过两出戏之后，观众对花魁娘的赞美远胜过对杨贵妃的同情。曾经以为是演员在两出戏中的表演水平有高低，仔细一想则不然。《占花魁》的女主角虽是青楼卖笑女，然而她有同情心，有人情味，在爱情、金钱和权势三者中，她最看重前者，这样一个人物，当然易于为人们接受。《长生殿》的作者想为杨贵妃平反的用意很明显。把君主昏庸、兵灾国难的罪责强加在一个女人头上，当然荒唐而不公平。但《长生殿》中的杨贵妃，给观众印象最深的性格特点，却是她的醋劲。如果不是以她和其他妃子争风吃醋的戏作为最后那个悲惨结局的主要铺垫，那么，观众对她的同情也许会有更充足的情绪准备和理性依据。我想如果剧作者的意图，是想让观众在看完戏后不怎么喜欢杨贵妃，只是觉得有些不公平，那么，张静娴是出色地完成了对角色的理解和塑造。如果剧作者的意图并非如此，那么，绝不能因此而怪演员。张静娴纵有天大的本事，也无法将一个行为举止并不可爱的角色演得讨人喜欢。说演员的表演是对角色的再创造，此话固然不错，然而演员的再创造，不可能超越或者改变剧本对角色所规定的道德属性和人格色彩。昆剧如此，其他剧种的表演也一样。

1990 年 9 月 2 日

墙的碎片

友人从德国回来，带给我一块小小的混凝土，这原是柏林墙的一部分，一件颇为时髦的礼物，可以引人遐思。

这是一块大如鸡蛋的混凝土，有一寸见方的平面，当年在柏林墙上曾面对着西德一方。平面上色彩斑驳，如同油画的残片。画的是什么我难以猜测，深蓝的像是天空，灰白的像是冰雪，也可能是一只瞪得大大的充满惆怅的眼睛局部……画的作者为谁也已永难考证。也许是一个孩子，曾在电网高耸的墙上用色彩表达他对自由的理解；也许是一位少女，曾含泪在墙上用画笔描绘她对亲人的思念；也许是一位老人，曾在昏暗的夕照中举起颤抖的手，用他的画叙述当年血火弥漫的噩梦……你愿意怎么想都可以，因为倒塌的高墙已不可能复原。这块小小的混凝土，只是从一段漫长而沉重的历史乐章中迸出的一个短促的音符。

由一块混凝土想到一堵墙，又由一堵墙想到一段历史，想到一种人类社会的畸形现象。人的思维是多么奇妙。

一个以墙作为标记的时代，当然是一个可悲的时代。墙可以阻挡视线，可以囚禁肉体，可以封锁笑声和哭声。然而墙却无法阻挡春天的风，无法囚禁心灵，无法封锁憧憬的翅膀。柏林墙的倒塌，正是一种美好的证明。

友人告诉我，这块柏林墙的碎片，花了他3马克。墙居然变成商品，可以卖钱，这似乎有些荒唐。不过我想，人们掏钱买这些墙的碎片时，应该是怀着崇高的愿望，愿世界和平，愿天各一方或者咫尺天涯的亲人都能团圆，愿可悲的历史不要再重演……

是的，此刻在我的书架上，有什么东西会比这块小小的混凝土更引人深思呢?

1991年2月

殊途同归
——谈两幅插图

去年春天，台湾画家陈秋松为我的散文集《死之余响》画了一幅插图。《死之余响》写的是“文化大革命”期间，许多无辜的人自杀屈死的故事。展现生命的毁灭，是为了反思那不珍重生命的时代，是为了讴歌生命的美丽和高贵。陈秋松的插图触目惊心，颇出乎我的意料，他以精细而又夸张的笔墨，描绘出生命垂危时的痛苦、挣扎、悲哀和怨愤。自杀者在他的笔下变成了几段扭曲的朽木，一根绞索把他们缠绞在一起，他们那种无可奈何的和仰天哀号的表情是人世间罕见的。这样的画，可以使读者的心灵为之震颤。我不认识陈秋松，但我相信《死之余响》中那些故事，是感动了或者说是震动了他的。在他的这幅画中，我能体会到他的那种强烈的感情。

最近，知识出版社要出版我的散文集《岛人笔记》，这是一本以“文化大革命”时期的生活为题材的散文集，其中收入了《死之余响》。承蒙不弃，画家谢春彦专门为这本书创作了插图。谢春彦近年来曾为很多文学作品画插图，画得极有韵味，常常是简洁的三笔两笔，便点示出文章的灵魂。在看到《岛人笔记》的插图稿前，我总在想：谢春彦会怎样画《死之余响》？也许是陈秋松那幅画在我的心里印象太深，脑海中老是浮动着那两段扭曲挣扎的人形朽木，还有那些痛苦悲哀的表情。看到谢春彦的画稿时，我吃了一惊。他的画，和陈秋松的思路完全不同，画面极为简单：一只黑猫，蹲在十字架下，回过头来瞪大了两只眼睛。我吃惊，是因为这幅画构思的出奇和含意的深长。在野草中兀立的十字架和黑猫逼人的目光，看似静穆，却惊心动魄，可以使人生出无穷联想。如此简洁的笔触和画面，象征的意义却丰富而沉重，我想，这是大手笔。

两位画家为同一篇文章作插图，构图和风格的差异如此之大，然而都巧妙而传神地表达了《死之余响》的内容和主题，想起来真是一件有意思的事情。陈秋松的繁复、夸张、精细的风格，和谢春彦简约、凝练、拙朴的风格，形式上似乎是风马牛不相及，两种外壳中包藏的内容和精髓，却是一致的。我想，艺术上的这种殊途同归的现象，其实很自然。文学创作也是这样，同一个题材，两个风格不同的作家可以写出两部完全不一样的作品，然而只要把握住事物的本质和内核，它们可以折射出相同的精神之光。

1992 年 4 月 28 日于四步斋

古　陶

在陇南的腹地武都县，一位朋友送给我两件古陶器。

两件古陶中，一件是汉罐。这是一个小小的灰瓦罐，长颈，大肚，喇叭口，状如现代的花瓶。罐肚上，布满细致而密集的图纹，这些图纹看来并没有什么具体意义，只是一种装饰，然而却表现了极为高超的造型雕刻的能力。罐颈上，光滑无痕，近似上过釉的瓷器。我见过不少汉罐，大多体大而粗糙，这样小巧精致的，却从来没见过。这小罐子，用来盛水太小，用来喝水则不便，用来作花瓶，差不多。这陶罐距今 2 000 年有余，是平民百姓墓中的随葬品。看来，当时的老百姓在物质贫乏的生活中，依然不无雅兴。陶罐用来舀水盛菜，囤谷储米，也用来养草插花。黄土经手掌的抚捏，经烈火的煅烧，成为这样一件淡雅而朴素的艺术品，真是一件奇妙的事情。把它称之为艺术品，也许是我的偏爱。然而，比之许多鲜艳而俗气的花瓶，这个灰陶罐确实百看不厌。

另一件陶器更古老。这是一个带两个耳环的黑褐色陶罐，比那汉罐稍大一点。我无法断定这黑褐色究竟是陶土的本色，还是烟熏火燎的结果。这陶罐的造型有些特别，罐身为圆形，罐口却是一个不规则的椭圆，沿口由四段圆弧构成，两个耳环从罐口边缘呈弧形落下，接到罐腰上。这造型，使人想起欧洲和印度的一些带耳环的水壶，只是壶颈要比这陶罐长一些。不同时代、不同地区的不同民族，却不谋而合地创造出形状相似的陶器，可见这类形状不仅实用，而且美观。在这个陶罐上，能清楚地看到匠人制作时用木片或竹片捻刮的痕迹，这些刮痕使这陶罐呈现出一种原始的拙朴美。陇南的朋友告诉我，据考古专家的判断，这个黑褐色陶罐是三千多年前的遗物，是真正的老古董了。我仔细观察了这陶罐表面的色彩，明显的上浅下深，罐子底部乌黑而缺乏光泽，像是火烧的痕迹。我猜想，这陶罐可能曾被用来烧水或煮汤，是古人餐桌上一件精美的器皿。比起那个汉罐，这黑陶罐还不算完好无缺：罐沿，罐底，一个耳环侧面，分别有几个缺口。不过我想这也没有什么，一个这么容易破碎的罐子，能保留 3 000 年而基本完整，已经可算是奇迹了。面对着这个被烟火熏黑的古陶罐，想象 3 000 年前的祖先们围坐在火堆边聚餐喝汤的情景，想象他们被火光映红的豪放明澈的眼神……那是怎样一种情调！

我小心翼翼地把这两个陶罐带回上海，放在我的书橱上，看它们一眼，便想起我的陇南之行，想起西北那些豪爽热情的朋友们。它们也常常使我陶醉在一种深沉古老的氛围里，使我的心情平静如秋水，使我的思绪如清风飘扬……

1993 年 2 月 12 日

巴 拿 马 鸟

有朋友从南美洲回来，送给我一件来自巴拿马的民间工艺品，一件类似于中国刺绣的手工织物。一块绛红色的布片上，用黄色、黑色、绿色、橙色和粉红等多种颜色的小布条，拼接成一只非常图案化的鸟。缝缀布条，用的是五彩丝线。我很奇怪，这只来自地球另一边的鸟，为什么看上去毫无陌生感，而且似曾相识？而我并没有去过巴拿马。

我把这巴拿马鸟装入镜框，挂在客厅里。有意思的是，这件照理应是很新奇的异国艺术品，居然一点也不引人注目。客人们坐在客厅里，都不会注意这新出现的外国鸟。听说这鸟从巴拿马来，他们都表示怀疑："什么？不会吧，这不是江南的乡村手工刺绣吗？"

我想，这大概不能说朋友们少见多怪，他们的感觉，和我初见这鸟时的印象差不多。其实，这也没有什么可奇怪的，艺术本来就没有国界，没有语言的隔阂。在不同的土地上，产生相似的艺术，是很自然的现象。记得我看过中国西北远古时的岩画，那是用利器刻在岩壁上的动物和人，那些简练的线条和夸张的造型，充分表现了祖先的想象力和高度的艺术概括能力。而这些岩画，和欧洲、美洲的古代岩画是如此相似，就像是同一群人同时在峡谷和岩洞进行创作。而产生这些岩画的地域和时代，相距是何等遥远。人类最初的艺术创作便已是如此，现代人的艺术想象和实践产生一些类同，当然也没有什么可以大惊小怪的。

去年去西安，参观完临潼的兵马俑博物馆出来，遇见一批出售工艺品的当地农民。除了那些陶制的小兵马俑，引人注意的是大红大绿的布褂和布袋，上面绣的图案，有麒麟龙凤、喜鹊梅花、蝙蝠鲤鱼，都是色彩艳丽而造型夸张。有一只布袋上，用彩色的碎布和丝线绣着一只鸟，看起来极其面熟。我一想，这不是我家里的那只巴拿马鸟吗？我买下了陕西农妇绣制的这个布袋，带回上海，放到墙上挂着的那只巴拿马鸟旁边一比较，真的，简直就是同一个人设计的。

1993 年 5 月 12 日于四步斋

石 鹦 鹉

甘肃成县的县委书记刘醒初和我年龄相仿，毕业于大学中文系。当了县委书记，他依然喜欢文学和艺术。去年夏天，我去西北采风，和他一起度过了一段难忘的日子。离开成县的时候，刘醒初邀请我去他的办公室兼寝室作客。在他的堆满书籍和报纸杂志的房间里，最引我注意的是他办公桌上放着的一块石头。

这是一块墨绿色的石头，形状奇特，像一朵垂直的青云，又像一缕袅袅升起的浓烟。再仔细看，也像一个老鹰或者鹦鹉的脑袋。见我注意这石头，刘醒初告诉我，这是一个朋友从河滩上捡到的一块石头，看着它像鹦鹉，便把它叫做鹦鹉石。

“其实，不要管它像什么，只要想想这是天然形成的一块石头，是河水把它磨成这个样子，就够有意思的。”

刘醒初这样看他的这块石头，和我的想法不谋而合。把天然的景物比喻成生活中某种具体的物象，往往是中国人传统的审美习惯。这当然没有什么错，我们都曾这样欣赏过山水风景。在中国各地，仍有数不清的爱好者正以此为目标，乐此不疲地收集着形形色色的树根和山石，以象形为奇为美为珍贵。这石鹦鹉的发现者，也属于这类范畴。其实，自然的造化有时候很难以人世间的具体物象来限定，作为一种审美，这样往往是作茧自缚。我们的古人在这方面表现得很有“超前意识”，在古代留下的一些艺术品中，就有这样的观赏奇石，采石者在自然中发现形状奇异的怪石之后，把它们采集回家，丝毫也不破坏石头的自然形状，只是专门为它们做一些精致的木托，也不以具体的物象为它们命名。即使取名字，也是十分朦胧抽象的，如“云骨”、“太极”、“玉玲珑”之类，这些名字，给人提供了广阔的想象天地。在上海的古园林豫园里，就有好几块这样的奇石。面对着这些天然浑成的石头，你只能为大自然的神奇而感慨。如果愿意去想象，不同的人看着这些怪石会联想起不同的事物。有人联想到飞禽走兽，有人想起了曾经游历过的山水，也有人联想起形形色色的人脸……

刘醒初见我对他的石鹦鹉感兴趣，慨然相赠，并戏言道：“你不必把它当作鹦鹉的，把它看作我们陇南的山水吧！”

1993 年 5 月

晶莹的枯叶

我这个人，喜爱植物，不管是花卉还是绿叶植物，我都喜欢。以前我也常常在家里养几盆花草，然而总是养不好，眼看着硕壮的花叶在盆中一天天萎缩、枯黄，任我怎样努力，总是无法挽回局面。这实在是一件痛苦而又扫兴的事情。到后来，我简直害怕在家里养那些名贵的花草，我想大概美丽的花草都和我没有缘分。

有一次，在张抗抗家里发现一种我从未见过的花。这是一些由晶莹透明的小圆叶组成的花，花瓣几乎没有颜色，只是淡黄的本色，素洁而高雅，插在一个白色的瓷瓶里，看上去简直就是美妙绝伦的艺术品。

我起初以为这是人工制作的纸花或者绢花，但仔细看，又不像。花瓣上那些极为细致的经络和叶脉，绝不是人工所为。这是什么花呢？我问张抗抗，她笑着告诉我，这是她从法国带来的一种植物，是一些干枯的树叶。这树的名字，她也叫不出来。见我对这些树叶感兴趣，她说："我不久后又要去法国，如果你喜欢，我给你带一些回来。"

我以为抗抗不过随便说说而已。想不到，半年后，她真的从法国给我带来了一束这样的树叶。这一束十分脆弱的枯叶万里迢迢旅行到中国，实在不是一件容易的事情。抗抗一路上精心保护着它们，不让碰，不让压，交到我手中时，那一片片小圆叶依旧安然无损地挂在纤细的树枝上，微风吹来，一阵轻柔的窸窸窣窣之声，一片晶莹悦目的异国之色……

于是，我的书柜中，有了一束不会凋谢的花。所有到我书房里作客的朋友都惊异于这花叶的精致和莹洁，而且没有人想到这竟是一些干枯了的树叶。而我，看着这些晶莹美丽的植物，感受到的不仅是大自然的奇妙，还有友谊的珍贵和温馨。

1993 年 5 月 9 日

白桦树上的教堂

在俄罗斯古城诺夫格罗德，我曾见到过一座古老的木头教堂。这是一栋纯粹的木结构建筑，木柱木墙，木门木窗，连尖尖的圆屋顶也是用木片叠成的。岁月的风尘已把这栋木头教堂的外表熏成暗淡的褐色。因为时间仓促，没有进教堂里参观。对木头建筑，我的兴趣并不大，我一直以为，世界上最完美、最精致的木结构建筑，应该是在中国，譬如故宫的太和殿，北京天坛的祈年殿，山东曲阜的大成殿，江西的滕王阁，湖北的黄鹤楼，杭州的六和塔，这些古老的中国建筑，已把木结构建筑的精密、复杂和造型的完美发展到了极致，恐怕很难有其他的木头建筑能与之相媲美。然而，陪我的两位俄罗斯作家，一直因为我没有走进他们的木头教堂而感到遗憾。他们说："这样的木头建筑，才真正能表现我们祖先的智慧和灵巧。"他们说这番话时，我们的汽车已经远离了那栋木头教堂，要不然，我无论如何要请求主人在那里稍事停留。

木头教堂在我的视野中一掠而过，但印象并不模糊。这是一个装束古雅简朴的老人，他默默地站在一片白桦林中，向前来参观的人们叙述着历史，展示着古代俄罗斯平民百姓的聪明才智。他没有太和殿和祈年殿那样的辉煌和高傲，这种辉煌和高傲，也就是所谓的“帝王之气”。在冬宫、克里姆林宫、伊萨斯基大教堂面前，也能感受到这种辉煌和高傲的帝王之气。尽管远隔万里的这些大建筑风格绝然不同，在恢宏、奢华和富丽堂皇方面，却是异曲同工。这些巨大的建筑绝无平民的生活气息，可远观而不可亲近。给人的感觉是，这样的建筑不是给人住的，而是给人看的。走进去看看，也是同样的感觉。这些大建筑使你感到自己很渺小。白桦林中的木头教堂却给人一种亲切之感，这是笃信东正教的俄罗斯普通百姓每天都要去的地方。和克里姆林宫、伊萨斯基大教堂相比，这样的木头教堂有些寒酸，但这是真正的民间艺术在建筑上的体现。我想，这木头教堂，是不是有点像中国从前乡村中的土地庙和关帝庙呢？没有人规定这样的小庙该怎么建造，于是乡间的土建筑家们便尽情发挥，各显神通，把这些小庙造得千姿百态。这样想起来，我没有进木头教堂看一看，真是有点遗憾了。

这种遗憾，在我离开俄罗斯时有了一点小小的补偿。在莫斯科的阿尔巴特街，我从一位民间艺术家手中买到了一件白桦树木的浮雕。这是一块被处理成黑褐色的木板，上面雕的，正是我在诺夫格罗德见到过的那种木头教堂，极其简练有力的刀法，把教堂的轮廓和线条勾勒得十分生动。浮雕的那种黑褐色，也正是我见到的木头教堂的颜色。而木头教堂里面的景象，只能由我自己自由想象了。

1993 年 6 月 8 日

纯朴和狰狞

朋友送给我一个来自贵州的木雕面具。黝黑的硬木，以粗犷的刀法、流畅而又夸张的线条和造型，雕出一张大小如真人的扭曲的面孔。这面具粗一看，三分像人，七分像鬼，正斜着眼睛，吐着舌头，龇牙咧嘴地对我狞笑，模样怪吓人的。

我把面具挂在书桌侧面的墙上。向左面转过脸来，正好就撞上面具那怪模怪样的狞笑。开始有点不习惯，后来看得多了，竟发现这面具很可爱，而且，似曾相识。像什么呢？像南美洲的玛雅古雕像，像非洲的变形乌木雕，也像从前江南农村驱鬼用的假面具。说像，都有点像；说不像，也都不像。那么，究竟像什么呢？

有一天，我看着那面具，突然想起二十多年前在崇明岛“插队落户”时认识的一个名字叫元狗的中年农民。他长着一张夸张的脸，看上去凶且丑，但却没有人讨厌他。他喜欢开玩笑，说俏皮话，而且总是一边说一边做鬼脸，是一个人人都喜欢的活宝。在田里干活时，若是缺了他，空气就会变得沉闷。记得刚到农村时，我的情绪低落，整天不说一句话，元狗经常说一些乡间的趣事给我听，还讲一些当时我认为是庸俗无聊的笑话逗我发笑。常常是我还没有笑出来，元狗和农民们已经忍不住哈哈大笑起来，于是我也情不自禁地受到感染，扑哧笑出声来……离开农村后，我常常想起元狗，他的身上凝集着中国农民的善良、纯朴，还有那种苦中作乐的幽默。尽管他长着一张丑陋的脸。

我不知道，贵州的这位雕刻面具的民间艺术家是否也认识像元狗一样的人，但是，他创作的这个面具，很自然地使我想起了元狗。这样的联想大概很勉强，但我相信其中会有一些内在的联系。纯朴和狰狞，为什么能够这样和谐完美地统一在一个粗犷的木雕面具中，我想答案也不是太玄妙了，因为，生活中有这样的情形。

面具仍然在我身边的墙上挂着，不时侧身看他一眼，已经成了我的一个习惯性的动作。我看他，他也看我，看来看去，相看两不厌。

1993年6月7日于四步斋

个 性 第 一

8 年前去美国，曾经住在洛杉矶郊外一个华裔作家的家里。那是一个花园般的小镇，彩色的楼房掩映在绿树丛中，听不见人声，只有鸟鸣和风吹树叶的奇妙声响。使我产生极大兴趣的，是那里的房子，那一幢幢结构相仿的小楼，外部造型和色彩竟然没有一幢是重复的。对一个住在由无数一模一样的楼房组合而成的新村里的中国人来说，这种情形有点令人惊奇。

作家的住宅附近，正在建造四幢大小一样的小楼。这是四幢木结构的 2 层楼房，是美国小家庭的理想住宅。一天我抽空去参观了那个建筑工地。四幢小楼刚刚搭好木骨架，从木骨架上可以看到房子的结构和造好后的模样。我发现，这四幢小楼的外形完全不一样，从屋顶、窗户、阳台、楼梯、大门到楼内房间的布局，每一幢小楼的设计都不同。也许是在相同的房子里住惯了，我有些纳闷，造大小相同的楼房，为什么要这样不厌其烦地翻花样呢？作家笑起来："这就是美国人的作风，个性第一！这里对千篇一律的东西简直不能容忍。"

现在我要是再见到这样的情形，当然再也不会惊奇。在中国，强求千篇一律，限制发展个性的时代已经结束。走在街上，要找两个穿相同衣服的人有点困难了。中国人也已经在建筑及生活的一切领域中追求个性。然而，那些整齐划一的新村依然占据着我们城市的大片领土，我们还得在这些相同的房子中生活，也许会在其中一直住到老死。这是我们这一代人无法避免的现实。记得曾有好几部文艺作品讽刺过这种情形：一个人走到别人的家里，竟然毫无觉察，因为自己的家和别人的家没有什么区别。也许，我们中间还将会有人走错门，不过，要我们走回到千篇一律的时代去，那是不可能了。

我们已经认识了自己的处境，懂得了什么是美的，什么是真正有魅力的，再也不会有人反对人们追求个性。这是创造美丽，寻求完善的基础。

1993 年 6 月 10 日

麦秸秆和小洋楼

我很难忘记小时候遇到过的一些民间艺人，譬如那些用麦秸秆编出许多小玩意儿的乡下艺人。麦秸秆在他们的手中，简直是无所不能，不仅能编出各种各样的小昆虫，如蝈蝈、蚂蚱、螳螂、蝴蝶之类，还能编出许多很精巧的小笼子。记得曾有一次放学后，我在马路上看一位老人编麦秸秆，看得入了迷，忘记了回家。使我觉得奇怪的是，老人的一双手看上去是那么粗糙，手心手背和十个指头，没有一处的皮肤是光洁的，到处都长着老茧。然而就是这双手，却像能变魔术一般，灵巧地将一根根单调的麦秸编成栩栩如生的昆虫。一直到天黑，老人无法再编了，我才依依不舍地转身回去。我很想买一个麦秸秆编的小虫子带回家，但口袋里没有一分钱。就在我准备回家的时候，编麦秸秆的老人叫住了我。他问我："你是不是很喜欢这玩意儿？"我点点头。老人把刚刚编成的一只螳螂递给我，笑着说："送给你，带回家去玩玩吧。"他还给我一束麦秸，让我回家自己也试着编一编。回到家里，我花了好多时间，想自己编一只螳螂，却怎么也编不成。于是我知道了，用麦秸编东西，不是一件容易的事。

而那只金黄色的螳螂，在我床头的墙上挂了很久。

最近去青岛，又见到了许多用麦秸秆编成的工艺品，使我耳目一新。这些麦秸工艺品，不是昆虫和笼子之类，而是一些极其精美逼真的微型洋楼。编小洋楼的麦秸被染成了各种颜色，于是，就有了红色尖顶的天主教堂，有了金黄色和雪青色相间的哥特式城堡，有了黑色屋顶、紫色墙壁和红色窗户的德国式乡间别墅……这些麦秸编成的小洋楼使所有见到的人都赞叹不已。

麦秸编的小玩意儿，是很典型的中国乡间手工艺品，现在竟编出如此洋气的小房子来，真是一件颇值得玩味的事情。不过，这样的工艺品出现在青岛，其实不使人觉得奇怪，因为麦秸秆所描绘的洋楼，在青岛处处可见，并不是乡间艺人的凭空想象。

1993 年 6 月

茶壶的联想

以前喝茶从不讲究。小时候用瓷碗，用搪瓷杯。后来到农村“插队落户”，盛茶的器皿有竹筒、葫芦瓢、木瓢、陶罐乃至木桶。再后来，读大学、做编辑、当专业作家，茶具不外乎玻璃杯和最普通的瓷盖杯。回头想一想，用过的茶具种类不算少，但都是过而不留，假如将它们陈列在一起，恐怕很难引出什么诗兴，至多可以从中窥探到中国知识分子简朴清寒的生活。

最近，结识了上海的茶具收藏家许四海，并参观了他的私人博物馆“四海茶具馆”，这才真正领略到中国茶具的精美和丰富。自明清以来，一代又一代制壶艺人用惊人的想象力和精湛的技艺，创造出无数造型各异、风格迥然的茶壶，尤其是宜兴的紫砂茶壶，更是千姿百态，那些古朴的形状和浑厚深沉的色泽使人联想到中国古老的文化和艺术。用这样的茶壶品茗饮茶，其功效就不仅仅是解渴了，这也是一种艺术的享受，饮茶的过程可以成为一种审美的过程。

解渴和审美，似乎是风马牛不相关的两回事，然而倘若有一把好茶壶的话，两者确可合二而一。古代的知识分子看来还是颇有雅兴的，尽管生活清贫，却还想到用小壶品茶，想到在茶壶上雕花刻诗，一把精美的茶壶在手，品茗吟诗，大概可以忘却许多烦恼和痛苦。和饮茶相关的一切，于是也逐渐发展成一门独特的艺术，成为一种陶冶性情的方式。后来盛行于日本的茶道，其源头也在中国，值得玩味的是，日本的茶道代代相传，长盛不衰，中国的茶艺却逐渐萧条冷落，几乎被人们遗忘。我曾多次观看来访的日本人表演茶道，每次观看，总会生出几丝惆怅来。许四海也有感于此，每逢有海外的客人来访，尤其是来日本客人时，他总要亲手表演中国的茶艺，每次都使观者惊叹陶醉。许四海有奇论，他说："中国的茶艺如果失传，那是中国人的耻辱。中国人如果都懂一点茶艺，通过饮茶来修身养性，肝火不会像现在这样旺，街头吵骂的噪者或许也可以少一些。"作为一个深谙中国茶艺的专家，他的看法大概不无道理。

也许有人会说，饮茶玩壶，对于贫穷而又多灾多难的人们来说，是一种侈奢，是无聊，玩物丧志，不足取：中国的茶艺之所以要失传，原因就在于此。这使我联想起我的好朋友，指挥家侯润宇从西德回来后给我讲的一件事。我问他对西德印象最深的是什么，他的回答出乎我的意料，他说："二次大战结束后，西德人还生活在一片废墟中，人民生活非常贫困，可在恢复建设之初，他们最先想到的是重建歌剧院！德国的各阶层民众忍着饥饿到歌剧院工地参加义务劳动……这样的举动，有人以为荒唐，有人却认为是极有意义的壮举。说荒唐者以为此举本末倒置，不分轻重缓急；说有意义者认为此举表现了一个民族酷爱艺术的素养，也表露了他们对前途和未来的信心。我想，在清贫和苦难中，依然不忘记追求美，不忘记继承发扬民族的文化和艺术，这是一种美德，也是一个民族有希望的标志之一。

这篇飘忽的短文，结尾还是要落在茶壶上。在日本，在港台，甚至在欧美，有着为数可观的大大小小的中国茶具博物馆，而在中国本土，除了许四海家中那个小小的"四海茶具馆"，至今还没有一个公有制的茶具博物馆，这不能不说是一种缺憾。最近几年，海外的茶壶收藏家和商人蜂拥而来，千方百计到国内收购古今名壶，已经有大量珍贵的茶壶流落海外，去而难返。半个多世纪前，英国皇家博物馆曾以两万美元向宜兴名绅储南强先生收购一把古老的供春壶，而储先生认为国宝无价，不能转让给外人，终使财大气粗的外国佬悻悻而去。这把供春壶今在何处？但愿它仍在我们自己的土地上。许四海和国内的一批茶壶收藏家有一个共同的夙愿，希望在上海开办一个中国茶具博物馆，并愿意为此集资出力。他们的想法当然不是什么伟大的计划，但却是一个有意义的构想。如果说，弘扬中华民族的文化艺术是一个伟大计划，那么，许四海他们向往有一个中国茶具博物馆，可以算是这个大计划中一个很有色彩的小片断。我相信，在我们的国度，建一个小小的茶具博物馆，应该是不成问题的吧！

1993 年 8 月

风景和人

世界上最美妙的风景是什么?

你不必挖空心思从地图上去寻找，也不必去翻阅你的风景名胜画册。告诉你，这美妙的风景就在你的身边，就在你的周围。你天天有机会看见他们，接触他们。这美妙的风景不是别的，是人，是我们周围那些美丽的、善良的、聪明活泼的人，是风华正茂的少男少女，是风韵犹存的中年男女，是风度翩翩的老人们……

其实，莎士比亚早就道出了这个秘密：“人啊，你是宇宙的精华，你是万物的灵长！”古代的哲人曾经以十分通俗的语言发出过类似的感慨：“让世间的所有风景都消失吧，只是不要消失了人。在一张张不同的面孔和不同的表情中，我可以想象世界上所有的风光……”

十几年前，中国人的观念远不如现在这么开放。当时，有一个年过花甲的老诗人，胸前背着一架老式的照相机，云游天南海北。他直言不讳地告诉我，他的照相机镜头，除了拍山水风光，还要拍美丽的女人。他对后者的兴趣甚至超过前者。他说：“我喜欢欣赏美丽的女人，觉得看她们是一种艺术的享受，没有一件艺术品会超过她们。”当时曾有人对此嗤之以鼻，在背后讥之为“老花痴”。其实，现在想起来，这位老诗人真是可爱得很，可爱在他的不虚伪，可爱在他有一颗真实坦白的爱美之心。

在老诗人坦言喜欢欣赏人之美的时代，人在中国绝不是什么风景，而是“革命”的主体及对象，是“阶级斗争”的工具，是“生产力”。既然如此，当然没有必要对人加以装饰和美化。吃饭是为了生存，穿衣是为了御寒，时装、首饰、化妆品之类，在中国是不能容忍的奢侈品，而“美容”、“美发”、“健美”之类的词汇，简直就是天方夜谭中的故事。男人和女人，可以穿同样的衣服，同样的款式，同样的色彩……所以有老外称中国为“蓝蚁之国”。何等可悲可怕可怜！

现在我说人是风景，恐怕不会有人觉得奇怪了。如今走在大街上，人群的色彩使人眼花缭乱。用“蓝蚁之国”来形容我们这个国家，已经很不妥当了。曾经可悲可怕可怜过的中国人，正以自己的聪明才智来美化生活，也美化自身。这是时代的进步。不过，对美的含义，不同的人有不同的看法。有人把美看作是一种奢侈，看作是一种可求而不可遇的珍稀物品，这样的人，大概经常会自惭形秽，到头来变得畏畏缩缩，失去了本应属于自己的自信和光彩。也有人认为，美是一种平常而又随处可见的东西，不必刻意追求，只要自己觉得美好就行。这是一种很好的心态，具备这样的心态的人，总是落落大方，使人看了舒服。也有人以丑为美，以为有个性就是美。譬如前些年去美国时，我曾见到几个少女，剃着阴阳头，在大街上招摇过市。她们自我感觉很好，因为路上不断有人盯着她们看。我也是看客中的一员，不过我没有感觉到半点美感，只是感到一种恐惧：她们使我想起中国“文化大革命”中那些可怕的“阴阳头”，这是对人的尊严的野蛮蹂躏……而在几个美国少女的心目中，这半边光头、半边长发的脑袋，竟然成了一种值得炫耀的美！人对美的看法，差异是何等的大。不过想想也不奇怪，对美和丑的看法，本来就没有一定之规，所有的规矩都是人们自己制定的。当我们在这既定的规矩中运转感觉和思维时，也许正和许多美好的东西擦肩而过，失之交臂。我想，当年那位喜欢用照相机拍美丽女人的老诗人，如果现在仍乐于此道，那么，他镜头中的取舍标准一定也有了许多变化。

世界早已不是一池清水，有清澈的地方，也有浑浊的地方。人群犹如游动的鱼，可以找到清澈的水域，让自己的目光保持着清新的感觉，也可以在浑浊中悠然自得，最后视野中一片模糊，什么也看不清楚，看不清自己，也看不清别人。在现代社会，要想在人们的面孔里发现世界上的所有风景，大概是越来越难了。

不过，毫无疑问，人永远是我们这个世界的最重要的风景，人类辛辛苦苦地所做的一切努力，都是为了美化这风景。你、我、他和她，我们大家，都是这个大千世界最重要的风景之一。当你在欣赏别人的时候，别人也在看你。既是风景，自然有艳丽和淡雅、粗俗和高洁、平庸和独特的区分，每个人都可以根据自己的个性和气质来使自己成为与众不同的风景。当然，衡量这风景的美丑高下，除了外表，还有内在的气质和涵养。心灵和精神的美，比外表的美更重要，也更恒久。真正耐看耐品味的风景，应该在内外两方面都经得起人们的观察和挑剔。

朋友，你愿意自己成为怎样一种风景呢？

1993 年 9 月 27 日于四步斋

胡同和国画

虽然没有在北京胡同里生活的经验，但对北京的胡同，也有着浓厚的兴趣。

面对着一张北京老城区的地图，我喜欢寻找地图上的胡同名。光看看那些胡同的名字，就能叫你浮想联翩：元老胡同、府学胡同、校尉胡同、力学胡同、演乐胡同、宝钞胡同、缎库胡同、屯绢胡同、灵境胡同、头发胡同、香饵胡同、豆瓣胡同、棉花胡同、帽儿胡同、绒线胡同、麻线胡同、禄米仓胡同、龙爪槐胡同、麒麟碑胡同、大雅宝胡同、旧帘子胡同……北京的历史，北京的风俗，北京人的生活，北京人的幽默感，似乎都蕴涵在这些包罗万象的胡同名中了。这些胡同，我大多没有进去过，但读着它们的名字，我脑海中出现的形象却是七彩斑驳，眼前的色彩绝非仅仅是青砖灰墙黑瓦……

在上海人的心目中，“胡同”这两个字总是和一些小小的陋巷连在一起。好的大房子不会在“胡同”里，有身份的人也不会住在“胡同”里。这种看法如果拿到北京来，能让人笑掉大牙。北京的胡同完全是另外一种概念。

一位老北京曾这样向我描述：“这里的胡同，你可别小看了，那可都是藏龙卧虎之地！”我每年都要去北京一两次，每次都会认识几条新的胡同。北京的胡同，当然也不是宽阔笔直的车马大道，走进有些胡同，犹如进入迷宫，常常是曲里拐弯，看着走到了尽头，却又柳暗花明，绝路逢生，在碰壁处拐个弯，便又豁然开朗……走在那些窄窄的胡同里，如果你的眼前突然出现一幢颇有气派的古代宫殿，你完全不必惊奇，那或许是清朝的哪个王府，或者是一个当年曾显赫一时的官宦府邸。尽管屋顶上的琉璃瓦已经斑驳不全，门前的石狮子也可能断腿缺脑袋，门前的石阶缝隙中总是青草丛生，然而你还是可以从这种残缺之中，想象当年的威严和繁华。而在那些被高墙围起来的四合院里，曾经发生过多少类似老舍小说中的北京故事呢？如果不乏想象力，你可以尽情遐想。

我想，说北京的胡同藏龙卧虎，大概并不是指这些胡同中矗立着某座旧时贵族的宅院。据我所知，北京很多文学艺术大师们的住址，都和“胡同”一词连在一起。譬如，沈从文曾住过三条胡同：中老胡同、大头条胡同、东堂子胡同；齐白石住在跨车胡同；艾青住在丰收胡同；卞之琳住在东罗圈胡同；周扬住在安儿胡同……

两年前，齐白石的孙子、画家齐秉声先生曾邀请我去他的家，也就是齐白石当年曾生活创作的“寄萍堂”。那是一个初春的夜晚，汽车经过七曲八拐的街道，停在跨车胡同里一个看起来很普通的大四合院门口。因为太暗，我看不出门前有什么特别的标志，只是在大门左侧的砖墙上见到一块小牌子，表明这里曾住过一个伟大的中国画家。这里，当年曾经门庭若市，来访者来自世界各地，甚至还有国家元首。我相信，凡来过这里的外国人，大概不会忘记住在这样一个小胡同里的大画家。齐秉声带我走过院子，来到他的画室，这里也就是当年齐白石作画并接待客人的地方。屋子里灯光柔和，陈设很简朴，除了一张大画桌，就是几把椅子，然而看着四面墙上挂着的画，看着画上那些充满灵动之气的花鸟虫鱼，闻着空气中那股墨彩的气味，你会感到自己是被一种浓郁的艺术气息笼罩着。这种感觉，在灯火辉煌的豪华住宅里大概很难体会到。那晚齐秉声画性大发，他兴致勃勃地在那张大画桌上挥毫作画，画的是墨虾。柔和的灯光下，一枝蘸满墨汁的毛笔轻巧洒脱地在宣纸上挥动，笔锋下即刻神奇地出现活灵活现的虾，一只又一只，在雪白的纸上游动，透明的躯壳和长长的须脚仿佛正在水中颤抖。这古老而又新鲜的生灵，只能诞生于这饱孕着东方情调的北京胡同。看着沉浸在画意中的齐秉声，我的眼前依稀看到了齐白石的影子。白石老人当年一定也是这样忘情地沉浸在他的创作之中……

从跨车胡同里的齐白石故居回来，我竟然很固执地把北京的胡同和美妙的国画连在了一起。两者也许毫不相干，但是，它们的丰富多姿，它们的东方情调和魅力，却也有共同之处。我想，作为国粹，作为一种民族文化的现象，它们大概都会是古老而又年轻，有着永久生命力的。

1993 年 10 月 7 日于四步斋

走出石库门

石库门几乎成了昔时上海人生存环境的一个代名词。我们这一代人，对石库门都有着切身的感受，它们和很多上海人的人生履历乃至整个生命联系在一起。这是一个过去时代的足迹，是历史留给上海人的并不辉煌的旧时巢穴。

石库门是什么？是拥挤的市区中一大群一大群式样相仿、格局狭小、陈旧而灰暗的弄堂房子。天井、客堂、前楼、厢房、亭子间、幽暗而狭窄的楼梯、晾满衣服和尿布的小晒台、放满了煤球炉的公共厨房、酱雾油烟在房子的每一个角落里飘绕不散……所有这一切，组成了石库门的自然风景。也许很多老上海人对这样的风景不仅熟悉，还充满了亲切温馨的感情，因为他们的童年、青春、爱情和人生的酸甜苦辣都和这些风景紧密相连。邻里间的和睦相处和相互间的关心演绎出很多动人的故事，这些故事，使石库门成为一种理想色彩颇浓的上海风景。为现代中国创造了巨大的物质和精神财富，建设起一个国际大都市的上海人，就是在这样的风景中生活过来的。

然而谁能否认石库门的局促和无奈呢？人们在传播那些用忍让编织的温馨故事的同时，更多的是听到石库门里的噪声。有人在为公用厨房里的一两寸地盘分配不均争吵不休，也有人为一个篮子挂错了地方而大打出手……婆婆妈妈，鸡鸡狗狗，张家长，李家短……石库门里“七十二家房客”的烦恼何等繁杂。向往着辽阔的现代上海人，生存在如此窘迫窄小的天地中，如何不焦虑烦躁？

在石库门房子里，没有秘密隐私可言，一切都是公开的，斑驳的旧墙和漏风的板壁是无微不至的传媒体，你在家里放个屁，隔壁的人也能听见。于是人们分化成了两部分，一部分人说话便无所顾忌，反正什么秘密也保不住，何不广而告之。另一部分人变得沉默寡言，唯恐自己的隐私暴露于人，走路蹑手蹑脚，说话细声细气，甚而缄口无言，离群索居。其实，两种人的状态都不算健康。而那些喜好窥探他人隐秘的小市民，在石库门中当然是如鱼得水了。

上海人的聪慧和精明在石库门中表现得很充分，一个小小的亭子间或者小阁楼，可以被装点得像高级的宾馆一样精致豪华，每一个角落，每一寸空间都被巧妙地打扮得恰到好处。低着头磕磕碰碰走上幽暗狭小的楼梯，进门豁然开朗，满目生辉。这种情景使很多外地人既惊奇又感叹：可怜的上海人，真是难为了他们！这种在“螺蛳壳里做道场”的功夫，当然无法和恢弘博大的气度相提并论。而上海人却一直要在世人面前树立恢弘博大的气概，这是多么矛盾的事情。

好在石库门的时代正在逐渐成为过去。尽管一些老人在搬出石库门时仍然依依不舍，但年轻人搬进新楼房时的欢欣和激动，早把那一份怀旧的伤感冲刷得无影无踪。上海人在走向辽阔未来的同时，必然而且必须要走出石库门。

但愿有那么一天，颓败的石库门被拆得差不多了，这时有人会建议：留下一些石库门做博物馆吧，让我们的后代看一看，创造了现代化奇迹的上海人，从前曾经住在什么样的房子里。

1994 年 5 月 10 日于四步斋

为石头流泪

雕塑是凝固的思想，是立体的音乐，是心灵之花的写照，是跌宕的故事和飞扬的情感在空间的定格。一件成功的雕塑，可以引发出无限遐想。很多年前去四川乐山，坐船在急流汹涌的江上航行，眼帘中突然出现江对岸的大佛时，心中的震惊无法用言语表述。古人把巍峨的高山雕成了巨大的佛像，千百年来，这巍峨的巨佛就这样用平静超然的目光凝视着奔流的江河，凝视着所有前来仰望他的人。当时的感觉，似乎不是面对一尊塑像，而是面对漫长的历史，面对无数默默无闻地用心血和生命创造了历史和艺术的先人。先人用这样奇特的构想和创作，完成了他们理想中的天人合一。在大佛那平静超然的目光凝视下，任何张狂自傲的情绪都被抑制了。很多年来，我一直没有写过关于乐山大佛的一个字，就是因为当时的这种感觉，在这样雄伟博大的雕塑前，现代人的笔墨显得多么轻浮无力。

好的雕塑，令人一睹而难忘，犹如欣赏美妙的音乐，在凝视那些出人意料的造型和变化无常的线条时，心弦为之颤动，而且余音长绕。

在墨西哥南方的尤卡坦丛林中，我看到过一尊玛雅人留下的雕塑，雕塑的材料是当地的普通岩石，用很粗犷的刀法雕出一个巨大的人头，大眼、宽鼻、厚唇，淡然的目光仰视着天空，这目光中似乎没有欲念，但又似乎有丰富辽远的期望。这人头雌雄莫辨，但表情却耐人寻味，站在他面前，你会肃然起敬。我感到雕像仰望天空的眼神似曾相识，像谁？我眼前出现的另一个形象，正是远在几万里外的乐山大佛。乐山大佛平静超然的眼神，和这个巨大的玛雅头像的表情非常相似。这种含蓄的、似乎不明确的表情，其实蕴藏着比某种特定的情绪远为丰富的内涵。这样的表情，必定是出自聪慧而淡泊的心灵，出自灵巧而坚毅的手，出自具有深厚文化底蕴的民族。好多年后，那个玛雅头像还不时出现在我的脑海中，以他淡然幽远的目光凝视我，使我心驰神飞，在作精神漫游时，把遥远的古代和未来，把远隔千万里的莽原、高山和丛林融为一体……而和玛雅头像同时在我眼前出现的，常常是乐山大佛的平静超然的目光。

有些雕塑，我甚至叫不出它们的名字，但它们却固执地在我的记忆中占着一席之地，不肯轻易消失。

好几年前，我在乌克兰的首都基辅街头散步。那是一条蜿蜒起伏的街道，浓密的林荫覆盖着整洁的石板路，路边是一些不起眼的老房子。突然，和我走在一起的所有人都停了下来——挡住去路的，是路边的一尊雕塑。在一幢老房子临街的窗台上，雕着一尊人像，一个神情严峻忧郁的老人，雕像除了雕出了他的脸，还雕出了他的一双布满青筋的手，这双手从墙上伸出来，好像要挽留你，要你停下来听他倾诉什么。那双青筋暴突的手，反映了内心的激动，这和拥有这双手的那张严峻忧郁的脸十分吻合。当这样一尊雕像突然出现在你面前时，你无法不停下脚步。雕像下面有文字，有雕像主人的姓名，但是我并不知道他，连陪我们散步的俄罗斯作家也不知道他是谁，只知道他曾经在这幢老房子里住过，在这里离开人间。当时，我没有想到记下他的名字，因为我觉得这并不重要，即便记下来，我还是不了解他。但是，这尊由一张脸和一双手构成的雕像，我却再也不会忘记，他的神情，他的那双从砖石中伸出的青筋暴突的手，给我的印象是如此强烈，我由此联想起生活中很多遭遇不幸而不为世人所理解的人。有多少人看到了他们内心的痛苦和焦灼呢？

雕塑本是岩石、泥土和金属，沉默应该是它们的属性。然而有些雕塑却会发出奇妙的声音，这声音萦绕在沉寂的空气中，使得墓地这样死气沉沉的地方都会充满了生命的歌唱和呐喊。是的，是在墓地里所见。在彼得格勒，在涅瓦河畔的一片古老墓地中，埋葬着一群俄罗斯的艺术家，其中有柴可夫斯基，有陀思妥耶夫斯基，有罗蒙洛索夫，有鲍罗丁和莫索尔斯基。墓碑前那些表情庄严的塑像，无法给人留下太深刻的印象。他们使人联想到死者的遗容，因而也阻隔了观者的想象。然而有一位俄罗斯音乐家墓地上的一尊雕塑，却使我浮想联翩。这位音乐家的墓地上没有墓碑，也看不见任何文字。稍稍隆出地面的草地上，站着一个赤脚的牧童，他正在吹笛子。一支短短的牧笛横在他的嘴边，他的短发和衣衫在风中飘动，他的身体呈一种优美的放松状态，就像古希腊人的竖琴，在青青的绿草上传达出音乐和风的旋律……

还是在墓地。那是乌克兰的巴比亚厄，一个埋葬着数十万冤魂的山谷。死者的遗骨填平了深陷的谷地，德国法西斯在这里留下了永远无法掩埋的罪迹。还没有走进山谷，我就看见了那尊巨大的雕塑，犹如一股黑色的云雾从谷地升腾而起，凝固在空中。从远处看，这是一座奇异的纪念碑，你说不清它的形状，但能感觉到它所表现出的悲壮沉重和愤怒的力量。走近了看，才发现这是一组人物的群雕，是一群临刑时的受难者：横眉怒目的军人，痛苦万状的少女，垂死的老人，中弹后倒地挣扎的小伙子，粗犷的线条中蕴藏着强烈的感情。群雕的最上端，是一个怀抱婴儿的妇女，在告别人世的瞬间，她抱紧了自己的孩子，俯身亲吻孩子的前额……惨绝人寰的情景，被这一群用黑色岩石雕出的人物表现得淋漓尽致。这组人物群雕，使我联想到罗丹的《加莱义民》，两者有相似之处。但比之《加莱义民》，巴比亚厄群雕中的痛苦和愤怒更为强烈，也更为惊心动魄。毕竟一个是传说中的故事，一个是血淋淋的事实，雕塑家创作时的心情大概不会是一样的。

又想起了很多年前的四川之游。那次去看了乐山大佛之后，我还到了大足，大足有驰名天下的石刻。那也是一个山谷，暗红色的岩石被古人雕刻成无数佛像和人像，面对着刻满了形形色色人物的山崖峭壁，看着石头的雕像用各种各样的目光凝视着你，你会被震撼，会情不自禁地生出很复杂的联想。我以为，在地球上所有先人留下的宗教题材的雕刻中，大概没有一处比大足的石刻更丰富了。宗教题材的雕塑，大多千人一面，人物的表情甚至长相都差不多。而大足的雕像却是芸芸众生的写照。佛教的人物和内容完全被世俗化了，雕像的表情，是普通凡人的表情，世间的喜怒哀乐，在这些石头的雕像的脸上都能看到，面对他们，仿佛是面对活生生的人群。我想，雕刻这些佛像的艺术家，可以说是一些大胆的叛逆者和创新者。想到这些石头的生命就这样栉风沐雨在山野中站立了千百年，我突然感到了历史的短暂。和我同行的一个年轻诗人，对着那些沉默的石像，禁不住失声痛哭。他无法解释他的这些泪水的含义，只是喃喃地对我说："看着他们，我感动，也难过，于是泪水就忍不住流出来。"

我想我能理解这样的泪水。因为，我们面对的，并不是冷冰冰的石头，而是浸透了艺术家泪水和心血的生命。

1994 年 9 月 16 日于四步斋

电视的魔力

在现代人的生活中，有什么东西的影响能超过电视呢？在不到 20 年的时间里，电视就像不可阻挡的旋风，扫遍了中国的大地，它无孔不入，没有一个地方能够躲避它的覆盖。70 年代末，电视机还是一种奢侈品，只能进入很少的家庭，而且大多是黑白的。现在，电视机早已成了生活的必需品，在很多人看来，一个家里如果没有一台电视机，那么，这个家简直不成其为家。看惯了电视的人们，如果碰到哪一天断了电，或者坏了电视机，那就会失魂落魄一般。

电视能以如此迅疾的速度进入人们的生活，原因其实也很简单，是因为电视的魅力。电视使中国人曾经极其枯燥单调的业余生活变得色彩丰富，使中国人曾经非常闭塞的视野变得四通八达，无比开阔。人们在电视中可以看到世界上发生的各类新闻，神秘而辽阔博大的世界，一下子变得可视可感。一个偏僻山沟沟里的老农民，可以和北京上海的城里人一样，同时看到美国飞机轰炸伊拉克的镜头，看到非洲丛林里的野牛群，看到巴黎和意大利的时装表演，看到中国女排在外国得胜或者吃败仗的镜头……有了电视，世界一下子变得小了。中国人也可以和美国人一样，一边看电视，一边感叹“It's a small world”（世界真小）了。

毫无疑问，电视丰富并改变着现代人的生活，也改变着现代人的观念。一个把自己关在屋子里做梦的人，他的梦一定也闭塞。电视就像一扇神奇的窗户，打开在中国人闭塞的墙上，人们从这扇窗户里看到了世界的辽阔和多彩，看到了和他们原来的想象完全不同的生活状态，看到了现代化究竟是怎么样的一种景象。乡村的人们在电视中游览着城市，城里人在电视中感受着自然，无法迈出国门的人在电视中周游列国……总之，电视就像一个无所不能的魔术师，把大千世界的形形色色的景象，把地球上各种各样的信息展现在你的面前。一切遥远神秘的传闻、故事和人物，在电视中都变成了活生生的形象。任何人也无法否认电视对现代人类所作的贡献，它使社会进步，使人类变得见多识广，使陌生的人们失去了距离。

电视是创造明星的最有效率的舞台。一个普通的演员，因为在一部电视剧中成功地演了一个角色，一夜之间就可能被全中国乃至全世界的人认识。因此，很多做着明星梦的人，就把走上电视当作自己人生旅途上的一个重要目标，这是一条时髦而拥挤的道路，很多人恐怕难以抵达目标，但是这条路上永远人声鼎沸。

如果时光倒转 50 年，电视带来的种种奇妙景象，简直就是神话。而现代人对此正在习以为常。

谈了电视的种种好处，不妨也说说电视的副作用，说说电视对健康自然的生活的侵犯。

有人说，电视使现代人变得懒惰，变得不喜欢思考。也许不是所有人都是如此，但这并非毫无根据。在我们的周围，不乏这样的人，他们对电视节目并无选择，只要打开电视机，他就可以一坐而不起，从早到晚面对着屏幕，成为一座没有思想的雕塑。前不久，在电视里看一个记者采访一个年轻人，记者问年轻人，每天有多少看电视的时间，年轻人回答："大概六七个小时吧。"记者表示惊讶，这位长得肥头胖脑的年轻人笑道："我看电视的时间不多嘛，我的朋友比我看的还要长呢！"看着这个胖子，我不禁想起一句很有意思的玩笑话：看电视是现代人发胖的重要因素之一。每天坐在电视机前，不动脑筋，不运动，岂有不胖之理！

电视也使一些小家庭产生了矛盾。一家人中的兴趣和欣赏的口味各不相同，电视中本来有可供选择的许多频道，然而，同时看电视时，只有一个节目可供选择，于是矛盾就来了，儿子要看娱乐片，父亲要看足球赛，母亲要看连续剧……到底满足了谁好？有时，想清静一会儿，家中的其他成员却不愿意关上电视机，于是，从那彩色屏幕中传出的任何声音都会成为可怕的噪声……

不少人把电视中展现的一切都当成真理，电视里怎么教，他们就怎么学，电视里怎么表演，他们就跟着怎么做。岂不知，电视节目和真理根本不可能画等号。因为跟着电视亦步亦趋而上当吃亏的事情，到处都可以听到。最可怕的，是孩子们对电视的模仿：看武打片，模仿舞刀弄棒；看警匪片，模仿枪杀打斗；看言情片，模仿谈情说爱……记得有一次陪几个来自欧洲的外国作家游黄浦江，游船的船舱里有一台大彩电，正在放一部武打片的录像，游江的过程中，电视中不断传出打斗的吆喝、刀枪和皮肉的碰撞。电视机旁，围着三四个手舞足蹈的孩子。

一个外国作家问我："你们为什么喜欢给孩子们看这样的电视？"我当时的感觉，除了狼狈，还有羞耻。

我这样编派电视的坏处，对发明了电视和正在精心为电视制作优秀节目的人来说，当然不公平。其实，这类坏处，并不是电视本身的问题，而是人类自身的弱点。就像汽车有时会撞人，火车有时会出轨，飞机有时会失事，你不能因此而否定这些交通工具对人类的贡献，只能怪那些出错的驾驶员，只能怪那些玩忽职守的机械师和地面指挥人员，只能怪和人类作对的恶劣天气。

谁也不会愿意倒退到没有电视的时代，而电视对未来人类生活的影响，任你怎么想象也不会过分。

1994 年 11 月 12 日于四步斋

《杜巽国画选》序

静夜，无风，无月，一个人独对青灯，然而思绪却如同展翅的鹏鸟，在辽阔的天地翱翔飞舞，眼前不时闪过奇异美妙的景象：忽而是朦胧的江南烟雨，忽而是峻拔的北国风雪；清澈的溪涧在山谷中蜿蜒，晶莹的月光在荒野里流动；亿万年的古岩，化作了表情庄严的脸，沉静的目光正穿越无穷时空，审视着现代人浮躁的灵魂……

这是我读了浙江画家杜巽的山水画册后产生的遐想。在我的印象中，杜巽是一位擅画人物的中国画家，我曾见过他画的人物，有独到的个性和功力，想不到他也能画出如此丰富多姿的山水。杜巽是江南人，他在画册的自述中有这样的自白：“少年时代在故乡宁波东钱湖旁的一个山村里读书樵牧耕作，自幼对江南水乡的田园风光有着天生的眷恋之情。”他用画笔描绘江南风光时，饱含着对家乡的感情，那种湿润温馨的气息从画页中扑面而来。在他的作品中，无论是小桥流水、桃云柳烟，还是湖波帆影、古树老村，都画得空灵而朦胧，有一种淡淡的惆怅，一种梦幻般的情调。可以感受到画家对故土、对童年往事的怀恋。如果这本画册仅此而止，那么格局大概还不能算大。然而画家的感情并不局限在江南的山水，他的视野，飞越千山万壑，绘北国，画异域，为人们展现了和江南山水完全不同的景象。使我感到惊奇的是，在描绘粗犷雄峻的北国风光时，尽管客观景物的反差那么大，但他却依然能保持自己的风格，在雄浑中见细腻，在冷峻中见热情。细腻的笔墨，画出了气势阔大的景象，使人在惊叹自然的雄奇时，也感慨艺术的气象万千。值得一提的是他画异域风情的几幅画，如梦如幻，使人产生无穷的遐想。合上画册，我的眼前还浮动着吴哥窟石像们那种幽远神秘的目光。

杜巽的画册中，没有一览无余的浅薄。在形形色色的山水中，不仅能感受到画家的激情，也能体味出他深沉的哲思。这是一个经历了风雨坎坷、阅遍了人世沧桑的现代人对自然，对生命，对历史的思索和憧憬。这些用色彩和线条表达出来的思索和憧憬，要比概念化的文字动人得多。这和文学创作其实是同样的道理，仅仅有技巧和激情，没有独特的哲思，很难写出深刻大气的作品。我想，这是我为什么会喜欢这些画的更深层的原因。

1995 年 4 月 21 日于四步斋

古人的枕头

那天经过一条僻静的小街，见两个外地人在摆地摊卖古董。地摊上，摆着两三个青花瓷瓶，四五个土陶罐，引起我注意的是一件奇怪的青花瓷塑。这瓷塑是一条龙舟，龙舟中间腾起一团云柱，云柱的顶端托着一块状如鞋底的瓷板，上面绘有腾云驾雾的麒麟。云柱底下，一个衣冠楚楚的书生侧卧于地，手中捧着一卷书，眼睛却斜在一边。他的身后，是一个俯身采菱的村姑，村姑也回身窥视着书生。书生和村姑居然被塑得有鼻子有眼，衣裙和长衫上，有流畅的褶皱，还有星星点点的小花。摊主告诉我，这是古人的枕头。这枕头，比现代人的枕头小得多，长不足一尺，高不满半尺。把枕头做成这种样子，我头一次见到。尽管这枕头上布满了陈年土垢，我还是很自然地联想起宋人向子諲的词：“石作枕，醉为乡，藕花菱角满池塘。”古人把枕头设计成这模样，大概是想枕着它做风流的美梦吧。

和外地人讨价还价了一番，把瓷枕搬回了家。当然不能用它来枕头，只是放在桌上，闲时看一眼，引起一些古色古香的联想，回味《唐人小说》《聊斋》和《阅微草堂笔记》中的传奇故事。这些故事中的主人公，也许就枕过这样的枕头。对古人的枕头，我实在是孤陋寡闻，看到过几种，除了瓷的，还有玉雕的、木雕的，形状不一，雕刻的工夫都非常细致。看来古人在枕头上动的脑筋、花的工夫要比现代人多。古人也时常在诗中提到枕头，“枕上诗书闲处好，门前风景雨来佳”，这是李清照的词。“江上秋风无限浪，枕中春梦不多时”，这是苏东坡的诗。元人白朴的《水调歌头》中有“不愿酒中有圣，但愿心头无事，高枕卧烟霞”这样的描述。吟咏此类诗词，能让人联想到枕头的种种好处，它们似乎和古人的浪漫和悠闲的生活联系在一起。而我眼前的这个瓷枕，和古人的诗意也十分吻合。

这样的浪漫和悠闲，果真是枕着这样的瓷枕头可以抵达的吗？

这个枕头，实在是小了一点，如果枕着它睡觉，翻个身，便会从上面掉下来。古人喜欢睡宽大的床，所谓“八尺龙须方锦褥”，那床宽敞得就像个小戏台，这样小小的一个瓷枕头，放在上面，不合适，不相称。况且，这枕头也太硬了一点，如果没有坚实的脑壳，整夜和这硬邦邦冷冰冰的瓷片厮磨，恐怕消受不了。我想，古人大概也不会喜欢太小的枕头的，李白诗曰：“醉来卧东山，天地即衾枕。”以天地作枕，何等的阔大。李白诗又曰：“门开九江转，枕下五湖连。”枕头连着江河湖海，何等的浩瀚。还想起了更早的故事：孙子荆年少时，想到山里做隐士，便告诉王武子，准备去“枕石漱流”，也许是心慌口急，竟把“枕石漱流”错说成“漱石枕流”，王武子惊问：“流可枕，石可漱乎？”孙子荆情急生智，答道：“所以枕流，欲洗其耳；所以漱石，欲砺其齿。”孙子荆后来是不是到山里去洗耳磨牙我不知道，但“枕流漱石”却成为他的名言，也成了古人磨砺心志的一个代名词。不过“枕石”，或者“枕流”，和这个小而精致的瓷枕似乎都不相干。

就在我不着边际胡思乱想的时候，妻子也发现了书桌上这个灰头土脑的瓷玩意儿。听我说这是古人的枕头，她皱了皱眉头，自问自答道：“这东西，能当枕头吗？我看，是给死人用的吧！”

我被她说得心里“咯噔”了一下。她说得还真有道理。这类出土的旧器皿，八成是陪葬的礼器，这枕头，大概也不会例外。想想我所见到的古人之枕，非木石即陶瓷，大多小而硬，看来多半是给坟墓里的人垫脑壳的。这样的枕头，对活人的脑袋不合适，对死人却无所谓。在棺材里，有这样一个小小的瓷枕搁着脑袋，绰绰有余了。我想，古人其实也一定喜欢大而软的枕头的，只是这样的枕头留不到现在，即便埋在地下，也要腐烂。只有那些陪葬的玉石陶瓷枕头，才会长命千百岁，成为现代人眼里的古董。这样想着，再看看我面前的那个瓷枕头，那两个在龙舟上眉来眼去调情的男女，仿佛成了从坟墓里逃出来的幽灵，在灯光下，他们正眯缝着绿幽幽的眼睛窥视我呢！

1995 年夏日

后记：此文发表后，曾收到多封读者来信指谬，言瓷枕乃古人日常所用，并非专为殡葬所用。余孤陋寡闻，仅凭想象误导读者，惭愧。

玛 雅 人

10年前，在墨西哥作家协会主席侯塞因家里做客，他一定要给每个中国作家送一件礼物。轮到我时，他的目光在书架上浏览了片刻。“送你一个玛雅人！”他一边笑着，一边伸手从书架的上层取下一尊石头的雕像，“这是从地下挖出来的，有好几百年历史了。你对玛雅文化有兴趣，就让这个玛雅人陪伴你吧。”

玛雅，是一个神奇的名词。在南美洲，这个古老的民族曾经创造出灿烂而又奇异的文化。然而在数百年前，玛雅人突然从他们生活的城镇中消失，他们留在荒野中的金字塔和祭坛神庙，成为现代人目光中的奇迹和谜语。玛雅人的雕像，自然就是这种奇迹和谜语的一种最形象的注释了。侯塞因先生赠我的礼物，是一尊半尺高的石雕，造型有点像古埃及的狮身人面像。方形的头冠下，一张表情漠然的脸。脸上，那一对离得很近的眼睛似睁似阖，幽深的目光中，流露出一种神秘的尤怨。宽大的鼻子下面，一张大嘴咧在一边，似乎欲言又止，强忍着心里千言万语。这张奇特的人脸下面，却是一个蹲伏着的兽身，这身体像什么，就说不清楚了。石头的色泽像中国的青田石，但比青田石坚硬得多。浅褐色的石质中，浮出乳黄和青灰色的不规则肌理，这些色彩，分布在石像的脸上，就形成了奇异的效果。石像的脸，半边褐色，半边乳黄；石像的眼窝，一只灰黄，一只铁青，看上去，这位古时的玛雅人心绪不佳，他正以不屑的目光睨视着人世。不管面对着什么人，他这样的目光是不会改变的。也许，当年被埋进土里时，他已经料知玛雅人即将遭受的厄运，所以便将这样的表情从古代一直保持到现在。玛雅民族和玛雅文化所有的沧桑和秘密，都密封在他那幽怨神秘的眼神里了。

后来在墨西哥的人类博物馆参观时，我又看到一些类似的玛雅石雕和陶塑，那些在现代人眼里已经成为古董和艺术品的玛雅人像，神态都差不多。有一尊石雕，和我带回中国的那个玛雅人非常接近，同样的轮廓，同样的嘴脸，但是，他给人的印象却是惊愕，是咄咄逼人的瞪视。我立即发现了其中的奥秘——博物馆的那尊石雕的眼睛里，镶着两颗金黄色的宝石。那咄咄逼人的惊愕，原来是宝石的光芒。

挖去了光芒四射的宝石，这石像就变得神秘，变得幽怨，变得深不可测，还有了一点可以引起现代人共鸣的幽默感。

侯塞因先生赠我的那尊玛雅石雕，原来大概也有一对宝石眼珠吧。如果有了一对金黄、翠绿或者血红色的宝石眼睛，侯塞因先生也许就不会把它送给我了。不过，我并不喜欢镶在石像脸上的那对宝石眼睛，在它们逼人的闪光中，幽远的遐想烟消云散，历史感也逃遁得无影无踪。

此刻，在我的书柜里，这尊还带着泥土颜色的玛雅石像，正以千百年一贯的神态看着我。他的目光，并没有因为丢失了宝石而显得空洞。

1995 年 8 月 24 日

书想衣裳

写下这个题目，觉得有点滑稽。“云想衣裳花想容，春风拂槛露华浓。”这是李白的诗句。李白在京城做官时，也曾遵皇帝之命写诗，于是杨贵妃的美貌便成了诗人的题材。这诗句，便是诗人感叹杨贵妃的倾国倾城之色，把美人的衣裳想象成云彩，把美人的容颜想象成花，这是做诗的惯技。“书想衣裳”，实在是牵强的借鉴。不过，如果把一本书看作一个人，那么，把书的封面看作一个人的衣裳，大概还说得过去。我想谈的，就是书的封面，书的装帧设计。

早些年，我们这里出书，不怎么讲究装帧，书的装帧大多简单朴素。以简朴为美，似乎也符合国情，但这多少有点儿“阿Q”。有一次，在美国旧金山一家中国人开的中文书店里，把中国内地出的文学书籍和台湾香港以及国外的文学书籍陈列在一起，相形之下，这里的书籍“衣裳”就显得有些寒酸，有些书的设计很大气，但用的材料蹩脚，还是露出小家子气——尽管这些书的内容绝不逊色于港台书籍。回来后写文章时，我曾这样自我安慰：“书的质量，不在于外表，而在于内涵。”一边这样写，一边暗暗想：如果能出一本装帧精美的书，当然是求之不得的事情。

我的朋友中，有几位书籍装帧家，因为有过愉快的合作，彼此便成了朋友，譬如陆震伟。我的第一本散文集《生命草》，设计者是陆震伟。《生命草》封面的底色是深沉的暗金和褐红，从中透出一抹阳光般的亮色，亮色中是一个变形的少女捧着一盆绿草，跪在地上低头沉思。这样的设计，颇合我的想法。在80年代初，这样的书放在书架上，会使人眼睛发亮。已经去世的诗人陈敬容当时看到这本书后，写信来感叹道："这样精美的书，在我们这里简直就是豪华版了，令人羡慕。"现在看起来，《生命草》仍然让人觉得精美。后来，陆震伟又为我设计了十多本书的封面，每一本书他都不重复自己，努力展现新的创意和风格，他就像一个想象力丰富的时装设计师，为我的这些新书设计出一套又一套款式新颖的时装。我欣赏陆震伟的书籍装帧艺术，不仅因为陆震伟在艺术上有创新精神、有时代气息，而且他画的封面充满了青春朝气，洋溢着生命活力，能在节俭朴素的条件下，尽量把书设计出精致高雅的格调，这是一种难得的本事。我欣赏陆震伟，更因为他的严谨和认真。他说："作家出一本书不容易，书出得难看，他们会伤心。"他的封面设计，绝不是凭空构想，而是源自对作品的理解。每设计一本书，他都要对书的内容和风格作仔细的了解。设计《生命草》之前，他读了书中的每一篇文章。后来设计我的其他书时，他也要到我这里来要书的校样，不对书的内容作充分的了解，他总是不急着动手设计。10年前，我的一本书在四川出版，一位热心的朋友请了一位名声很大的书籍装帧家设计了封面，想不到，这位大家的设计却被出版社否定了。出版社的意见是，这封面和书的内容不相干。情急之下，只能找陆震伟。他却不慌不忙，非要把我的书稿要去看过，才画出封面来。我书中写到的人物，被他用抽象的线条交织在一个颇有现代气息的画面中，这幅画嵌在一片深蓝色的背景中，犹如在海洋中远航的奇妙的船，也像在苍穹中飞翔的神奇的鸟。这样的封面，出版社满意了，我也很喜欢。现在，陆震伟早已是闻名海内外的书籍装帧家，但他严谨认真的态度一如既往。前些日子，我见到他，问他在设计什么书。他告诉我，在为周佩红的散文集画封面，已经画出两个样稿，还是不满意。我问他为什么，他说："我觉得还没有把周佩红散文的风格表现出来。"有这样严谨认真的态度，又有强烈的创新欲望和不俗的想象力，能成为一个优秀的书籍装帧家，也不是一件奇怪的事情了。

近几年，中国人对书的装帧逐渐重视起来。说"书想衣裳"，不再是一句空话。写书的人希望自己的书印得精美一点，买书的人希望买回来的书放在书架上顺眼一点，而出版社，当然希望自己出的书扎眼一点，让人一看书的面孔便生出买的欲望。作者、读者和出版者的这种心愿，成了书籍装帧日益讲究的催化剂。现在走到书店里看看，你会发现中国书籍的面孔变得多彩多姿，也确乎有了豪华的版本。在欣喜的同时，有时也会很自然地想，有些书，是不是太珠光宝气、太浓艳、太花哨了一点。我想，用"珠光宝气"、"浓艳"和"花哨"这样的词来形容有些设计失当的书，大概并不夸张。譬如明明是一本很文雅的文学读物，封面上却夸张地画着两片微张着的血红的嘴唇；明明是一本严肃的学术著作，封面上却赫然印着一个袒胸露腹的女人……这好比把妓女的装束，硬裹到良家淑女的身上，实在让人哭笑不得。前几年，曾有一位我熟悉的老作家因为自己的新著装帧得过于粗糙而不愿示人；去年，又有一位年轻的作家因为自己的书封面太艳俗而羞于赠人。这大概是从一个极端走到另一个极端了。

书籍装帧的至高境界，在于书的衣裳和肉体、精神的高度协调吻合，即我们从前常说的形式和内容的统一。追求新颖，追求精美和别致，必须恰到好处，必须不游离于书的内涵。一过分，效果就可能适得其反。豪华和花哨，绝不等同于高雅和优美。陆震伟和袁银昌这样的书籍装帧家，深谙此中道理。这样的装帧家多一些，对作者，对读者，对出版社和书店，都是福音。

1995 年 12 月 19 日于四步斋

彩 色 的 书

好几年前，看到一位美国作家写威尼斯的一本散文集，使我羡慕不已。我羡慕的并不是他的文字，而是那本书的形式——稀松的文字，精美的照片，如同一本精美的画册。书中照片所占的篇幅和文字同样多，那些画面缤纷、印刷精美的照片，和书中的文字相映生辉。原本并不怎么出色的文字，因为有了精彩的图片作为衬托和诠释，顿时变得有声有色。想象力再贫乏的读者，面对着这本图文并茂的书，也会生出翻阅的欲望，而一经展读，便会有身临其境的感受。威尼斯的风光水色，由文字引导出画面，又由画面折射出作者的品味和情调。我甚至没有记住这位美国作家的名字，但这本书的与众不同的姿色和表情，却刻在了我的记忆中。我在国内出版了不少散文集，但没有一本印成这样。我们这里从前出书似乎不讲究包装，所谓“重内容，轻形式”，只要内容出色，书出得朴素一点无妨。我想，在国内，要把散文集出成这样，大概是一种奢望。

想不到，这种奢望，竟然变成了现实。前几天，在上海人民美术出版社，看到了我的新著《灵魂的倾诉》的样书。这是一本图文交织的书，是散文集，也是画册，和我几年前见到的那本写威尼斯的散文画册类似，但它的高雅和精致一点也不见得逊色。道林纸，彩色印刷，别具一格的排版，几乎无可挑剔。使我感叹的是美术编辑为这套书花费的功夫，根据选文的内容和意境，选出上百张画和照片，不是一件容易的事情，要选得合乎文字的意境，就更不简单。

我随意翻阅了这本书，所选图画，都令我心折，使我感觉作者和编者的心有灵犀。一篇谈德伏夏克的散文，画面并不是音乐会的场面，而是北欧宁静辽阔的原野，灰暗的天空下，蛰伏着绿色的丘陵。似乎和文章的内容不相干，但细细品味，却是德伏夏克的音乐所描绘的意境。散文《废墟和树》，配的图片是古希腊残存的建筑，巨大的圆柱，残缺的石雕，岁月在这些古老的石头上刻下了意味深长的痕迹。画面是寂静的，然而寂静中能让人听到深沉悠长的回声。这正是我企图用文字构造的境界。一段写一位小号手的文字，旁边是克利的一幅画，抽象的画面中，交织着许多神秘的符号，渲染出热烈的气氛，犹如一曲跌宕回旋的小号曲，在书页里化成了色彩和线条。在《雪落有声》前面，我发现了美国摄影家亚当斯的作品，深紫色的天空，衬托出雪白冷峻的山峰，人类无穷的遐思，凝结在大自然神秘的表情里。这样的意境，用浅薄的文字是难以传达的。《月光和少女》，编辑选了德加画的芭蕾舞女，深蓝的色调中，白衣少女们犹如天仙，飘舞在蓝色的梦幻之中，可以引起读者幽深的回味……总之，翻阅这本书，使人得到一次难得的艺术享受，如果仅仅是文字，是不可能得到这样的艺术享受的。

能出版这样一本书，我感到新鲜，也感到欣悦。上海人民美术出版社很有气魄，这次一下子推出了四本这样的书，除了我的散文集，还有陈村的杂文集，陆萍的诗集，孙泽民的散文诗集。四本书放在一起，满目琳琅，美不胜收。我想，把图片和文字结合在一起的书籍，应该是出版物中很好的一种形式，读文字的同时，也欣赏美妙的画面，使人产生更为辽阔丰富的印象和联想。文字是心灵的回声，图片是目光的延伸。两者的结合，会产生出人意料的效果。我喜欢这种形式的书，相信读者也会欢迎这样的书。

1996 年 1 月

书为心画

在中国的艺术家中，数量最多的，大概是书法家。这并不奇怪，因为，凡中国人，都会写汉字，因此，通向书法艺术殿堂的大门，似乎向所有天天在书写汉字的中国人敞开着。然而，真能在书法的海洋中独树一帜、扬帆远航的艺术家，又有几人？综观千百年书法历史，真正独领风骚、自成一格，既令同代叹服，又使后人钦佩，墨迹历久而不失其魅力的书法家，实在是凤毛麟角。其实这也不奇怪，越是在大众中普及的艺术，要取得瞩目的成就，并被大众承认，越是困难。因为，所有会写字的人，都可能是鉴赏家和批评家，七嘴八舌，指东道西，你能以一技而服万人吗？

本世纪70年代初期，是中国书坛的一个荒芜季节，众多的书法家被迫搁笔，年轻的书法爱好者根本不可能与“书法家”这三个字沾边。当时，曾经出现过一个使人难忘的奇迹，一位年轻女子的一本《鲁迅诗词行书字帖》，使沉寂的书坛为之一震，字帖中那些清丽俊逸的墨迹，使人耳目一新，仿佛是在炎夏的燠热中突然吹进一阵凉风，无数人为之惊叹折服。人们因此而记住了这位女书法家的名字——周慧珺。二十余年来，不少艺术家如流星昙花般转瞬即逝，周慧珺却一直孜孜不倦地在书法艺术的道路上探索追求。她的目光、思想和笔触，沉浸流连在古老博大的书海之中，并执着地寻求构筑着属于她自己的新鲜境界。她的名字和她的书法，早已远扬海内外，成为被人们喜爱的当代书法大家，成为这一代人的骄傲。

周慧珺的成功，并不是阳关大道上的顺风走马，她的人生和艺术之路上，充满了苦难和坎坷。命运对她的严酷和苛刻，非一般人所能想象，然而她以惊人的毅力克服了种种障碍，进入一个自由辽阔的境界。可以说，是书法改变了她的人生。她通过对书法的追求，充实丰富了自己的生命。也通过书法，抒写着自己的理想，表述着她对世界、对人生、对艺术的理解。周慧珺一向推崇古人扬雄的一句话："书为心画"。这四个字可以概括她对中国书法的理解。把墨写的字比作心灵之画，实在是一种绝妙的比喻。我想，这大概和作家的为文一样，作者的人格和心境，情不自禁会流露在文章中。在书法家的作品中，同样能体现作者的人格和人品。周慧珺是一个善良、质朴、倔强而又淡泊的人，她的书法作品，处处折射出她的这些性格。内心世界的充实和丰富，决定了她的"心画"的意韵缤纷悠远。周慧珺成为当今中国最受人欢迎的书法家之一，实在是一件很自然的事情。

青年女书法家李静是周慧珺的学生。她的才华在很多年前就曾受到广泛注目，在《文汇报》举办的全国书法大赛中，她曾荣获首奖。李静也是一位在艺术上崇尚独创精神的书法家，她的书法豪放洒脱，颇有阳刚之气。前些年李静曾东渡日本，在日本做巡回书法展览和表演，使无数日本书法爱好者为之倾倒，被日本报刊称为"在日本创造了奇迹的中国书法家"。李静在艺术上有很高的悟性，她少年时曾受过绘画训练，也有扎实的书法功底。然而，她不是那种浅尝辄止、以临摹为满足的书法家。如果说，李静早期的书法作品中，有老师周慧珺的影子，那么，在她近期的书法中，已经充分展现了与众不同的个性。她依然保持着早期的豪放洒脱，然而已经面目大变，读者可以在她的作品中发现汉简的刚劲简练，似乎也能看到日本现代书法的飘逸奇崛。她的书法融合了这些特点，把它们纳入自己的风格，从而形成了鲜明而独特的艺术个性。在当代的青年书法家中，李静无疑是独树一帜的一位。

和任何上品的艺术一样，好的书法，从来都不是一览无余，而应该内涵无穷，韵味不尽。写得圆熟漂亮，未必能抵达美妙的境界。我想，书法艺术和写字匠的区别，就在于此。写字匠仅仅是按成规将字写出来，而书法家却能在泼墨挥毫中倾诉自己的思想。“书为心画”，说得一点不错。读周慧珺和李静的书法作品，我的感觉仿佛是欣赏一幅幅情境交融、意韵幽深的画，这些画中有高山流水，有松涛鹤唳，有月光下琤琮奔溜的清泉，有雪地里暗吐幽香的腊梅……艺术家的理想，连同她们的欢乐激情、痛苦惆怅，有声有色地展现在这些墨写的画面中，使我禁不住为之怦然心动。

1996 年 4 月

神游卢浮宫

巴黎的卢浮宫是我神往的地方。参观卢浮宫，是少年时代的一个梦想，这梦想直到今天还常常萦绕在心。遗憾的是，人到中年，还没有机会走进卢浮宫。虽然读过不少介绍卢浮宫的文字，也看过一些卢浮宫藏画的印刷品，然而毕竟是隔靴搔痒，卢浮宫依然离我遥远。

最近，得到一张介绍卢浮宫的光盘（*Le Louvre：Palace & Paintings*）。想不到，就是这么薄薄的一张塑料片，竟把一个博大的卢浮宫形象展现在我的面前。

启动电脑，把光盘送入驱动器，游览卢浮宫的过程便在我的书房里开始了。在优雅的古典乐曲中，游览卢浮宫的指南一一出现在屏幕上。可以通过地图走进卢浮宫，欣赏幽静的花园和古老的建筑，寻找到我感兴趣的展厅。只要用鼠标器在卢浮宫平面图上轻轻一点，我便可以随心所欲走进任何一个房间。房间里灯光通明，寂静无人，只有墙上的油画，静静地等着我去看。房间中间放着供参观者坐的凳子，我想象自己坐到了这些凳子上，然后一幅一幅仔细欣赏挂在墙上的油画。此刻，浩瀚的卢浮宫仿佛只对我一个人开放，我可以无拘无束地在里面东游西逛，把价值连城的世界名画一幅接一幅搬到面前，横看竖看，将每一个局部放大了仔细欣赏。在我看画的同时，不照面的讲解员正在轻轻地讲述着作品的历史和特点。如果想了解油画的作者，只需在油画边点一下，画家的照片和简历便出现在屏幕上……查阅油画的途径是多种多样的，可以走进展厅寻找，也可以通过油画的名称抽取，还可以根据画家的名字或者作品诞生的年代检索。每一条道路，都能把我引向我想寻找的目标。据去过巴黎的朋友们说，在巨大的卢浮宫里待上一两个整天，恐怕还无法将里面的油画看完。现在，坐在我的小小的四步斋里，只花一个多小时，就能把卢浮宫浏览一圈。从卢浮宫出来，假如对广场上新建的玻璃金字塔有兴趣，也可以猎奇一番。根据电脑的提示，可以从各种角度参观这个新奇的现代建筑，还能深入其中，站在透明的大厅里仰望巴黎的天空。我在那里第一次见到了玻璃金字塔的设计者贝聿铭的照片。讲解员用英语告诉我："这个了不起的建筑师，把一个东方的神话移植到了卢浮宫前。"

等我在电脑屏幕上里里外外走遍了卢浮宫后，一个原本陌生的艺术之宫在脑海中就有了具体清晰的印象。从电脑里取出那张光盘.我情不自禁地凝视它，记忆中纷繁斑驳的图像，却无法和小小碟片上的荧光叠合在一起。我不得不感叹科技的奇妙，也不得不感叹人的想象力和创造力的神奇。我想，以后，也许有机会访问巴黎，到走进真正的卢浮宫时，会不会有一种旧地重游的感觉呢？

1996 年 6 月 6 日于四步斋

10 年之后，有机会游历欧洲，访问巴黎，走进卢浮宫参观。在卢浮宫逗留了一整天，还没有来得及细看那里的所有珍藏。在咫尺距离看到了《米罗的维纳斯》雕像和达·芬奇的《蒙娜丽莎》，心里的震惊和赞叹难以用言语描绘。身临其境，和在电脑上的虚拟之游，毕竟是两回事。贝聿铭设计的玻璃金字塔，要比我想象的小很多，一个单薄的现代建筑，横亘在古老深厚的卢浮宫前，还是让我感觉到现代人面对历史时常表现出的那种浅薄和困惑。

2008年7月18日

纸上宝石

藏书票可以算美术作品中一个独立的门类。一张小小的藏书票上，有形象，有色彩，有独到的意境：麻雀虽小，五脏俱全。一张藏书票，就是一幅微型的画。因为小，藏书票上的图案和形象大多很简洁，然而它们能鲜明地表现设计者的风格和情趣，而且画中的意境和读书相关，所以令爱书者神往。有人把藏书票称为“版画珍珠”和“纸上宝石”，实在很形象。

我也喜欢藏书票。但是对我来说，藏书票和我的藏书并无多大关系，因为每本书中都夹一张藏书票，实在是一种奢侈，我哪里有那么多的藏书票。我收集一些藏书票，完全是为了欣赏，就像我藏有一些书画一样。在读书的间隙，有时翻出放藏书票的夹子看一看，赏心悦目，遐想联翩。在我的藏书票中，有两位画家专门为我设计的三枚藏书票，是我特别珍惜的藏品。

前年春天，上海图书馆的文达书苑开设我的著作专柜，当时的书店经理黄显功在张罗这件事时，请藏书票设计家林世荣先生为我设计了一张藏书票，作为赠送读者的纪念品。书票为丝网单色印刷，画面并不复杂，但是别具匠心：青灰色的底色上，用简练传神的留白线条勾勒出一个头部侧影，旁边是“丽宏藏书”四个篆字。不用解释，认识我的人一看就知道，书票上的头像是我。画家很夸张地强调了额前的一缕卷发，仿佛是从脑门上飘起了一缕轻烟。文达书苑赠读者的这张书票是铅印制版的，和手工印制的原作相比，损失了不少韵味。我保存的是画家亲手印制的原作，图案印在宣纸上，色彩有凸出纸面的感觉。

在创作藏书票的中国画家中，最有影响的是版画家杨可扬，我看过他设计的很多藏书票，他的风格，粗犷中带着精细，简朴中含着绵密，小小方寸中，折射出多彩的智慧，蕴涵着丰富的情感。去年年底，漫画家戴逸如听说我喜欢可扬先生的藏书票，便提出要请可扬先生为我设计一张藏书票。我以为他说说而已，想不到此后不久，我果真收到了可扬先生寄来的一张藏书票。这张藏书票黑红黄三套色，以黑色为底，画面上有一盏油灯，一本书和一支笔，还有一扇窗，窗外正升起半轮鲜红的旭日，一边的题款是“赵丽宏爱书”，共制作五枚。我很喜欢这张藏书票，它使我想起当年“插队”时，在海边的一间草屋中就着油灯读书的难忘情景。可扬先生大概对我的这段生活略有所闻吧。一个月后，可扬先生又写来一信，信中说：“前次为你制作的那枚藏书票，太面面俱到，不够概括简练，近于图解。现另作一枚，比较好一些。随信附五枚，前者请取消。”可扬先生新设计的那张藏书票只用黑红两套色，画面确实更简洁，一盏油灯，两本书，灯火和一轮旭日迭合在一起，题款改为“丽宏藏书”。较之前一张，这幅新作的意境更为开阔明朗。收到可扬先生为我设计的第二枚藏书票，我很感动，也很感慨。这位老画家对艺术精益求精的认真态度使我钦佩，他为什么能设计出那么多精美的藏书票，答案也很明白了。这些精心设计的藏书票，是画家的心灵之画。我当然不舍得把可扬先生为我设计的第一枚藏书票“取消”，因为，这两枚书票，我一样喜欢，一样珍爱。

1996 年 12 月 28 日于四步斋

春不凋，诗不老

——新年致“诗歌角”

一年一年过得飞快。又是新的一年开始了！

古人在新年来到时总会忍不住写几句诗，譬如“爆竹一声除旧，桃符万户更新”，譬如“莺啼燕语报新年”之类。这时，人们感叹着韶光的流逝，也欢呼着新春的来临。新年是新旧的交替，是老的逝去，新的降临。

然而并不是世上所有的事物都会随时光老去。譬如诗歌。诗人在2 000年前对春天的咏叹，今天读来，可能同样清新动人。早已离开这个世界的诗人们用的诗句构筑出的美妙境界，直到今天还使我们感到亲切，使我们的心里产生共鸣。诗，使渺茫的时空失去了距离，也使人类的心灵失去了距离。这些年，很多人为诗歌的前途忧虑，以为诗歌在中国已经穷途末路，人们再也不会对诗歌产生兴趣。我一直以为这是一种既浅薄又无远见的看法。一部分人鄙薄诗歌，绝不等于诗歌失去了它应有的地位和价值。也许，拜金主义的潮声和诗的旋律永远不可能合而为一，成为协奏曲，可拜金主义的潮声绝不会是大地唯一的声音。人类的心灵呼唤着自由和美好，呼唤着春天和爱情，呼唤着真诚和理解，呼唤着幸福和欢乐……这一切，都为诗歌走向生活、走向人群打开了门窗。谁也无法将这些门窗关锁。前些日子，我读了一个名叫肖未的中学生的诗集，她在诗歌中表现出的智慧和想象力，使我欣喜不已。我在为她的诗集写的序文中这样感叹：在诗歌被世人冷落的时候，出现这样年幼而有才华的小诗人，不能不使人对落寞的诗坛和诗歌的前景增添一些信心。但愿，在新的一年中，《青年报》的“诗歌角”上，会出现更多的好诗，会出现更多新的年轻诗人的名字。

此刻，我想起了智利诗人聂鲁达的《欢乐颂》，他在诗中这样写：

像土地一样，
你必不可少。

像火焰一样，
你支撑着炉灶。

像面包一样，
你那样纯洁。

像河水一样，
你那样清亮。

像蜜蜂一样，
你传播着花粉。

我想，聂鲁达的诗是对欢乐的讴歌，也是对诗本身的赞美。让我们用更有魅力的诗来向人们证明吧，诗的生命，像春天一样，永远不会凋落衰败。

1996 年岁末

高　　跷

长长的木棍从脚掌上延长出来，成为一只只奇怪的脚。数十条木脚有力地在水泥地上蹦跳，发出一阵阵浊重沉闷的声响，使人想起古时战场上的马蹄和鼓声。被木脚扬起的灰尘在阳光下飘动，为这种怀古的联想制造出浓浓的气氛。

木脚上站着的，是一群剽悍的北方大汉。在铿锵的锣鼓伴奏下，十几个人脚踩高跷，高人几头，雄赳赳地一齐走过来，那是怎样一种气势！这些北方大汉们身穿古装，脸上涂着重重的油彩。此刻，他们是古代的文官武将、绿林好汉，也是落魄秀才、纨绔子弟、渔夫、牧童、农家女……每个人都扮演着一个角色，扮演者以各种不同的动作表现人物的性格，然而我感觉到的只是一种夸张的粗犷和雄健。

这是在今年春天的龙华庙会上看表演。踩高跷的艺人们来自天津，故称津门高跷，又称北派高跷。和从前见到的南方高跷相比，这北派高跷处处显露出刚武之气。脚上绑着长长的木棍，行走便已不易，却还要翻腾跳跃，做出许多即使不踩高跷也很难完成的动作。看这种表演，远观和近看感觉不同。远观能看到他们的英武、潇洒，甚至会觉得他们体态轻捷、矫如飞燕。近看则不然，每次当那两根木棍载着百十来斤的躯体从空中重重地叩到地上时，一颗心总是如被人揪紧了一般，紧张得不敢正眼看，唯恐那木棍折断，更担心和木棍绑在一起的腿会被折断。表演者大多神态严肃，脸上的汗珠和油彩混合在一起，使人感受到他们的辛苦和内心的紧张。

在一段集体表演之后，艺人们一个个轮番出场，各自在高跷上展示绝技，其中有将帅的威武、骑手的骁勇、书生的飘逸，也有女子的扭捏和泼辣。最使我难忘的，是一位捕鱼的老渔夫和一位扑蝶的浪子。

老渔夫踩着高跷颤颤巍巍，似乎随时会跌倒，却总是倒不下来。他徒手做出种种划船、撒网的动作，很夸张，也很传神。为了追捕一条小鱼，渔夫在场内跌打翻滚，忙得不亦乐乎，使人深感这打渔生涯的艰辛。最后终于捕到那条四处逃窜的小鱼，渔夫欣喜若狂，跪在地下仰天歌笑，虽然无声，却极有感染力。令人心颤的是结尾——收网一看，鱼儿已无影无踪。渔夫心神黯然，精疲力竭，伏倒在地上久久不起。这表演，竟使我想起了海明威的《老人与海》。

浪子扑蝶是压台戏。演浪子的艺人化装成白鼻子小丑，手持一把折扇，扭动着浑身关节在场内悠转，两根长长的木脚鸡啄米似的叩点着水泥地，那种放浪、轻佻、滑稽的样子使人发笑。这位看上去瘦而文弱的艺人，看来是功夫最好的一位，他做这些动作，似乎轻松自在，不费什么力气。在追扑蝴蝶的同时，他还可以分出精力，不时舞蹈一般地跳到观众面前，用夸张的动作逗引人们，以期引起一点交流。遗憾的是，围观的人群却无动于衷，只是默默地嗑瓜子、抽烟，那种漠然的目光，就像是在打量一个行乞的陌生人。而这位看似快活的高跷浪子依然不停地转，不停地跳，木棍和水泥地撞击声愈加热烈。终于，那只顽皮的蝴蝶飞到了他的扇子下面。只见他一个劈叉扑倒在地，全身都压在那把扇子上，肩膀颤抖着做出欢喜之状，汗水在眼角边晶莹闪烁。当他小心翼翼翻开扇面，蝴蝶却早已不知去向……这结局，和那捕鱼的老渔夫一样，乐极而生悲，费尽气力和心机捕捉到的希望，转瞬又变成泡影。艺人的本意，是想造成一种喜剧的效果，为博观众一笑，然而我却笑不出来。他们在无意中展示了人生的无奈和悲凉。

那最后的一幕尤其揪心。趴在地上的扑蝶浪人叉开双腿，企图靠双腿的力量支起脚下的木棍翻身站起，然而水泥地太光滑，木棍找不到一个可以着力的支点。在一阵紧似一阵的锣鼓声中，他一连失败了五六次，脸上汗如雨下，却依然锲而不舍，咬着牙再试。当他终于从地下一跃而起，重新高高地站立在场地中央时，漠然的观众才有些激动了，掌声四起，还有人大喊了几声“好！”这时，汗水已湿透了他的衣衫。只见他又开始对观众扭动浑身关节，脸上是一种平静的微笑……

站在一边的一个天津人告诉我，这位扑蝶的高跷艺人，年龄已经四十有七。看着他那瘦瘦高高的颤个不停的背影，我心里充满了敬意。

1997 年 3 月

说 服 装

在最原始的时代，服装只是为了御寒，为了抵挡风暴雨雪的侵袭。一张兽皮，几片树叶，就是那时的服装。

再往后，服装除了御寒，也用于遮羞，遮住人体一些需要遮掩的部分。

再往后，服装渐渐也成了人类的一种最重要的装饰物，用来美化自身，显示气质，显示风度，显示身份，甚至显示财富。

不同的人，对服装有不同的理解和追求。读中学的时候，有一位年轻的女教师，留给我很深的印象。她的表情和声音，我几乎已经忘却，但她穿过的服装，我却怎么也忘记不了。这是一个瘦瘦的，并不漂亮的姑娘，她经常穿一件士林蓝的土布两用衫，里面是一件雪白的衬衣，白领子翻到两用衫外面，看上去非常文静而且优雅。夏天的时候，她爱穿一身白色的连衣裙，很简单的式样，然而穿在她身上飘逸而有风韵。记得一些学生在背后这样议论她："这个老师，怎么看她都好看。"而那些爱打扮的女同学，就把这位女教师当成了她们穿着打扮的榜样，一时间人人都穿起了白色连衣裙。不过很奇怪的是，同样的衣服，穿在别人身上却未必好看。

在60年代初，那位女教师这样的穿着也算是朴素的，只不过她所选择的颜色和式样有些特别。用现在有些人的眼光来看，她穿得真是有点寒酸。和现在那些动辄上千的时装比起来，当时那种服装实在是简朴得不能再简朴了。可是现在回想起来，我依然觉得那位女教师的穿着很美，很高雅。我想，如果现在还有哪一位女性穿着这样的服装走到大街上，大概也不会有人觉得这是丑陋，这是寒酸。说不定，哪种新潮服装正在重复当年这种样式呢。

我们的青春时代是最不讲究服装的时代。那时的中国被外国人称为“蓝蚁之国”，男女老少，穿的衣服都差不多。所以，谁的穿着如果有点个性，就会很引人注目。那位女教师，就是在服饰上表现出了自己的个性和气质。如果在今天，她很可能不会引起谁的注意，因为在穿着上很得体地表现着自己的个性的人是那么多。

我并不讲究穿着，但对别人的衣着，却时常留意，因为从穿衣上往往能看出一个人的气质修养和精神状态。我心目中美的服装，和它们的价值并无联系，关键是看它们是否能得体地表现和衬托穿衣人的气质，这气质不仅是外在的形体，更是一种精神和性格的体现。用价格昂贵的高级时装和首饰把自己装点得珠光宝气的人，有时往往很俗气，毫无美感。而有些穿着朴素得体的人，却往往能传达出一份高贵和典雅。其中的学问，我想是可以供美学家写出一本大书来的。

1998年3月

石壶上的《清明上河图》

我面前放着一把直径才6厘米的石壶。昌化石莹洁如玉，被雕刻成如此精致玲珑的灯盏壶，已经令人赞叹。然而更叫人惊奇的是壶体上的雕刻。粗粗一看，只见壶体中间有腰带般的一条，宽不过六七毫米，环绕壶身，呈细密一片，不知所雕为何物。仔细一看，刻的竟是全本《清明上河图》。

这也许是世界上最小的《清明上河图》。要想欣赏刻在石壶上的这幅画，必须用放大镜才能看清楚。《清明上河图》原作已经非常精微，不到一尺宽的长卷，描绘出古代一个繁华市镇的风俗风景和各式各样的建筑：城门、宫殿、亭台楼阁、官府衙门、店铺民居……形形色色的人物：开店的、叫卖的、喝茶聊天的、串街走巷的、饮酒狎妓的、划船背纤的……有人说这是古代市井生活的百科全书，并不夸张。要把这样浩繁复杂的生活场面和三教九流的芸芸众生刻到小小茶壶上，实在不可思议。在放大镜中看微刻画作中行船过桥那一段，不仅刻出了船工们奋力拼划的动态，连船身上的木纹、河里流水的波纹，也都纤毫毕现，流畅的线条，细微如蚁足上的毫毛，让人叹为观止。这把可执于掌心的小石壶上，刻下的不仅是一幅古代名画，也是一个现代的人间奇迹。

这把石壶的作者，是沪上有名的“石壶施”施氏兄弟。制壶的是哥哥施伟国，在壶上刻《清明上河图》的是弟弟施伟民。前些年，“石壶施”两兄弟曾创作《水浒》人物雕刻套壶，展出后在海内外获得好评。这把微刻《清明上河图》石壶，是“石壶施”在艺术创造道路上留下的新足迹。

1998 年 5 月

铜 镜 篇

以前一直以为铜镜是难得的古董。千百年前的器物，埋在土下，不是腐烂，就是锈迹斑驳；出得土来，能保持完好的，大概是凤毛麟角，稀罕之极。曾经在博物馆和几本介绍古董的画册里见识过一些铜镜，如汉代的透光镜、神兽镜，唐代的海马葡萄镜、回文镜。使我惊奇的是，这些经历了千百年的铜镜，竟然完好如新，光可鉴人。镜面绿光莹然，仍可照脸，而背面的雕花，不管是简洁还是繁复，造型都生动有趣，线条都曲折流畅。古人的情趣和才智，在这些铜镜中可见一斑。我从未想过自己会成为一个收集铜镜的玩家，这是那些有钱人的闲情。不过，我也曾拥有过几枚铜镜，抚摸着它们使我产生了很多遐想。

80年代的最后一个夏天，曾经好几个月不写一个字，除了读书听音乐，就是逛古玩市场。介绍我去古玩市场的是老记者谷苇先生。我去古玩市场时，口袋里不放什么大钱，百十来元而已。逛古玩市场，对我来说好比参观民间博物馆，既开眼界，也长知识。见到有意思的而且价格不贵的古玩，也可以买几件。去过几次古玩市场，我的书橱上居然有了宋代的瓷罐，明清的瓶盘。在市场的地摊上，也看到了铜镜。有些铜镜看上去确实是从古墓中出土的，已经锈蚀得百孔千疮，不成样子，只是从外形上还大致能辨认出这曾经是一枚铜镜。这样的东西价格并不贵，不过我一点没有兴趣：对考古和历史学家来说，它们也许代表着历史，代表着一个时代的风俗，大有内涵可深考；而对我来说，它们只是几片陈腐的烂铜，毫无美感。

有一天，地摊上的一枚铜镜吸引了我。这是一块直径约十厘米的铜镜，镜面平滑，莹然有光，镜背是古朴的图纹。尽管没有斑驳的铜绿，没有被腐蚀的痕迹，却古意盎然，尤其是背面的图纹，线条简练生动，犹如刻在竹简上的隶书，是典型的汉代器皿上的饰纹。我看这铜镜不像是今人仿制的赝品，然而经历 2 000 年而面目如新，又使人顿生疑窦。铜镜的主人是一位来自北方的老汉，他解释说："这铜镜，不是坟墓里出土的，是家传的，一直有人用手抚摩，所以不生锈。是真古董，不会假。"我花 200 元钱买下了这枚铜镜。后来经内行的朋友鉴定，说这铜镜是东汉的产物。200 元买一枚汉代的铜镜，简直不可思议。将 2 000 年前的铜镜把握在掌心，面对着光滑的镜面，只见自己的脸在幽深的暗光中隐约浮动，不禁浮想联翩。这枚历经千年的铜镜，曾经照过多少人的脸，曾经反射过多少喜怒悲欢的表情？我无法知道。但是，可以任由我想象。

我得到的第二枚铜镜，是一枚海马葡萄镜，也是从地摊上淘得的。买它，纯粹是因为它的名气。这枚铜镜背面曾经有过极精美的海马葡萄的浮雕，可惜已被漫长的岁月腐蚀得面目全非，只能在一片斑驳的铜绿中依稀辨认它当年的风采。而它的正面，更是坑坑洼洼，怎么也无法让人联想到能够照脸的明镜。不过，它确实有着近千年的历史. 可以引发思古之幽情。

第三枚铜镜，是一枚方镜，年龄也小得多，是清初的物品。方形的铜镜并不多见，使我对它产生喜爱之心，是因为背面的汉隶铭文："如日之精，如月之明，水天一色，犀照群伦"。16 个字，刻在巴掌大的铜镜上，却描画出一派清朗阔大的境界，使人心驰神往。出让这枚铜镜的是一个来自上海市郊的老人，说一口本地话。他对我说："这是我伲祖上自家用过的镜子，年代长久透了。"300 年，说"长久透了"，也不算过分。

我收集古物，并不是为了满足占有的欲望，更不是想保值发财。只是在收集和欣赏的过程中品尝到旁人难以捉摸的快乐。拥有这三枚铜镜之后，不再觉得铜镜遥不可及，它们对于我再没有什么神秘可言。那枚东汉铜镜和海马葡萄镜，我先后送给了朋友，让好朋友们也能和我一样从中得到快乐，这两枚铜镜便增加了价值。而那枚方铜镜，至今仍在我的书橱中，斜靠在那套《莎士比亚全集》前，使我一次又一次想象那"水天一色，犀照群伦"的境界。

1999 年 2 月 25 日于四步斋

城市之美

去年秋天的一个傍晚，我骑着自行车，沿复兴中路由东往西。无意中抬头远望，视野中出现的美妙景象使我吃了一惊。一轮已经失去耀眼光芒的落日，像一个巨大的火球，喷射着暗红色的光焰，静静地悬挂在天地之间。天空是蓝灰色的，有几缕金色的云霞飘浮在落日周围。使我吃惊的美妙，是落日下的城市轮廓。在城市里，永远也看不见地平线，我们甚至无法看清大地的轮廓，只有压头压脑的楼房，将天空切割成不规则的几何形状。而此刻，城市的轮廓清晰地出现在我的眼帘里，这是一条高低起伏的柔美的曲线。路两侧梧桐树高大的树冠，被晚霞镀上了金红色的边框。这边框曲折多姿，如一条金红色光带在风中浮动，又如夕照下涌动的海潮。它们是这条曲线的主体。而远处的几幢高楼，如波涛中耸起的舰船桅杆，打破了曲线的柔和。不过，在温暖的霞辉中，这些高楼的轮廓并没有使人感到突兀生硬，它们也使我想起了远山，那巍峨而神秘、飘忽而朦胧的远山。我曾经到过很多依山而建的城市，起伏绵延的远山，为城市提供了奇妙的轮廓线，我喜欢在城市里看远山，看它们在晨雾或者晚霞中绰约变幻的姿态，它们使我心驰神飞，遐想翩跹。上海周围无山，实在是一种遗憾。而此刻，在梧桐林荫的衬托下，城市的楼房却成了远山。它们使我想起唐代诗人杨凝《秋原野望》中的诗句："夕阳天外云归尽，乱见青山无数峰"。

我站在路边，看硕大的落日沉着地投向城市的怀抱。在它的红色光芒笼罩之下，城市的轮廓渐渐模糊，而远处的高楼，成了紫色的剪影，贴在深蓝色的天幕上。只有头顶的梧桐树叶，在秋风中发出自然的声响。当然，还有汽车的呼啸，谁也无法驱逐这烦人的市声……

我喜欢这个生我养我的城市，我曾经用我的文字追溯过她的曲折历史，描绘过她变幻莫测的四时景色。在描绘她的同时，我也常常在思考：一个有魅力的城市，也就是说，一个能以"美丽"这样的字眼来形容的城市，必须具备一些什么条件？这些条件，上海是不是都具备？

我想，一个有魅力的城市，最好是依山傍水。依山，自然是靠山而建，我到过很多有山的城市，譬如重庆、桂林、杭州，城在山里，山在城里，街道盘旋起伏，房屋层层相叠，入夜之后，城市的灯火和天上的星月交融为一体。城中无山，那么城外有山也很美妙，如果能在自己的窗户里看到云雾飘绕的远山，那是很有诗意的景象。这一点，建在平原上的上海无法做到。傍水，当然是指江海湖泊与城市为伴。水，生命的发源地，也是城市的发源地。没有水的地方，不可能有城市。城市如果建在海边，那是得天独厚，大连、青岛、烟台和威海这样的城市，沐浴在海风中，视野开阔，景色清朗。如果不是临海，那么有湖泊也不错：杭州的西湖，无锡的太湖，扬州的瘦西湖，武汉的东湖，济南的大明湖，为这些城市增添了无法言喻的迷人景象。人们能在湖波中看到城市的倒影，看到城市的灯光在水波中闪动。上海没有湖，这也是遗憾。没有海洋和湖泊，有江河流经城市，同样令人神往。有兴趣的话，不妨看一下地图，世界上所有的名城，几乎都与河流联系在一起。巴黎有塞纳河，伦敦有泰晤士河，彼得格勒有涅瓦河，基辅有第涅伯河，纽约有哈得逊河，曼谷有湄南河……这些流经城市的河流，不管是波涛汹涌还是微波荡漾，不管是辽阔浩瀚还是蜿蜒曲折，都妙不可言。我曾经站在基辅的城市花园里，从峻峭的河岸上俯视急流滚滚的第涅伯河，曾沿着宽阔的涅瓦河，寻找普希金和托尔斯泰的足迹，也曾在温暖的湄南河里泛舟，看成群结队的鱼在船尾寻食……在异国他乡，看到有河流经过的城市，我会情不自禁想起上海，上海是一个与水休戚与共的城市。如果没有长江，没有黄浦江和苏州河，上海大概不会成为一个城市，更不会成为一个东方大港，不会成为世界上最大的都市之一。河流使我想起遥远的历史，想起祖先走过的漫长的道路。与江河为伴，是上海人的幸运。流水不断，冲开了闭塞和狭窄，把昨天和今天连成一体，江河通向大海，也通向未来。江河哺养了城市，哺养了城市人，然而人们以前并不珍惜对自己恩深似海的江河。黄浦江和苏州河曾经是上海人排泄污水废垢的垃圾箱，苏州河以它的黑浊腥臭抗议了大半个世纪，也把上海人讽刺了大半个世纪。在很多人的印象里，苏州河并没有为上海带来美，而是破坏着上海的形象。我的童年时代是在苏州河畔度过的。很多年前，我见识过它的清澈，在它的波浪中游过泳，也看到有人从河里钓上活蹦乱跳的鱼来。那时，我喜欢站在苏州河桥上看日落，看缤纷的晚霞飘落在河面上，一艘木船滑过，把水里的霞光搅得一片斑斓，犹如一匹飘动的织锦彩缎。若在从前，我如果把对苏州河的这些描绘写出来，肯定会有很多人嗤笑我是白日做梦。80年代初，我在一首诗中写苏州河时，曾经这样发出无奈的感慨：“如果不能使你清澈，我宁肯为你装上盖子，让你成为一条地下之河。”写这样的诗句时，我自己也疑惑，如果大地上真的消失了苏州河，上海会变成什么样子？最近这两年，经常听到治理苏州河的谈论，上海人希望苏州河变清的梦想，似乎已经在一步一步变成现实。苏州河畔，确实发生了很大的变化，我童年时代经常活动的苏州河沿岸，被改造成了绿化带。设计上海博物馆的邢同和先生，也是苏州河畔的这条新绿化带设计者。有一次我和他闲谈，他告诉我，这只是他设想中的苏州河畔环境改造的一个开始，将来，苏州河畔大有文章可做。但愿，邢同和能有机会为一条清澈的苏州河设计河滨花园。

我在上海生活了将近半个世纪，对这座城市怀有很深的感情。我曾经以为，这个城市出现的任何细微的变化，都无法逃脱我的视线。然而我终于发现自己错了，最近，当我驻足在任何一条马路上四处张望，映入我眼帘的几乎都是陌生的景象。有些街道和老房子已经不知去向，而那些新建的高楼，一幢幢刺破青天，在越来越狭窄的空间里，竞争着它们的伟岸和高峻。高楼大厦改变了上海的城市轮廓线，说这样的轮廓线柔和，其实并不恰当，更多时候，这轮廓线使我想起云南的石林，怪石林立，峥嵘斗奇。在落日的余晖中感受到的那种柔和，也许是一种例外，是一种错觉。

楼房建筑，是城市的主体。一个城市是不是有魅力，和她的建筑有没有自己的风格大有关系。上海曾经被世人称为“万国建筑博览会”，这和上海独特的历史有关。上海是中国最早大规模向世界开放的城市，人类创造的各式各样的文化都涌进了这个城市。其中最显眼、最持久的，便是建筑。如果要用一个词汇来概括上海的建筑风格，我想，大概只能用“千姿百态”来形容。外滩那些欧式建筑，向世人展示的是西方人的智慧和文明，是殖民时代的纪念，尽管它们所代表的岁月是中国人的耻辱，然而谁也不能否认它们在建筑艺术上的成功。这些用石头垒起的楼房，是那个时代智慧和才华的结晶。直到今天，它们依然是上海的标志。一幢成功的建筑物，往往汇集综合了各种艺术手段，建筑如同岁月的纪念碑，一个时代的建筑中，镌刻着那个时代的烙印，沉积着那个时代的情感，也汇集了那个时代的审美眼光和趣味。建筑又如同时代的接力棒，我们可以从城市建筑风格的演变中，探知文化眼光、社会习俗和经济水平的进展变迁。处于外滩居中位置的原汇丰银行大楼，巍然穹顶，峻拔廊柱，气象万千如希腊神庙，英国人曾经自诩：“这是从苏伊士运河到远东白令海峡的一座最讲究的建筑”。前几年，人们在这幢大楼的墙壁和穹顶上，发现被封存了将近半个世纪的精美壁画。我去看了这些用马赛克拼成的巨幅壁画，果然气魄不凡、精美绝伦，它们将本世纪 20 年代世界各大都市的风貌呈现在我的面前。可以想象，二三十年代的上海，曾经以怎样一种气魄和魅力向世人展现着它的美妙建筑。当年留下的那些从外观到内部结构都十分讲究的楼房，以现代人的眼光来看，依然很有魅力。在这个城市里，我们还能看到不少六七十年代造的房子，那些千篇一律的“新工房”，也是那个时代的纪念。这些建筑，谈不上美，设计它们的时候，目的只是为了解决城市人居住空间的窘迫，这也是那个时代的纪念品。90 年代的上海，是上海和全中国乃至全世界的建筑设计师大显身手的时代。上海这些年建造了无数高楼，据说是世界上建造新楼最多最快的城市。80 年代末 90 年代初，上海造的高楼大多单调平庸。那时，以高为新，以高为美，只要是几十层的楼房，便有鹤立鸡群，笑傲天下的威风了。现在回过头来再看那些高楼，实在不堪入目，就像一根根面孔雷同、缺乏个性的矩形水泥柱，杂乱无章地插在城市中。它们可能成为经济发展的一些标记，但绝不可能成为建筑艺术的成就。90 年代以来，上海崛起的新楼开始令人刮目相看，建筑的设计越来越讲究个性。每次经过人民广场，看上海博物馆和大剧院，我都会觉得赏心悦目。上海博物馆状如古老的青铜鼎，却洋溢着现代精神，这是将古老的中国风格和现代观念相结合的美妙之作。大剧院是一座辉煌的水晶宫，也像一尊展翅欲飞的现代派雕塑。这两幢风格完全不同的建筑相对而立，可谓中西撞击、古今交融，展示着现代人的想象力。这是对历史的思考，也是对未来的向往。这样的建筑，给人一种继往开来、襟怀博大的开阔感。可以使上海人骄傲的是浦东的新建筑，在那里，可以领略20世纪末上海建筑的最高水平。陆家嘴新建的楼房，已经可以毫无愧色地和世界上最著名的高楼比肩而立。

不过，说起上海市区的高楼，我觉得遗憾多于欣喜。浦西的建筑新老交错，原来的城市建筑风格正在消失。新楼的出现没有任何章法，只要挤出豆腐干大的一块地，就能变魔术似的建起一幢高楼来。新的建筑风格是什么？恐怕很难说出答案。新老建筑如犬牙交错，给人的总体印象，只能用一个字形容：乱。前些日子，我登上东方明珠电视塔远眺，只见数不清的高楼像无边无际的森林，起伏在云烟迷茫的天地之间。气势当然浩瀚辽阔，我记忆中的老上海，却已经消失。新老交替，这是历史发展的规律，然而我还是感到若有所失，我熟悉的上海，我少年和青年时代的印象，怎么可能从我的记忆中消退？我一直认为，高楼应该造在新的城区，造在浦东，上海的老城区不应该成为高楼的森林。这样的想法，再也没有实现的可能。远望浦西，我们已经迷失在雨后春笋般的高楼群中。

建设和保存，在城市发展的进程中，也许是一对很难逾越的矛盾。欧洲的很多城市出色地解决了这对矛盾，巴黎、伦敦、维也纳、威尼斯、彼得格勒，都完整地保存了旧城的原貌，却并不妨碍新城的发展。在彼得格勒访问时，我发现城里竟然完整无缺地保持着沙俄时代的旧貌，陀思妥耶夫斯基和涅克拉索夫如果转世回来，仍然能找到他们当年的住处。使我惊讶的是，彼得格勒城里竟然没有一幢新的建筑，当年的街道、桥梁、皇宫、墓地，全都完整如初，没有一点毁损。为什么能这样，答案其实非常简单。一位俄罗斯作家告诉我，当年苏维埃政权成立后，列宁和斯大林曾亲自参与制定保护古城的法规，不准动彼得格勒旧城内的一切建筑，要造新楼，请去城外。这样的法规，一直延续到现在。我以为，这是一种对历史、对民族文化和艺术负责的态度。

我没有去过罗马，但我读过一些关于罗马的书。在历史上，罗马曾经好几次重建。11世纪时，雄心勃勃重建罗马的贵族企图将旧的罗马城全部毁坏，推倒重来。为了取得建筑材料，他们竟然打碎无数精美的大理石雕塑，将它们烧成石灰。然而古老的罗马终于没能被毁灭，宏伟的竞技场、教堂和公共浴场都被保存了下来。它们虽然失去了实用功能，成为残缺的废墟，但这些废墟仍是罗马最有魅力的一部分，因为，它们代表着历史。这些废墟，犹如一尊尊巨大的雕塑，使参观者产生无穷的遐想。在我写这篇文章的时候，一位来自古城苏州的作家告诉我，苏州最近也在拆旧城，造新楼。市中心那条著名的观前街，已经全部被拆除。若干年后，人们会看到一条高楼林立的新观前街。不错，白纸上可以画新画，可是，到苏州去的人不是为了去看新画，而是想去感受古城。古城消失，苏州的魅力何在？当然，上海不是彼得格勒，不是罗马，也不是苏州，要保留上海的全部旧建筑，那根本不可能，也不合理，那些代表着贫穷和落后的棚户区，必须改造。上海现在的这种新旧交错，是一种无奈。不过我想，作为一个生活在当代的上海人，我们有理由要求这个城市变得更美，要求她在由旧变新时，能保留历史的脚印，不要只顾着炫耀富贵和豪华，却将文化和艺术的历史遗迹抹擦得干干净净。我把建筑比作雕塑，大概不算牵强。城市是一件由彩色几何体构成的巨型艺术品，无数人共同创造了它，建筑师、工人、园艺师、艺术家……无数人的智慧和血汗凝结在这件巨大的雕塑中。我们可以精心雕琢它，却没有权利毁灭它。

说到雕塑，又勾起不少童年时代的记忆。这座城市中的很多雕塑曾经留给我极为深刻的印象。小时候，我常常经过四川路。四川路桥头的邮电局，是一幢有着绿色穹顶的欧洲新古典主义风格的大楼，绿色穹顶柱子下面，有一组雕塑。我常常站在苏州河边上仰望那一组雕塑，因为离得太远，我无法看清雕塑的全貌，但是那位坐在地上俯视着苏州河的女神像，给人安详的印象。沿着四川路往南走，走过南京路、汉口路、广东路，沿途的一些大楼的门面上，也有不少雕塑，记得有一组充当廊柱的力士石雕，他们身上发达的肌肉和脸上痛苦的表情，使我难以忘怀。这些雕塑，和周围的建筑和谐成一个整体，当然，这也是当年英国租界的艺术标记。在上海，那时还有两座文学家的雕像，一座是虹口公园的鲁迅坐像，另一座是西区街心小花园里的普希金铜像，那都是我喜欢去的地方。“文化大革命”期间，这些雕塑不是被推倒，就是被砸碎，城市里除了领袖像，很难再找到其他雕塑。鲁迅像自然是例外。在偏僻的西郊公园，人们能看到两座雕塑，一座是力挽惊马的欧阳海，另一座是草原英雄小姐妹，虽然也是革命题材，但却是那个时代难得的具有美感的城市雕塑，尤其是孩子和羊的群雕，表现了人和动物之间的温情和默契，现在回想起来依然有一种亲切感。雕塑，是城市建筑的组成部分，也是城市的标记。一座历史悠久曲折、文化传统深厚的城市，应该有自己的雕塑，它们既是对过去岁月的纪念，也是对现实生活的参与，对未来世界的向往。上海不是一个多雕塑的城市，屈指算来，数不出多少能成为城市标记的雕塑。最近这些年，上海的城市雕塑多了起来，雕塑家们终于有机会为城市的美化展现才华。上海的新雕塑的题材很广泛，譬如复兴公园的马克思和恩格斯像，外滩的陈毅像，上海图书馆后花园里的孔子像，市区街心花园里的聂耳像和田汉像、龙华烈士陵园里的烈士群雕……还将有更多的著名人物雕像出现在上海的各种场合。其实，上海历史上的很多人物，都值得为他们塑像，包括一些差不多被人遗忘了的小人物。举一个例子：1937 年 12 月，占领上海的日本侵略军在上海市区武装游行，炫耀武力，走过大世界门口时，有人在大世界楼顶振臂大呼“中国万岁！”然后纵身跳楼身亡。这种以生命抗议侵略者的壮举，当时曾震惊世界。这位无畏的殉国者，是大世界的霓虹灯修理工杨剑萍，一个普通的上海市民。现在，有几个上海人还记得他，记得这位为民族和这个城市的尊严献出生命的勇士呢？为这样的人物建一座塑像，是为了被忘却的纪念。

雕塑不仅有丰富的历史和文化的内涵，也应该成为城市的美景。在上海，能给人留下深刻美妙印象的城市雕塑，似乎还不多。有些雕塑，实在无法使人的视觉产生愉悦。譬如外滩那座以三根水泥立柱组合而成的纪念碑，单调而冷漠，既无美感，也难以和它所承载的内涵吻合，而且与外滩的环境极不协调。这样一座重要的纪念碑，如此缺乏艺术风格和品味，缺乏美感，怎么不叫人遗憾？它无法成为新上海的标志，是很自然的事情。我相信，将来有一天，上海的建筑师和艺术家会在这里设计一座新的纪念碑。不过，耐人寻味的纪念雕塑，已经开始在上海出现，前几天，在电视里见到上海烈士陵园中的无名烈士纪念碑，那是横卧在地的半个背影，他从地下奋力挣扎出地面，那身姿，那体态，似在向天呼喊，又似在沉思。这样的造型，虽然也有似曾相识之感，但还是能使观者产生无穷的遐想。

从前，乡村的人能搬进城里，属于“人往高处走”，是一种奢望。现在，越来越多的城里人向往着回归自然。要他们回到乡村去，暂时还不可能，于是，便希望着能在城市里感受到乡村的情调。乡村的情调从哪里来？只有一个途径，扩大绿化，把城市园林化。树木花草，是城市人最值得珍惜的自然伴侣。我喜欢上海西南部的那一片老城区，很重要的原因，就是因为那里的林荫路。那些枝叶葳蕤的梧桐树，像一群温和宽厚的绿衣人，长年如一，守护着街道和楼房，也抚慰着为生活操劳的城市人。烈日当空时，它们遮挡炎阳，播撒清凉；气候骤变时，它们像绿色的伞，为行人遮风挡雨。因为有了它们，冷冰冰的水泥建筑也有了灵气、有了生命、有了艺术的气息。它们是一年四季的信号和标志。每年初春，当人们发现树枝上萌发出嫩绿的新芽时，会生出多少喜悦和憧憬；秋风呼啸时，黄叶如金色的蝴蝶满天飞舞，使人仿佛走进了山林……记得淮海路上造地铁车站时，从陕西路到茂名路那一段道路上的梧桐树被移走，失去了绿荫的那一段淮海路，变得陌生而单调，原先那种优雅和亲切荡然无存。走过那段无掩无遮的人行道进入林荫时，仿佛从荒漠走进了绿洲，两者之间强烈的对比和反差，使人情不自禁地为美化了城市的大树唱赞歌。在城市里，保护一棵大树，也许比保护一幢楼房更重要。楼房旧了可以重新修建装饰，大树枯死便不能复生。一个没有树木花草的城市，绝不可能是一个有魅力的城市。我想起在街头看落日时产生的联想，那是古人描绘自然的诗句，自然的清新和谐、优美宁静，是古代诗人的向往，这样的向往，千百年以来一直没有变。今天的城市使我产生美感时，我的联想依然和自然有关。当我们被水泥的森林包围时，对大自然的向往会越来越强烈执着。

环境和建筑，是构成城市的基本因素。然而，它们绝不是城市之美的全部。人有人格，城有城格，城市人的品格观念和文化素养，决定着一个城市的精神。不过，这不是我这篇文章要探讨的问题。城市像一艘船，在岁月的长河里缓缓航行。最初，它们只是一条简陋朴素的独木舟，时代的发展和生活的进步使它们不断变化，独木舟变成了双桅帆船，变成了机器船，现代的大都市，已经像巨大的航空母舰。它们的目标港在何方？且让走向新世纪的人类来回答吧。

1999 年 4 月 16 日于四步斋

少女和雄狮

歌舞伎是日本的国粹，就像中国的京剧和昆曲。到日本，不见识一下歌舞伎，总是一个遗憾。我在日本那几天，正值东京的歌舞伎会演，在电视里每天都可以看到歌舞伎演出的宣传和广告，在街上也能见到关于歌舞伎演出的巨大横幅，似乎很有声势。可是，问过几位日本作家，他们都笑着反问我："你会喜欢？你恐怕会在剧场里打瞌睡。"歌舞伎表演一场要半天，演四出独立成章的剧目，中间还要休息吃饭。我不可能排出这么多时间来。

已故日本著名剧作家久保荣的女儿久保麻纱，是一位78岁的老人。她对中国有着特殊的感情，最近30年来，她倾注自己所有的心血，推广介绍中国的蓝印花布，中国的很多报刊介绍过她的故事。在上海，她开了两家蓝印花布商店，在东京，也有她的一家蓝印花布店。这些年，她一直在上海东京之间来回奔波。我到日本时，她正好在东京，听说我来，她高兴极了。我们通电话时，她说："我要请你看歌舞伎。你没有必要看全场，最后一场《镜狮子》，你可以看看。"那天晚上，她坐出租汽车赶到我住的宾馆，把我接到东京最大的歌舞伎座。歌舞伎座在热闹的银座，规模相当大，剧院里有3层观众席，两侧还有包厢，可以容纳一千多名观众。这样的剧院，大概相当于上海的逸夫舞台和北京的天桥剧场，专门演出歌舞伎。

为了让我看得真切一点，久保太太买了两张价钱最高的票，每张15 000日元，相当于一千多元人民币，座位在第四排的中间。我们进场时，第三个剧目《文七元结》已经进入尾声。看舞台上的表演形式，有点像话剧，演员用语言和动作倾吐感情，叙述故事。很显然，观众们对剧情很熟悉，剧中人的对话，不时在观众中引起笑声。剧中的女性，都由男演员扮演，他们的说话举止，将女人的声音和身段模仿得惟妙惟肖。歌舞伎演员全部都是男性，这和京剧的花旦类似。只是京剧花旦不仅能舞能做，更注重唱，而演女角的歌舞伎演员只是说话。在两出剧目之间的休息时间，我环顾了一下剧场，上座率达到七成以上，其中外国人大概占了两成，主要的观众，还是日本人，以中年以上者居多。坐在我左侧的也是一位日本老太太，年纪看来不在久保太太之下。看来，日本的年轻人对这样的国粹兴趣并不浓。久保麻纱告诉我，自从投身蓝印花布事业以来，她30年没有进过歌舞伎座，如果不是陪我，她还是不会来。不过，走进这个剧场，勾起了她很多美好的记忆。

《镜狮子》几乎没有什么具体剧情，只是一个演员在台上独舞，然而却有激动人心的效果。担纲主演的是著名的歌舞伎演员菊之助。舞台上坐着两排伴唱和伴奏的人，几把三弦，一枝短笛，几面小鼓，和着歌唱，组合成跌宕起伏的音乐，演员就在音乐和歌声里舞蹈。上半场，菊之助演一个年轻女子，在舞台中央独舞，只见演员浓妆和服，手持一把折扇，娇态婀娜，妩媚多姿，把女性的柔美表现得淋漓尽致。看舞台上那轻盈柔曼的舞蹈，使我渐渐忘记了这本是一个男人的身段。演员的退场也很有意思，他不走后台，而是从搭在观众席中的一条通道走向后场。这条被称为“花道”的小径，是演员和观众交流的渠道。演员款款退场时，“花道”两边的观众一起鼓掌喝彩，气氛很热烈。下半场，演员还是从后场沿“花道”出场，仍然是菊之助，却已经形象大变，浓妆的少女变成了一只满头白鬃的雄狮，羞涩文雅的碎步变成了雄赳赳的昂首阔步。下半场是雄狮的独舞，舞台上，雄狮气宇轩昂，随着豪放铿锵的音乐扑腾跳跃，头上的白色鬃毛被甩得满台飞扬，洋溢着雄性的力量。上下两段，一个少女，一头雄狮，一雌一雄，一文一武，一柔一刚，同一个演员，在不到一个小时里，创造出两个形体性格反差如此强烈的角色，这不能不使人称奇。

久保太太和我分别时，连声道谢，我问她为什么，她说："是你使我重新唤起对歌舞伎的兴趣，以后，我还要来看。”从歌舞伎座出来，又置身在银座耀眼的灯光和喧闹的车流中。这时，回想刚才在剧院里看歌舞伎的景象，心里竟然漾动起一片宁静的微波。我想，这也许是古老的艺术和喧嚣的现代生活之间产生的反差吧。

1999 年 5 月 29 日

青铜的遐想

上海博物馆像一尊古老的青铜鼎，蹲伏在人民广场，屹立在大上海的中心。它的周围，是群峰起伏般的现代建筑，这有点像是一个衣着简朴的古人，站在一群穿着时髦的现代人中间，显得与众不同。说它是古人，其实不妥，在它古朴的外形下，包裹的却是最现代化的设施。然而正是这种古典和现代的融合，使它成为20世纪末上海出现的无数新建筑中风格独特的一座。

论高度，上海博物馆在上海排不上号，论面积，它也算不上巨大。为什么在我的心目中，这尊古鼎却高耸入云、浩瀚辽阔？原因并不神秘，是因为它所包藏的内容。确实，若论它的内涵，若论它的象征意义，在上海，没有哪一幢新的建筑能和它相提并论。它是古老的中华历史的象征，5 000年的中华文明，在这个现代古鼎的内部，得到了七彩纷呈的展现。它也是灿烂的中华文化和艺术的象征，我们祖先深邃的智慧、惊人的想象力，以及那些巧夺天工的绝技，那些色彩斑斓的浪漫抒怀，在这里溢彩流光。流连在这幢奇妙的建筑中，我感受到作为一个有着悠久历史的中国人的骄傲。这里，也是中华文化和博大丰繁的人类文明的一个奇妙交汇点。前些日子，我去上海博物馆参观古埃及艺术珍品展，在惊叹于埃及古代艺术的神奇精美时，我忽发奇想，如果能将我们的祖先在同时期的创造与之对照，那大概是一件很有意思的事情。在参观了古埃及艺术珍品之后，我随即走进隔壁的青铜馆，细细欣赏曾使全世界惊叹的中国古代青铜器。这些青铜器，我已看过很多次。使我感到欣慰和骄傲的是，和同时代的古埃及艺术品相比，我们的青铜器一点也不会逊色。那些铭刻在青铜上的繁复精密的花纹，是如此精美，又是如此神秘，面对它们，我由衷地对我们聪慧的祖先产生出钦佩之情，也对人类的想象力产生无限感慨。

把我们的博物馆设计成青铜鼎的形状，是一种前无古人的创造，然而这种创造，却是现代建筑师从古人的智慧中获得的灵感。有这样的奇妙建筑耸立在我们生活的这个现代都市中，使我时时领悟到：我们的历史，我们的文化，我们的审美趣味，我们的情感和想象，绝不是无根无基的空中楼阁，它们都来自一个古老的源头。那一脉清源万里迢迢而来，历经千山万壑终不枯涸，如今汇集成了波澜壮阔的大海汪洋。

1999 年 9 月 12 日于四步斋

智慧之花

15 年前，有一天晚上乘飞机飞抵墨西哥城。从机窗俯瞰大地，只见地面上一片灯海，这灯海波澜起伏，一望无际，仿佛集中了全世界的灯光。在这之前，我还从来没有看到过那么多的灯，也无法想象地球上有如此巨大的城市。当时，我也曾在夜晚乘飞机飞临上海，在空中俯瞰夜上海，看到的是一种完全不同的景象，没有辉煌的灯火，也看不到楼房的轮廓，黑蒙蒙的地面上，闪烁着稀疏暗淡的灯光。同样是上千万人口的大城市，两个城市之间的悬殊竟是如此强烈。对照之下，我有些沮丧。如以城市的规模和繁华的程度与海外的国际大都市相比，作为一个中国人，一个上海人，我实在难以生出自豪之情。不过，我的记忆的屏幕上绝没有因此而一片空白，我想起了坐落在上海的无数精美的楼房。我知道，作为一个有着近千年历史和近百年繁华旧梦的城市，上海的楼房的丰富和多样，可以使世界上任何一个城市相形失色。然而当时这样的想法，近乎“阿Q”的自我安慰。

这当然已经是老话了。今日的上海，和 15 年前的上海已经不能同日而语。在这 15 年中，世界上大概没有任何一个城市和上海一样，发生如此巨大的变化。这变化中最引人注目的便是城市的建筑，新的高楼大厦从我们这个城市的每一个角落拔地而起，以各种各样的形状和姿态占领着地面和天空，改变着上海地平线的轮廓。前几天，我从海南岛乘夜班飞机回上海，在空中俯瞰夜幕笼罩下的上海，只见灯光如海，无边无涯，在我的视野里一直铺展到天的尽头。在灯海中，能清晰地看见灯火勾勒出的道路和建筑，道路大同小异，都是一条条晶莹闪烁的直线，而建筑就不同了，它们高低不等，曲折多变，如高塔，如危岩，如艨艟，如巨兽，如精致的杯盘瓶盏，也如朦胧的丛林山峦，在天空下闪动着神奇的光芒。这是现代国际大都市的光芒，这光芒照亮了茫茫夜空，折射着人类的智慧和人间的繁华。很自然地，我想起了 15 年前在美洲看到的那一幕。眼前的灯海，和 15 年前使我惊讶不已的海外奇观相比，显得更辽阔、更辉煌、更令人目眩。而且我很清楚，我在飞机上看到的灯海，只是上海的郊区！在繁华的市区，夜空下的灯海该是何等的变化莫测、夺目耀眼？

所有到上海的人都惊叹上海的巨变，惊叹上海城市建设的飞速发展。新的楼群正以空前的速度驱赶、覆盖、挤压、改变着旧的建筑。这是时代前进的脚步。

是的，建筑是历史的脚印。不同时代的建筑，凝结融合着不同时代的经济、文化、艺术和风俗，可以说，建筑是一个时代的智慧、情趣、财富和审美品味的结晶和象征。如果把一个城市比作一个人，那么，建筑就是这个人身上的衣衫。从一个人的穿着可以看出一个人的性格和他的情调品味，从一个城市的建筑也可以断知这个城市的性格和他的遭遇。旧上海，被人称为“万国建筑博览馆”，世界上所有的建筑风格，在上海滩都能找到影子。就看外滩吧，这里的每一栋建筑都有不同的风格，既有古希腊和古罗马的建筑风格，有巴洛克和哥特式的建筑风格，也有欧洲文艺复兴时期的各种风格的建筑，还有犹太和日本风格的建筑。譬如建于 1923 年的汇丰银行，便是古希腊和古罗马建筑的混合，那巨大的廊柱和巍峨的圆顶，犹如古罗马的万神殿。当年，造这栋大楼的英国人曾经自诩，这是“从苏伊士运河到远东白令海峡的一座最精美讲究的建筑”。这大概不是夸张的评价。小时候，我常常到外滩去玩，站在这栋有着巨大圆顶的庞大楼房面前，我感到张皇失措，感到神秘莫测。这样的建筑，是岩石屈从于人类想象力和创造力而开出的绚丽的花朵，人类的智慧和灵巧使花岗岩开出了永不凋谢的花。那时，大楼门口有两只造型精美的铜狮子，我曾经骑在铜狮子的背上，仰望着头顶上那通天的圆柱，陷入荒诞的幻想：我的眼前，幻化出无数古希腊神话中的人物……

我的手边有摄影家尔冬强赠我的一本画册：“*A LAST LOOK*”（最后一瞥）。这是一本很耐读的画册，摄影家将旧上海那些建筑精美、风格迥异的老房子一栋一栋地摄入自己的镜头，从外观到内里，从远眺的全景，到近观的局部，那些色彩和形状完全不同的院墙、屋顶、门廊、窗户、楼梯，一直细致到廊柱和窗户上的浮雕花饰……读这本画册时，给人的感觉真正是琳琅满目、美不胜收。如同人的千人千面，这些老房子也是一栋一个面孔，绝无重复和雷同。面对这些建造于大半个世纪前的老房子，你不得不赞叹我们先辈丰富的想象力和巧夺天工的手艺。看这些老房子，你得承认，拥有这些建筑的城市是一个崇尚艺术、崇尚个性的有品味的城市，是一个宽宏大量、海纳百川的有博大胸襟的城市，是一个将高贵与平凡、恢宏与精微融于一体的城市。我非常惊讶，有些房子，我曾经见过，但却熟视无睹。在画册中我几乎认不出这就是我天天看到的老房子，它们是那么新鲜，那么与众不同。譬如复兴路陕西南路口的陕南村，很多年来我差不多三天两头从它的围墙边经过，有一次去看望住在陕南村的老作家黄裳，我还踏进过其中的一栋楼房。当时只觉得环境幽雅，房子也造得精美，过后却没有留下特别的印象。在“*A LAST LOOK*”中见到它时，我突然发现，它们原来是那么美妙的一群楼房。这是一张俯瞰图，尔冬强从空中选择了一个我从未见到过的视角。在绿色的浓荫间，这群楼房以不规则的位置错落有致地排列着，避免了整齐划一和重复的单调。绿荫丛中，露出红色的呈复杂几何图形的屋顶，红黄相间、镶有流畅线条的楼墙，造型别致、对称起伏的烟囱……有些房子，我在这本画册上才第一次看到，它们默默地坐落在我们这个城市的许多不引人注目的角落里，从不招摇，也从不沉寂，只是以自己那份独特的优雅为历史作着彩色立体的注释。这些老房子，有的已成为工厂的车间，有的一直住着普通的居民，造型优美的窗台上，晾晒着五颜六色的衣服。它们使我惊叹，在上海，原来潜藏着这么多精美绝伦的建筑。

当然，上海的老房子，也不是全都这样精美讲究的。和当时社会的贫富两极分化一样，上海的老房子也存在着两极分化。尔冬强镜头中的老房子是一极，是占据着少数的一小极，在旧上海的建筑中，它们如同鹤立鸡群。在铺天盖地的“鸡”群中，“鹤”是少数。在这个民居如蚁穴的拥挤不堪的大城市里，更多的是简单而实用的居民住宅，它们是占大多数的一极。在这一大极中，最有名的，当数石库门楼房，这是上海人的创造，是很典型的中西合璧的近代建筑。石库门楼房的外貌也不是千篇一律，它们的色彩、造型都各有千秋，墙面有青砖和红砖的，也有水泥浆灰粉刷的，它们的外貌吸取了很多西式楼房的特点。然而打开前门走进去，从天井到中厅，再到两侧厢房、灶庇间，你会觉得是走进了老式的江南民居。如果在幽暗中踏着狭窄的木楼梯走上去，经过玲珑的亭子间，走进宽敞的前楼，或者折入幽深的厢房，简易的卫生间里白瓷砖一亮，犹如乌云中射入一缕阳光……这时，你会觉得有点像西式的“HOUSE”。然而和西式的“HOUSE”相比，石库门楼房处处显出狭窄局促：窄小的弄堂，幽暗陡峭的楼梯，推开房间的窗户，伸手似乎就能触及对面人家的门墙，邻里间的气息响动清晰可闻，没有什么隐私可言。还有一个大的区别，西式的“HOUSE”周围总有几棵树木，楼房被绿荫掩隐着，而石库门弄堂里难得有绿荫，这里的空间已经被砖木塞满。石库门楼房是为囊中羞涩的市民们建造的，设计这样的房子，正如同培根所说：“造房子是为了居住，而不是为了让人观赏，所以，必须优先考虑房子的使用价值，然后再考虑房子的式样问题。”这是贫困者的建筑观念。然而谁能说设计石库门房子的建筑师们没有在房子的式样问题上绞尽脑汁呢？石库门房子虽然简陋，但设计者还是在美观上下了功夫。石库门房子中，牌坊、门楣、屋檐、窗台上的装饰，绝少有重复。一些门楼上的砖雕，今天看来都是精美的艺术品。而这些装饰，显然不是为了居住，而是为了让人观赏，为了愉悦人的视线。譬如陕西南路的步高里，是很典型的石库门房子，步高里门口，有一个坐东向西的高大牌坊，这中国式的牌坊，造型雄伟古雅，像宫殿和庙宇的门楼。在当年洋楼林立的法租界中，这牌楼是很耀眼的一道风景，直到今天，这牌楼依然引人注目。听住在步高里的一位朋友说，70年代西哈努克亲王在中国避难时，有一次乘车经过陕西南路时，被路边的牌楼吸引，以为这是旧时代留下的庙宇，便下车来参观，走进牌楼，才发现这里是老百姓的住所。这样有特点的居所必定在他的记忆中留下了印象。前几天，我去看了一片由石库门改造的“新天地”，在离淮海路不远的市中心，原来是成片的居民弄堂，现在还保留着石库门的外墙，里面却已面目全非，富丽堂皇得像五星级宾馆，石库门里应该有的气息荡然无存。根据投资者的设想，这里将改造为宾馆、商场、饭店、酒吧，成为一个旅游景点。从那片已经虚有其表的“石库门”里走出来时，我的心里存着几分疑惑：这样的地方，来寻访旧上海脚印的旅游者会有兴趣吗？既然是“石库门”，就得保存门墙里原有的生活气息，保存上海人曾经有过的窄小和局促，保存那股特有的烟火俗气。

尔冬强用“最后一瞥”作为他的那本摄影画册的名字，其含义是不言自明的。上海的老房子，正在随着大规模的旧城改造和新的建设而消失。画册中的有些房子，已经成为高架大道和新的高楼大厦的地基。这是既让人兴奋，也让人遗憾的事情。然而，一个城市的建筑不可能在一夜之间一改旧时容颜。在城市的建筑上，上海无法像巴黎和彼得格勒那样，将旧城的昔时容颜原封不动地保存下来，上海只能是一个新旧交替、新旧交错、新旧并存的城市。在尔冬强为外滩拍的照片上，起伏的旧房子后面，已经崛起高大的新楼，从欣赏美学的角度来看，这是一种不和谐。然而有什么办法呢？摄影家当然无法改变这样的现实。

时代的风格，决定了建筑的风格。盛唐，留下了不朽的长安城，而辉煌的北京皇城，则是强盛的明代的象征。“万国博览会”式的旧上海建筑，是殖民时代的纪念。在20世纪中后期，即50年代到70年代，上海造过很多楼房。这些楼房，改善了很多从前住在棚户区里的上海人的居住条件，体现了社会的进步。以现在的眼光来看，这些楼房，大多数是“为了居住，而不是为了让人观赏”。房屋的外形，几乎没有什么讲究，都是火柴盒似的一个一个方块，灰拓拓的水泥墙，千篇一律的面孔。那时建造的很多新村，几十栋外形一模一样的楼房排列得整整齐齐，像乏味的兵营。它们甚至不如旧时代的石库门房子。那是一个在建筑美学上少有建树的时代，粗糙、简单、实用代替了一切。我的身边就有最现成的例子。我原来居住的绍兴路，从前是法租界的莫里哀路，路的中段有一栋建筑于30年代的西式公寓，5层楼，外形简洁流畅，方圆相间的窗户，流线型的阳台，楼前有一个两亩大的花园，园内有高大的雪松、精致的花坛。这个花园公寓，曾经是这条路上最漂亮的建筑。70年代初，人们砍倒了花园里的大树，在花园里造了两栋简陋的6层楼住宅。于是，昔日的花园公寓不复存在，而那两栋镇压了绿荫、阻挡了阳光的灰色水泥楼，便成了那一个时代的象征。它们的粗糙和单调，和那栋被挡在阳光背后的公寓形成了极其鲜明的对照。因为有过这样一个不注重建筑美学的时代，人们对建筑的审美意识几乎有点麻木了。造一栋房子，外表美观与否是无所谓的，只要实用，只要可以在房子的内部装潢出舒适的居住空间。对于一家一户而言，这也许很实惠，无伤大雅。然而对一个城市而言，就可能是一场灾难。这灾难便是：城市变得毫无个性、毫无风格、毫无美感。一个城市的个性、风格和美感，正是由建筑交织融合而形成的。在60年代和70年代，我到过不少城市，感觉所有的城市都大同小异。为什么？因为这些城市的新楼房几乎都出于同一模式。

十多年前，我曾经和上海的一位建筑师聊天，建筑师告诉我，他的设计，很少有变成现实的可能。他说："机会实在太少。我的设计再好，如果不能付诸实施，一切都等于零！"我很难忘记他说这句话时那种黯然无奈的神情。今天，历史终于给了中国的建筑师们得以大显身手的机会。此刻，你推开上海的任何一扇窗户，都能看到他们的作品。这几年新造的高楼大厦争奇斗艳、异彩纷呈，使人眼花缭乱。前些日子听电台广播，听到一则关于建筑的新闻：从80年代后期至今，上海新建造的20层以上的高层建筑多达八千余幢！这是一个令人咋舌的数字，它可能创造了一个新的世界纪录。这些新的高楼大厦，使上海人扬眉吐气。上海在建筑方面停滞不前的时代，已经一去不复返。因为这种变化来得迅猛，迅猛得如同钱塘江大潮，恐怕大多数上海人无法将这些新出现的建筑说出个一二三四来。人们只是觉得惊奇，这么多高楼大厦，是什么时候造起来的？

有人说，现在是一个建筑的时代，这不是无稽之谈。以经济腾飞的姿态出现在世界面前的上海，她的这些新建筑，当然再也不仅仅"只是为了居住，而不是为了让人观赏"了。细心的观察者都会发现，这些新出现的高楼大厦一栋一个模样，每幢新楼都企图显得与众不同，企图表现出独特个性，就像在街上行走的青春少女，每个人都穿着不同的服装，其中不乏奇装异服。它们的形状有长的、方的、圆的，也有菱形的、三角形的，还有不规则的多边形，甚至有模仿巴黎的凯旋门，将大楼造成中间镂空的门字框架形建筑……造这些高楼的建筑材料也丰富多样，除了钢筋混凝土，还有玻璃、不锈钢、花岗岩、釉面砖，甚至有了镀金的屋顶。

这些千姿百态的新建筑，确实是经济腾飞的标志和象征，也展现了现代人的想象力和创造力。然而平心而论，在为这些新建筑的数量和建设速度骄傲时，我还难以为它们在美学上取得的成就陶醉。这 8 000 栋高楼中，有多少重复之作？有多少平庸之作？有多少丑陋之作？多得难以统计。从空中俯瞰，很多高楼都是大同小异的矩形水泥柱，而那些以玻璃为墙的方形大楼，简直就是对德裔美国建筑师路德维希·密斯·凡·德·罗的简单模仿。其中有多少能使人一见倾心、一睹难忘的独特之作呢？似乎寥寥可数。人心的浮躁，在建筑中也表现出来了。是的，新的上海以林立的新建高楼有别于其他城市，然而倘若问一句："这些新的高楼的风格是什么？"你大概会哑口无言。毫无疑问，新的建筑，未必是成功的建筑；高大的建筑，未必是不朽的建筑；富丽奢华的建筑，也未必是美丽的建筑。人和历史的目光会无情地对一切进行筛选。有人把建筑比作画，不错。一个画展，展出后可以收起来，那些蹩脚的画，可以束之高阁不再示人。建筑就不同了，它们矗立在那里，只要不发生地震火灾，它们可能十年百年甚至几个世纪地矗立下去，占据着一代又一代人的视线，成为历史的雕塑。所以克·雷恩说："建筑学追求的是永恒。"永恒，当然不可能，可以换一个词："久远"。最近读中国建筑师张开济的《建筑一家言》，他是不主张多造高层建筑的。书中谈到一个发生在美国的故事：50 年代，美国圣路易斯市造了一大片高层住宅，可是建成后，发现缺点很多，1976 年，这个城市决定把这一大片高层住宅全部炸毁。这样的故事使人心惊，但愿这样的故事不要在上海重演。

是的，上海是一个新旧交替并存的城市。在高大的新建筑的阴影下，旧上海那些老房子成了巨人国里的小矮人。然而高大和矮小不是衡量建筑美丑优劣的标准。小矮人未必丑陋，巨人也未必漂亮。我不是一个守旧崇古的人，但是面对那些建造于大半个世纪前的旧房子，我不得不感慨它们的独特和精美。作为过去时代的象征，它们无愧于先人，无愧于历史。我们所处的时代，是气象万千的时代，是打碎枷锁和桎梏的时代，在建筑上超越先人，超越历史，应该是顺理成章的事情。在上海新建的高楼中，已经有了许多成功的杰作，以我个人的眼光，像金茂大厦、浦东国际会议中心、华亭宾馆、上海商城、新锦江宾馆、上海博物馆、上海广电大厦、新世纪广场等建筑，都是非常漂亮的建筑，而且有时代特色，在设计上与众不同，很有创意。我知道，任何一个上海人，都无法将那 8 000 幢高楼一一欣赏完毕，其中的佼佼者，必定会脱颖而出，迟早要被人发现。前几日见到尔冬强，他正在整理最近的摄影作品，其中有一些上海的新建筑。尔冬强告诉我，在浦东，他看到了一些很出色的建筑，这些高楼已经进入他的镜头。我在他的照片中欣赏了这些新楼，我叫不出它们的名字，也不知它们坐落何处，但是它们确实向我展示了建筑的独特和精美。这样的建筑，使那些模样呆板、面孔雷同的楼房相形见绌。看来，上海新建的高楼也存在着两极分化，一极平庸粗糙，缺乏个性；一极精美独特，富有时代精神。但愿在以后的岁月中，后面那一极会渐渐壮大起来。都说建筑是凝固的音乐，我想，音乐也有优美和拙劣之分，那些拙劣的音乐，只能是噪音，破坏着大自然和生活的宁静。那么，和我同时代的建筑师们，请用你们的才华，多创造优美的音乐吧，让它们凝固在空中，成为我们这个时代的美好象征，成为盛开在天地之间的智慧之花。

再过半个世纪，现在的这些新楼都成了老房子，成了历史的遗迹，到那时，会不会有几个尔冬强式的艺术家能激情洋溢地拍几本“A LAST LOOK”一类的画册，向 21 世纪的中国人展示 20 世纪末的中国建筑风格和成就，并且让他们为自己的先人骄傲呢？

2000 年 4 月 18 日于四步斋

远去的马蹄声

我的童年是在上海的黄浦区度过的，在这个也许是全世界人口最稠密的地区，有很多美妙的建筑，它们曾经引起我斑斓缤纷的幻想。譬如和人民公园相邻的上海美术馆，它的外形，它的历史，它的传说和故事，就常常使我遐想联翩。这座有着将近七十年历史的大楼，在旧中国曾经是跑马总会大楼，新中国成立后却成了图书馆，现在又被装修一新，成了上海美术馆。

在南京路上，那座钟楼曾经那么引人注目。那是一个时代的标志。20年前，我熟悉的一位摄影家曾经拍过一幅照片，题为《图书馆和落日》，照片上，那钟楼像一个戴着尖顶礼帽的绅士，伫立在夕照中默默沉思。夕阳已经消失了耀眼的光芒，像一面巨大的圆镜，悬在他的肩头。他在沉思什么呢？是这里昔日的喧闹和疯狂，还是更遥远的荒凉和萧瑟？既是图书馆，他应该是一位满腹经纶的博学之士。然而它的前身却是供人赌博的跑马厅，是赌徒们狂欢和失落的地方。联想起来，有点滑稽。

关于这栋建筑，我从前还听到过一个传说：建筑师在设计它时，搞错了一个数据。等大楼落成后，这位建筑师才发现自己的错误，然而已经无法补救。因为这错误，建筑师认为这栋大楼不久就会倒坍。他无法面对即将来临的灾难和耻辱，便从钟楼上跳下来，为自己的作品和错误殉葬。这故事编得有点荒唐，当然不可能被证实，也许，是好事之徒酒后的杜撰。这无稽的传说，却使这栋大楼在我的心里生出几分神秘感。

少年时代，我并没有仔细研究过这建筑的造型。记忆中印象深刻的，倒是那些坐西朝东的看台。从前的上海体育宫，将当年跑马场的看台保留得非常完整。我们曾经在那里开过运动会，坐在有着大屋顶的水泥看台上，我想象着曾经出现在这里的场面：跑道上赛马驰骋、烟尘飞扬，看台上人声鼎沸，观众的呼喊似乎能冲破屋顶……骑手策马冲刺时，有人欢呼雀跃，更多的是咒骂和叹息。直到现在，我还没有机会到现场看过赛马，只是在电影和电视中看国外和香港的赛马，儿时的想象，和实际生活的景象还是有很多差别。

在人民公园西侧一角，也曾保留着一部分跑马场的看台，那是和跑马总会大楼连为一体的建筑。水泥的台阶面对着公园的草地，那里是孩子们游戏的地方。在童稚的目光里，这看台是山，是塔，是通天之梯。看台周围，是公园偏僻的角落，冷清而安静。我曾听一位老人站在看台下谈往事，他讲的不是赛马，而是“抗战”时代的故事。那时，这里不是跑马厅，是日本侵略军驯养军马的地方。于是，和这看台有关的联想，又变得阴森可怖……

成年后，这栋大楼是我向往的地方，因为，这里是图书馆。这幢建于 1932 年的大楼是典型的新古典主义建筑，石头和红砖，垒出了举世无双的构架。外墙上那些塔什干式的方形廊柱，撑起了大厦的巍峨。70 年前，这样的大楼在世人的眼里已属摩天楼。古典的繁复和现代建筑的流畅，在它身上得到充分的体现。我曾经沿着那旋转的大理石楼梯，走进楼上的阅览室里看书。午后，阳光从西面的窗户里射进来，斑驳的金红色阳光在柚木地板上无声地踱步，精美的窗棂在阳光里闪烁着神奇的幻影。在记忆中，书的美妙意境和房子里的典雅氛围已经融为一体。图书馆南面，和钟楼毗邻的建筑，是原来的美术馆。美术馆展厅不算大，我在那里看过的画展不计其数。印象最深刻的，是毕加索画展和亚当斯的摄影展。毕加索作品中那些被扭曲了的狰狞面容，在展厅白色的灯光里显得意味幽邃。而亚当斯那些黑白照片，将大自然神奇的景象展示得纤毫毕现，给我的感觉竟是一种惊心动魄。记忆中的这些画面，和有着钟楼的大楼叠合在一起，在我的心里装订成一本多彩的历史画册。

如今，这栋大楼已经变成了新的上海美术馆。几天前，和朋友一起走进了这幢面貌大变的楼房。当年跑马厅的看台，已经被拆除，在看台的地基上，面东的高墙向外扩展，使大楼变得宽敞阔大。站在美术馆门外，抬头谛视那一堵和面西的老墙完全相同的新壁，不禁感叹现代建筑师复旧拟古的能力。

进门后，眼前顿觉豁然开朗。底楼的两个大展厅，空旷高敞，玻璃的穹顶上似有天光洒入。在这样的厅堂里，任何大师的画和雕塑都不致被辱没。正在展出的是年轻画家的创新之作，绚烂耀眼的画面和展厅里古典的气息形成有趣的反差，也是一种艺术的和谐。而那些青铜的雕塑，正以惊奇的目光，从四面八方凝视着这个早已无法辨认的世界。这里，原来是跑马厅内部骑手和马匹等候上场的地方，并不是一个静寂的所在。开赛前，铁蹄在地上焦急地点动，马的嘶叫和鼻息，骑手的吆喝和鞭子的呼啸，在空中交织成紧张的气息……此刻，在寂静和优雅之中，要想回溯当年人马杂乱的景象，已经没有可能。

大楼被拓宽的那一部分，现在是新添的石头楼梯，楼梯的形状和扶栏，一如当年模样，只是阔大的气派今非昔比。底楼和二楼之间，大概是当年跑马厅的包厢，现在成了画廊。二楼的两个大展厅，完整地保留着原来的内部装潢：柚木地板和墙壁，柚木的大门，墙上那些精美绝伦的雕饰，巨大的壁炉，都完好地存在着，无声地向来访者描述从前的奢华。我发现，这里正是我曾经读过书的地方。此刻，墙上挂满了风格各异的中国画，画面上的山水花鸟，是中国艺术家们的心灵写照。这样的中西合璧，也是相映成趣。

新的美术馆，规模之大出乎我的意料，想在一个下午全部仔细参观，根本不可能。三楼的展厅里，有近百年来上海名画家精品汇展，还有西北的皮影戏人物……在这些展品前忘情流连时，窗外的日头已经偏西。我想，来日方长，且留下一些悬念以后再来慢慢解开吧。

沿着钟楼下原有的环形大理石楼梯往下走。我又看到了楼梯上那些熟悉的雕花铁扶栏，扶栏上的花饰，是马头的浮雕。一只只马头在我视线中下垂着，像是在沉思，又像是在走出跑道前紧张地屏息等待。

马？为什么又出现了马？没有办法，谁也无法将历史的纽带一刀割断，更无法将岁月的足迹一笔勾销。然而，曾经在这里回荡的马蹄声，已经越来越遥远，再也不可能回返。

2000 年 4 月 20 日于四步斋

家 之 美

家，是生命的摇篮，生活的港湾，是芸芸众生赖以生存的巢穴。拥有一个美丽温暖的家，是所有人的梦想。这梦想企望实现，说难则难，说易也易。说难，有人以金碧辉煌为美，以盖世豪华为美，“美哉轮焉，美哉奂焉”，这样的家，是空中楼阁，是海中仙山，对大多数人都是遥不可及的幻想。说易，有人以温馨适宜为美，以自然舒心为美，这样的家，可宽可窄，不拘形式，只要居住者觉得舒服合适便好。孔夫子说：“饭疏食饮水，曲肱而枕之，乐亦在其中矣。”便是此理。

《周易》有云：“上古穴居而野处，后世圣人易之以居室。”使人类登堂入室，结束穴居野处的人，是了不起的智者。在人类的文明史上，这一步进化，可算是重要一页。没有人记下这些“圣人”的名字，可数千年来人类一直沐浴着他们的智慧恩泽。原始的家居，不过是树枝草叶和岩石泥土的混合，是生存的需要，其功能只是为了能遮风避雨，为了抵御野兽的侵袭。随着人类的进步，对居室的要求也越来越高。墙加厚，楼增高，式样迭出的建筑成为人类最重要的实用艺术，形形色色的房屋是人类文明和智慧最显眼的标记。人们家里的装潢和摆设也越来越讲究，讲究情调，讲究风格，讲究人与环境的和谐。不同民族、不同地域、不同阶层的人士，对家居有着不同的要求。这是一门艺术，它展示着人类个性，表现着人们对美和幸福的追求和憧憬。

何为家之美？

家之美，美在展示个性。金玉满堂是美，单纯空灵也是美；精致繁复是美，简朴清淡也是美。只要符合主人性情，无论淡妆浓妆，总能恰到好处。有人以现代人的心情，追寻古雅之风，此为美；有人以中国人的眼光，撷取欧美情韵，此亦为美。中西合璧，南北交汇，取天下之妙物为我所用，虽只是一鳞半爪、寸木片石，却能将奇妙风光汇集于室内，这当然也是美。居室为人而筑，为人而饰，为人所住，理应以人为本。人居其中觉得舒服适宜，心情欢悦，便为美。如家中的装饰只是为了展示炫耀，那美便会变质，便会成为生活的累赘和负担。本末倒置，何美之有？

家之美，美在贴近自然，人在四壁之内，如果和自然隔绝，会使心情荒芜，呼吸凝重。如何将小居室与大自然连接？如果开窗能见山林日月，能闻流水鸟鸣，那当然让居者心旷神怡；更多的居室，嵌于城市楼林，被钢筋水泥和砖石高墙包围，人在家中，如幽囚于箱笼之内，不见天日，何其可怜。聪明而有情趣者，能以自己的方式移植自然于室内。年轻时代，我曾经蜗居于一间没有窗户的暗室，屋内一灯烛照，四望皆壁，不知昼夜更替。有画界友人来访，环顾我居室的幽暗和窄小，顿生恻隐之心，说要为我开一扇窗户。画家言之凿凿，我却以为她说笑话。四壁之外，皆是邻家居室，如何开窗？几天之后，画家又来访并赠我油画一幅。画面上，天高地阔，远山逶迤，原野中麦浪翻滚，河渠里清流奔濯……油画上墙，如洞开一扇天光斑斓的窗户，顿时满室生辉。画中自然，虽是虚假，却能引发无限遐想，使我心驰八荒，神飞九天。以画代窗，无异于望梅止渴、画饼充饥，但不失为一妙法。如想直接将自然的气息和色彩引入家中，则莫如养花植草，有几盆绿色花草点缀，室内便春意融融。如以精美的玻璃瓶或古瓷花坛插玫瑰、牡丹和腊梅，名花名器相映生辉，当然是美事；以青花粗瓷或塑料盆碗养几棵野草蔬菜，同样美妙。记得很多年前，我父亲在洗菜之余，常常将一棵菜心和一段萝卜养在一只青花小碟中，置于窗台案头，但见绿叶飘动，其清新怡人不亚于水仙蕙兰。在我的关于家的记忆中，这是极温馨美妙的一曲。

家之美，其神髓应该是人性之美。

2000 年 5 月

食古而吐秀

——刘一闻其人其作

刘一闻的篆刻成就已有公认，是国内数得着的高手之一。我对篆刻没有多少研究，看过刘一闻的几本印谱，感觉是千姿百态，古风拂面。能用一把小小的钢刀，在石头上把汉字刻画得如此奇丽不凡、变幻莫测，我很钦佩。

刘一闻的书法也是风格独特的。他的字如修竹临风，又如涓流蜿蜒，令观者赏心悦目。看他写的那些对联，使我想起两个字：清雅。从内容到形式，都给人这样的感觉。他的书法不属于雄浑粗放的一类，清秀雅致中飘溢着浓郁的书卷气息。他的笔迹，有时让人感到似曾相识，它们古朴单纯如汉简，飘逸清秀如杨循吉郑燮，瘦劲清癯如赵佶伊秉授。这样的类比，也许会使行家失笑，但却是我作为一个观赏者的真实感觉。当然，仔细看这些字，又谁都不像，它们只属于刘一闻。

冯其庸先生曾以一首五言古风为刘一闻作品集作序，其中有这样的句子："奇哉刘一闻，食古而吐秀。初观皆古趣，细审新意稠。"这是对刘一闻治印的评价，其实，也可以此评价他的书法。刘一闻在上海博物馆就职，他的日常工作就是研究古人的书画，对一个书法家来说，这是何等幸运的事情。任何一个书画大师，都经历过从眼高、心高到手高的过程。所谓眼高，是指博览群书后具备的高眼界；所谓心高，当然是心怀大志，志存高远，胸中包容千山万壑；而手高，便是绝技在握，心到手到，推陈出新，下笔有神，这只能通过千锤百炼的艺术实践达到。刘一闻接触了无数古代大师们的真墨迹，对书法理论也有自己独到的心得。中国书法传统的精华，在他可以说是烂熟于心。作为书家，他下过苦功。现代人不可能像怀素那样秃笔成冢、墨穿盘板，但每个成功者都有自己的奋斗史。刘一闻出身于书香门第，从小便受到文人长辈的指点，初谙世事就开始练字，练字用过的纸，大概也可以堆成小山。刘一闻跟我讲过他儿时练字的故事，十分有趣。十来岁时，他一有空就在家里埋头写字，家里能找到的纸，都被他用来练字。一日，他发现壁角有一只装满宣纸的大箱子，便瞒着家人，天天抽几张出来练字。直到那一大箱宣纸全部被他用完，家里的大人才发现。母亲告诉他，这一箱宣纸，是祖上留下的乾隆古宣。当代的书法家，有谁会用乾隆古宣练字呢？

艺术家的建树，贵在独创。能成为大家者，必定有属于自己的独特风格，使人一见便能认出他的风韵和格调。在自己的独创性上不断坚持并完善发展，可能枝叶长茂，独领风骚。有人以为新异即美，新异即独创，这其实可能成为误区。不错，与众不同的新奇，会引起注意，会引起追新求异者的喝彩，甚至会有“轰动效应”。然而这样的新奇，是否表现了艺术的真谛，是否真正传达了人心中对美的寻求和认识，却是值得存疑的。历史上那些轰动一时却很快销声匿迹的“新奇”艺术，我们已见得很多。米芾当年曾经这样评论谢安石的书法：“山林妙寄，岩廊英举，不繇不羲，自发淡古。”我没有看到过谢安石的字，不知他的墨迹是何种气象，不过那种“不繇不羲，自发淡古”的境界，应该和刘一闻追寻的境界是相通的。刘一闻书法风格的形成，建筑在传统的基础之上，但他并不被传统束缚，“食古而吐秀”，努力架构自己的章法，并且倾心追求，日臻完美。这仿佛是在掘一口井，看准了地下的泉源，锲而不舍，这口井正越掘越深，清泉在源源不断从井底涌出。这样的深井，不会枯竭。

看刘一闻的书法，我总是很自然地联想起弘一法师的字。刘一闻的字和弘一法师的字并不一样，但其中的气韵，却是相似的。这样的书法，摒弃了浮躁和焦虑，使人感觉到一种沉静，一种虽然单纯清淡却可以回味良久的意韵。写这样的字，需要一种超然的精神，一种淡泊的心境。从俗世出家的弘一法师看破红尘，过着苦行僧的生活，他自然有这样的精神和心境，刘一闻生活在俗世中，能用书法展现这样的境界，岂不令人称奇。

2000 年 6 月

手卷和尺牍

近日，在上海博物馆，有机会观摩一批馆藏的书画和古瓷，大饱眼福。上博副馆长汪清正先生是造诣很深的古文物鉴赏家，听他讲解评点，增长不少见识。那天看了三件书画作品，其中两件手卷，一幅尺牍。

第一件手卷为王献之的《鸭头丸帖》。这是一件海内外享有盛名的国宝，虽历经千余年却完整无损。《鸭头丸帖》共15字，是一幅写在丝织绢本上的便条，15字为："鸭头丸故不佳明当必集当与君相见"，字似乎信手写来，内容也很平常，但笔力遒劲，布局自然，字字经得起推敲。这是世存的屈指可数的王献之作品之一，尽管字数比他的《鹅群帖》和《地黄汤帖》少得多，但更见其自由洒脱的性情。《鸭头丸帖》只是一尺见方的作品，然而却被装裱成一幅长卷。跟在《鸭头丸帖》后面的，是历代无数收藏家的印鉴和名人的题字。其中有宋徽宗的御印，宋高宗的题跋，董其昌的题词。在董其昌之后，还有很多有名的或者不太有名的文人官吏的题字，长卷太长，无法一一细看。"虎头蛇尾"这样的成语，用来形容这长卷，实在是太合适不过。看这些密密麻麻的题辞，给人争先恐后之感。古代的墨客和权势者，都喜欢在大家的书画名作上题字，看属风雅之举，其实是想攀龙附凤，题辞者的如意算盘是：名作不朽，自己的名字便也跟着不朽。然而后人在欣赏大师的艺术时，谁能记得住那么多尾随其后的张三李四王五呢?

第二件手卷是宋徽宗的绘画作品，为水墨工笔画。画面分为两组，前一组是花鸟，五只花雀栖息于古树枝头，另一组为四只芦雁，聚集于芦苇丛中。花雀和芦雁被描绘得栩栩如生，禽鸟的翎羽喙足，皆精勾细描，纤毫毕现，花费的功夫一定不会少。以今人的目光看，这样的画算不得出色，但出自皇帝之手，意义就有些不一般。皇帝有耐心画如此精细的画，也确实不易，他要把自己幽锁深宫，全身心沉浸在笔墨之中，而朝廷政事，当然无心过问了。上海博物馆还藏有宋徽宗用他的“瘦金体”书写的《千字文》，也是一笔一画毫不马虎，功夫了得。在中国的皇帝中，宋徽宗没有多少政绩，不仅没有建功立业，最后还当了金人的阶下囚，受尽屈辱。但这个没有能力打败入侵者的无能之君，却是个有点独创精神的书画家。在这幅画中，宋徽宗没有题多少字。给人印象深刻的是他的署名，似乎是一个“天”字，其实却是四个字的合而为一，这四个字是“天下一人”，也只有皇帝才敢如此狂妄。此画传入清宫，清朝的皇帝便也来凑热闹。乾隆皇帝在引首处题“神韵天然”，每字四寸见方，写得肥腴温厚。写了四个大字，乾隆意犹未尽，又用小笔在画心题诗，题在两组画之间的一片空白处。乾隆的诗写得很平庸，把画中的芦雁和花雀描绘了一番，把宋徽宗的画夸奖了一通，字也写得软绵乏力。这是每字不到一厘米见方的小楷，笔画极细。乾隆大概也想学一学“瘦金体”，但笔力不到家，比宋徽宗的字差得远，有点东施效颦的味道。在画心题字，其实是破坏了一般题跋的规矩，乾隆仗着自己是“御笔”，随心所欲，画幅中间这一片空白被他这么一题，画面中原来的通透匀称便被破坏了。也许，面对这位亡国之君的遗作，生逢盛世的乾隆内心有一种优越感，所以才会如此无所顾忌。宋徽宗如果看到后人在他的画上这样乱涂，必定会“龙颜大怒”，然而他也回天乏力了。

第三幅是宋代大学者朱熹的一幅书法作品，是他写给友人的一封书信。这是上海博物馆中唯一一件朱熹的书法。朱熹不是大书法家，他的字当然不能和王献之与宋徽宗的相比，但比乾隆的要高明得多。虽是写日常家信，朱熹却写得很工整，排列也划一，字迹中显露出学者的严谨。问及此尺牍的来历，汪馆长谈了很有意思的故事。60年代初，听说苏州有戴姓老人，曾当过三任开滦煤矿督办，家中收藏甚丰。上海博物馆派人找到戴氏时，只见他蓬头垢面，正在街头抡蒲扇生煤球炉。跟他进门后，才发现门里藏着一座宝库，朱熹的书法，他家里不止一幅，有手卷，也有大幅作品。上海博物馆想收购他的朱熹书法，以补遗缺，老先生很倔，任你软磨硬缠，说什么也不肯出让。后来南京博物馆听说此事，以高明的手段，设法将老先生的收藏尽数收入馆中。上海博物馆此后几经周折，才收到这幅朱熹书信尺牍。虽然不及南京博物馆收藏的那几幅精品，但总算是补了一个缺门。

2000年7月27日于四步斋

“过桥去看文明戏”

“过桥去看文明戏”，是上海滩上的一句老话，70 岁以上的老上海大概会记得这句话。

“过桥”，是指从南向北过四川路桥；“文明戏”，是指电影。

过了桥就是四川北路。四川北路上曾经有过多少家影剧院，现在的上海人恐怕大多无法说清楚。在我童年的记忆中，这是一条和电影院联系在一起的路。离四川路桥北堍不远，就是邮电俱乐部，俱乐部里有一个规模不小的剧场。再往北，到海宁路往东拐，能看到有好几家电影院，面朝南的是国际电影院，它的广告和霓虹灯总是显示出一种时髦和大气，和它的名字相吻合。国际电影院最初的名字叫融光大戏院，30 年代，鲁迅先生常常到这里看电影，这在鲁迅日记中可以查到，鲁迅曾在这里看了十多场电影。面朝西的是胜利电影院，它的规模比国际电影院小得多。它最初的名字是好莱坞大戏院，这里也是鲁迅先生经常光顾的地方。小时候，胜利电影院的形象在我的印象中特别亲切，它的圆形轮廓就像一个戴着头盔的古代武士，墙上那两个圆形窗户是一双大睁着的眼睛，老远就盯着你看。胜利电影院南侧的乍浦路上，还有解放剧场和虹口大戏院。虹口大戏院虽然不算大，但它却在中国的电影史上占据着重要一页。因为，它的前身，是中国的第一家电影院。清朝光绪年间（1908年），西班牙商人雷玛斯在这里开办了虹口活动影戏院，那是一幢用铁皮搭成的简易建筑，有250个座位。当年，首映无声片《龙巢》。五年后，日商接办这家影院，改名为东京活动影戏院。两年后，影院又归还雷玛斯，后改名为虹口大戏院。1929年雷玛斯回国，戏院由几个上海商人合伙经营。抗战胜利后，这家戏院停映电影，改演地方戏。新中国成立后，这里成了虹口大戏院。中国的第二家电影院维多利亚活动影戏院，也在海宁路上。这家电影院开张于1909年，是两层建筑，有七百多个座位。1915年，在这里第一次放映有声电影，当时也是轰动上海乃至全国的大事情。这家电影院后来被改名为新中央大戏院。抗战期间，入侵的日本人将这里改称为“银映座”，专门放映日本电影。抗战胜利后这里成了公营海光剧院。不过，50岁以下的上海人都没有见过这家影剧院，因为，1950年它就作为危房被拆除。原来的地基成为海宁路上的一个小公园，在公园的门口，是一排报廊。小时候，我曾在这个公园里斗过蟋蟀，也在报廊前读过报。从海宁路再往北，到虬江路口，这里原来有两家著名的剧院，奥迪安大戏院和上海大戏院。在30年代，奥迪安大戏院曾被誉为“东方第一剧场”，当时的很多美国大片都在这里首映。1927年，鲁迅来上海定居后，第一次看电影就是在这里。“一·二八”事变中，这家戏院毁于战火。上海大戏院在30年代常常放映苏联电影，鲁迅夫妇是这里的常客。在鲁迅生命的最后3年中，他曾26次走进这家电影院，看了《傀儡》《夏伯阳》等24部电影。在鲁迅的最后几篇日记中，曾有到这里看电影的记载。1936年10月10日，鲁迅在日记中这样写：“午后同广平携海婴并邀玛理往上海大戏院观‘Dubrovsky’，甚佳。”“Dubrovsky”是根据普希金小说改编的影片《杜勃洛夫斯基》。这是鲁迅先生最后一次看电影，他评论“甚佳”，想来这部影片一定给他带来了快乐。这是他生命最后几天中唯一的一次娱乐。从虬江路往北再走不到百米，是群众影剧院，30 年代，这里是广东大戏院，是国内最重要的粤剧演出中心，中国的粤剧名角都曾在这里演出。新中国成立后，这里仍然以演出粤剧为主，50 年代马师曾和红线女在这里献演时曾轰动上海。从群众影剧院往北不远便是横滨桥，桥北首是永安电影院。永安电影院建于 1924 年，最初的名字是上海演艺馆，后来曾改名为华商明星大戏院、新东方剧场、上海剧场。抗战胜利后，改名为永安大戏院。“文化大革命”中，曾一度更名为鲁迅电影院。1930 年，由中共地下党领导的上海艺术剧社曾在这里做公演，演出冯乃超的话剧《阿珍》和根据德国作家雷马克同名小说改编的话剧《西线无战事》，当时成为上海艺坛的一大盛事。不远处，还有虹口区工人俱乐部剧场和红星书场。和四川北路邻近的马路上，也有不少电影院。乍浦路桥南侧的曙光电影院，嘉兴路上的嘉兴电影院，海门路上的东海电影院，东长治路上的长治电影院，东大名路上的大名电影院。这么多影剧院集中在这一带，要想看电影，到四川北路总不会落空。

五六十年代，我常常去四川北路。我的外婆住在群众影剧院附近，去看外婆那天，常常能到群众影剧院看一场电影。少年时代，还有什么事情比看电影更令人兴奋呢？星期天，哥哥会带着我去四川北路，我们没有兴趣逛商场，目标只有一个：电影院。一家一家地寻访过去，哪家放映新片，我们便在哪家停留。有一次，哥哥手里捏着三角钱，带我走遍了四川北路，想不到家家影院都是满座。最后来到胜利电影院，那天放的是一部我从来没有听说过的匈牙利影片《神花宝剑》，也是满座。我和哥哥站在电影院门口等退票，等电影开场后，终于买到了两张票。为了看这场电影，我们几乎花了大半天时间，因为来之不易，所以印象特别深刻。《神花宝剑》的故事，我现在还记得，影片中格斗比剑的镜头，至今历历在目。其中有一幕，主人公一剑劈倒一棵大树，大树轰然倒地，把对手压在下面……

在我的印象中，五六十年代，上海的电影院放映的影片非常丰富，每家电影院上映的影片都不同。每隔几天，就有新的影片上映。记忆中，少年时代在四川北路看过的国产片有《一江春水向东流》《乌鸦与麻雀》《海魂》《宋景诗》《黄浦江的故事》《赤峰号》《画中人》《柳毅传书》《女理发师》。那时，电影院里放映的外国影片更多，其中以苏联影片最多。最使我感兴趣的，是那些根据文学作品改编的电影，譬如《复活》《父与子》《木木》《白痴》《牛虻》《钢铁是怎样炼成的》《脖子上的安娜》。最早了解莎士比亚，也是在四川北路的电影院里，看了两部根据莎翁戏剧拍成的电影，一部是英国电影《王子复仇记》(即《哈姆雷特》)，另一部是苏联影片《第十二夜》，一部是悲剧，一部是喜剧。除了苏联电影，别的国家的电影也常常能看到，譬如墨西哥影片《生的权利》《消失的琴声》和《勇敢的胡安娜》。东德影片《马门教授》，西德影片《献给检察官的玫瑰花》，根据梅里美小说改编的法国影片《塔曼果》，英国影片《冰海沉船》《红菱艳》和《鬼魂西行》，阿根廷影片《中锋在黎明前死去》，根据显克微支小说改编的波兰影片《十字军》……在写这篇短文时，无数少年时代看过的电影涌到了我的眼前，我想，这些电影，是我认识世界和生活的一个重要的渠道。

写到这里，我想由衷地对四川北路说一声：谢谢你！

2000 年 8 月 29 日于四步斋

艺术是什么
——《唯美之舞》自序

艺术是什么？这样的问题，艺术家也未必能精确地回答。因为，艺术的内涵和外延，实在太丰富，绝非三言两语所能概括。我查找过1999年版《辞海》上的“艺术”条目，字数不少，很复杂，不过基本上把艺术的内涵和外延作了解释。《辞海》的词条，应该具有权威性，不妨抄录在此：

> 人类以感情和想象为特性的把握世界的一种特殊方式。即通过审美创造活动再现现实和表现情感理想，在想象中实现审美主体和审美客体的互相对象化。具体说，它是人们现实生活和精神世界的形象反映，也是艺术家知觉、情感、理想、意念综合心理活动的有机产物。作为一种社会意识形态，艺术主要是满足人们多方面的审美需要，从而在社会生活尤其是人类精神领域内起着潜移默化的作用。……根据表现手段和方式的不同，可分为表演艺术（音乐、舞蹈），造型艺术（绘画、雕塑、建筑），语言艺术（文学）和综合艺术（戏剧、影视）。根据表现的时空性质，又可分

为时间艺术（音乐），空间艺术（绘画、雕塑、建筑）和时空并列艺术（文学、戏剧、影视）。

读这样的概念，总觉得和生活中的艺术隔着一层距离。我想，面对这类理性十足的文字，大概会使很多原本热爱艺术的人也望而生畏。何为“审美主体和审美客体的互相对象化”？什么是“知觉、情感、理想、意念综合心理活动的有机产物”？恐怕会解释得使人愈加糊涂。关于艺术的分类，有道理，但也难以将千缕万脉的分支归纳得清晰而合理。

其实，艺术对日常生活的影响和参与无所不在。在人类发展的漫长历史中，人类的艺术活动和追求大概是贯穿始终的。我们在山洞和崖壁上发现的远古时代的壁画，这是祖先以艺术的方式记载他们的生活和历史。而比这些岩画更早的艺术，我们看不到，但可以想见，先祖们在火光中呐喊、舞蹈、敲打石块和挥舞棍棒……这是人类最初表达快乐、痛苦和悲伤的艺术行为。不同时代的艺术，凝聚了不同时代人类的智慧和情感。我想，原始人类在崖壁上刻出的壁画和现代画家的油画没有本质上的差别，古人的石磬、编钟和现代人的小提琴、电子琴的功能也如出一辙，荒蛮时期人们在野外的即兴舞蹈和今天大剧院里演出的芭蕾也属于同类。如果把人类的历史比作一辆长途车，艺术像润滑剂，像车上的装饰和鸣响器，有了这些，这辆车的前行就变得有声有色。随着社会的发展，生活的进步，人类的想象力和创造力也在不断地变化进展，艺术从本能的宣泄演变为文明人类精神生活的必需。生活造就了无数艺术家，艺术家的创造，也丰富美化了人类的生活。当欧洲的莫扎特在穷困潦倒中谱写他那些不朽的美妙旋律时，中国的郑板桥和其他几位“扬州八怪”的画家们，正在用他们的画笔宣泄愤世嫉俗的激情。不同的地域，不同的人物，不同的性格，不同的文化背景，创造出不同的艺术，然而时隔二百余年，这些艺术依然在世界上流传，依然在给不同的人群带来欢乐和激情，带来连绵不绝的遐想。艺术打破了时空的界限，使暗淡的人生变得有了光彩。艺术在潜移默化中提升着我们的情趣，扩展着我们的想象力。我想，所谓的想象力，其实很多时候是来自艺术的影响，相信每个人都可能有这样的经验。童年时代，我曾经住在一间漏雨的阁楼上，雨天过后，天花板上的水迹，竟使我产生无数奇妙的联想。在有机会参观美术馆，读到那些世界名画的画册之前，天花板上变幻无穷的水迹诱导我伸展想象之翼，带我上天入地，使我在凝视和遐想中成为艺术的参与者和创造者。现在我拥有上千张唱片，可以通过音响设备一刻不停地欣赏我喜欢的音乐，这自然是品尝艺术。但在童年时代，我能回忆起的最美妙的音乐，却是街头和弄堂里小贩的叫卖声和修牙刷修雨伞的吆喝声。将水迹和叫卖声与艺术联系在一起，有点像开玩笑，但这样的联想不是空穴来风，它们源自对绘画和音乐的爱好。伏尔泰说："所有的艺术都是亲兄弟，每一种艺术都能给另一种艺术以启迪。"生活中的情形正是如此。

我不是艺术家，也不是艺术评论家，只是一个艺术的爱好者。这本书，是我作为一个艺术爱好者的体会和感想，其中有对音乐的感受，有对绘画雕塑的欣赏，也涉及戏曲、舞蹈及其他，当然，还有我更为熟悉的文学。这反映了我个人的喜好。如果说人类创造的美好艺术如同一片浩瀚的海洋，我就像一个在海边悠闲踱步的游人，海潮冲上沙滩时，在我的脚背上溅起晶莹的水花。这些水花并不能说明海的浩瀚，却传达了一个爱海者的陶醉和欣悦。我想，这本书里的文章，不过是几朵水花而已。如果读者能从这些水花的闪动和喧哗中，引起一些感情上的共鸣，从而激起对艺术的兴趣和爱好，对我来说就是莫大的荣幸了。

编这本书时，重读了自己写于6年前的一篇短文，题目是《艺术是什么》，我试图用自己的话语，对艺术和人类的生活之间的关系作一点描绘，关于“艺术是什么”这样的问题，我的文字无力作答，但它们表达了我对艺术至高境界的憧憬和向往。我想以这篇短小的文字，作为这本书的一段导言：

人类用智慧、情感和美妙的幻想培育出的奇花异草，使单调平淡的生活充满了诗意。这些奇花异草，便是艺术。

假如生活是一片晴朗蓝天，艺术犹如蓝天上的云霞。它们时而洁白如雪，时而五彩缤纷，时而轻盈如柔曼的丝絮，时而辉煌如燃烧的烈火……如果没有它们,空荡荡的天空会显得多么寂寥。

假如人生是一条曲折的路，艺术就是路边的花树和绿草。大自然的花草会凋谢，艺术的花草却永远新鲜美丽。无论你喜欢浓艳或者淡雅，大红大紫如牡丹芍药，素洁清幽如腊梅莲荷，甚至是野草丛中一束雪青的矢车菊，你尽可以随手采摘，或观其色，或闻其香，或赏其形……一花在手，旅途的寂寞就会烟消云散。

在黑暗的时刻，艺术会在你的心头燃起晶莹而灿烂的火苗，火光里，你憧憬和梦幻中的一切奇丽美妙的景象都可能一一出现，就在你为之由衷惊叹时，艺术悄悄地把你引出了灰色的迷途……

在寂静的时刻，艺术会化作无数闪闪发光的音符，在你的周围翩翩起舞……

在喧嚣的时刻，艺术会化作一缕缕清风，洗涤你心头的浮躁和烦恼……

艺术是一个忠实而又多情美丽的朋友，假如你曾经真心迷恋过她，追求过她，热爱过她，她就永远不会离开你。当你的朋友们都拂袖而去，她仍会一如既往地留在你的身边，在寂寞中为你歌唱，在孤独时伴你远行……

2000 年 10 月 4 日于四步斋

《黑白的魅力》序

杨元昌是上海一家杂志的摄影记者，在见到他之前，我并不熟悉他，也没有注意他的作品。四年前，我的一篇文章要在他所在的那家杂志发表，得配发一幅作者照片，这样我就有了认识他的机会。他背着沉重的摄影包走老远的路到我家来，见面后不说废话，立即张罗着拍照。那天上午天色阴沉，室内光线较暗，杨元昌却不用闪光灯，也不打辅助灯光。拍照时他很少出声，只是对我说："你喜欢怎么样就怎么样。"然后便举着照相机在一边默默观察，似乎想使我忘记他的存在。说实话，我对自己是否能被照得自然实在没有多少信心。对拍照我有一种天生的恐惧，只要面对照相机镜头，脸上的肌肉就紧张起来，假如要强颜作笑，拍下来的必定是一副尴尬的面孔。我坐在一架钢琴前，心里想着以前几次不成功的拍照经验，觉得自己是在浪费时间，但是又不能使老远跑来的摄影家扫兴，所以只能心事重重地端坐在那里。几分钟后，杨元昌就收起了他的照相机。自己在他的镜头里会是什么模样，实在无法想象。几天之后，元昌送来了他为我拍的照片，这些照片使我对他刮目相看。他并没有美化我，我的沉默和忧虑，在照片中极为传神地表现了出来。因为光线的缘故，画面黑白反差甚大，然而照片上的所有形象却都有分明的轮廓，犹如曙色中的雕塑。那尊来自墨西哥的黑色太阳神石雕以深不可测的目光在背后凝视我，使照片中弥漫着一种沉思的气氛。我喜欢这种气氛。

第一次合作，元昌便以自己的作品为我展示了一个优秀摄影家的艺术造诣和创作个性。此后，我便开始留意关注元昌的摄影作品。他的许多黑白人物摄影作品给我留下了很深的印象。他不是那种通过拍摄或洗印过程中的特技求新求怪的时髦摄影家。他追求自然，追求真实，善于以朴素的方式刻画人物的个性，假如以文学创作的流派作比的话，他大概属于脚踏实地的现实主义。优秀的人物摄影家应该是善解人意的心理学家，只有准确地把握摄影对象的性格、情绪和心理状态，才可能不失时机地抓住某个最恰当的瞬间按动快门，使被摄人物的个性在照片中得到最佳角度的体现。元昌可以说是深谙其中三昧。他的作品可以证明这一点。最近看到他的一组人物摄影作品，清一色的黑白照片。被摄入镜头的是活跃在上海文艺界的一批男性公民，其中有不少是我的朋友，即使不相识的，我也大多读过他们的作品或者看过他们的表演。

在杨元昌的作品里，这些艺术家的性格准确而传神地被表现了出来。譬如舞蹈家胡嘉禄，在照片中并没有手舞足蹈，而是静静地打坐冥想，使人不禁联想到这位力图创新的编舞者的苦心孤诣。指挥家侯润宇和陈燮阳，不同的神态显示出不同的性情，也可以由此体会到他们对音乐的理解和追求。导演张戈紧锁双眉和一尊张开大口的石狮相对无言，演员牛犇似笑非笑斜睨着金鸡奖塑像，画家俞晓夫在一幅未完成的画稿前低头沉思……这些作品的构图在自然无饰中包含着独具的匠心，人物的性格乃至向往也跃然而出。元昌在拍摄艺术家时，喜欢用俯瞰的镜头，镜中人物都呈一种紧张的仰视状，头顶上方留有很大的空间，我以为这样的构图寓有深意，艺术家们奋力追求、攀登高峰的精神状态在这类构图中被表现得十分巧妙。

现在，元昌的这些黑白人物摄影作品将以《男人的魅力》为题出版，我为他感到高兴。在彩色美女像如同洪水一般泛滥的今天，摄影家选择这样一个题材，而且全部是黑白作品，似乎很不时髦。不过我相信，当读者翻开这本摄影作品集时，会被其中的作品所吸引。男人也是有魅力的。

激情和梦想
——序《王明龙雕塑》

雕塑是凝固的音乐，立体的诗。雕塑家以一双灵巧有力的手，用泥土、木石、青铜和钢铁，雕出他们的梦想，刻出他们对美的追求。成功的雕塑，可以化动为静，用静的形态展示生命的活力，也能以动态表现心灵的沉静。大千世界，人间万象，变幻无穷无尽，正可供雕塑家驰骋想象，显露才华。

王明龙是一位执着的雕塑家，从事雕塑创作数十年，矢志不移，锲而不舍，在他琳琅多姿的创作中，可以看到他追求艺术崇高境界的曲折脚印，也可以窥见他探寻人生真谛的屐痕。他的创作，以扎实浑厚的现实主义为基础，却又不拘泥于写实临摹，作品中常常有异想天开之笔，于朦胧和抽象之中凸现心灵的憧憬。他曾为众多艺术家塑像，造型逼真而传神，他也曾为美化城市呕心沥血，奉献出自己的智慧和创造。他以艺术家的敏感，将生灵的律动定格在一个个美妙的瞬间，让观者面对这些用青铜和岩石雕塑的瞬间，产生悠远丰富的联想。

王明龙为人朴实，不喜张扬，外貌如一个憨厚农人，然而他的内心世界却浪漫多彩，时时涌动着创造的欲望和激情。他的双手常年被金石磨砺，硬茧满掌，正是这双看似粗糙的手，塑造出一个精美的艺术天地。

2001年5月22日于四步斋

申窑异彩

那扇两米见方的金属窑门，还带着炉火的余温。门里，是经过烈火煎熬的一炉瓷器。20个小时前送进去时，它们是色泽灰淡的土坯，那些形态各异的瓶瓶罐罐上，凝集着画家的笔墨。画家在上面画了些什么，窑工们看不见，厚厚的瓷釉像一层面纱，遮住了它们的真容。要揭开这层面纱，靠的是烈火之手。在窑中，土坯被烈焰剔尽了杂质，釉彩在火舌里变幻结晶，这是一个神奇的过程，其间的质、形和色之变，犹如魔术。在窑火中酝酿着的，是一个谜，是一群涅槃的凤凰。

窑门被轻轻地拉开，神秘的谜底豁然曝光，窑前情不自禁地发出一阵惊叹。展呈在人们眼前的，是一片缤纷奇丽的彩色。烧成的瓷器晶莹如玉，而瓷器上的图画，则气象万千、七色纷呈。此刻，最紧张最兴奋的，是几位参与创作的画家，他们捧着烫手的瓷器，欣赏那些经烈火再创造的画面，映照在他们的目光中的，是人间难得的异彩。

我曾经几次亲历这样的情景，那是在上海市郊一个名为“申窑”的艺术创作基地。参与创作的五位画家，在这里用画笔，用彩釉，把自己的奇思妙想挥洒在瓷坯上。每一次开窑，这里都会有一番陶醉。釉下彩瓷绘，原来似乎是江西景德镇的专利，历史上曾有过不少瓷绘高手，都在景德镇。上海的名画家们参与其事，掀开了釉彩瓷绘艺术的崭新一页。人们发现，“申窑”中出现的彩绘瓷器，和景德镇传统的瓷器面貌完全不同，新的理念、新的手段、新的工艺，使这门古老的艺术焕发出新奇的光彩。

五位和“申窑”签约的画家我都认识。

国画家陈家泠，曾经以他独树一帜的荷花享誉海内外，传统的釉色在他笔下，衍变出前无古人的风格。他画的釉里红，经过高温烧结，产生奇妙窑变，泛出晶莹七色。他用釉里红画树叶竹叶，釉色竟呈柔和的粉绿，外围是一圈飘忽的红晕。他用釉里红画山水，画面密沉沉一片彤红，既让人惊叹瓷绘艺术的奇妙，也使人联想被朝暾落霞浸染的奇山丽水。

俞晓夫是一位风格独特的油画家，在画布上，他的作品深沉奇峻，他的瓷绘也和他的油画一样与众不同。他用画笔，用色块，也用雕刻刀，在瓷器上勾勒出形形色色的玩偶。他常以深厚的釉彩作底色，在幽暗斑驳之中，潜藏着无数奇怪的形象。古今中外的人物，在他的瓷绘中聚会，含义深长的目光透过斑斓釉彩迸射出来，这些目光带着些许调侃和嘲讽，令人忍俊不禁，也使人深思。

黄阿忠在瓷器上作画时，常常忘记自己是一个油画家，出现在他笔下的江南古镇，多以简洁的线条勾勒，拱桥瓦房、渔船花树，充满国画意韵，而画中浓艳的色彩，又分明是油画手笔。他的《花束印象》，花朵摇曳在令人目眩的光色之中，如同一幅意境幽远现代的油画被巧妙地移植到瓷瓶上，令人称绝。

女画家马小娟的瓷绘又是一番风景。她在瓷瓶上画荷叶，绘莲花，莲荷中有美人出没，画面上水汽漾动。若有似无的线条，勾画出女性朦胧的表情和柔若无骨的肢体。她的系列瓷瓶《荷之韵》，清新飘逸，却又让人联想到唐诗宋词，古典和现代交汇在朦胧的氤氲之中。

石禅锲而不舍地在瓷器上描绘花鸟，因为对釉彩特性有独到的认识，所以画来得心应手。他的花鸟虫鱼，笔墨老辣、气息生动，是对自然和生命挚爱的流露。面对他的作品，也许会使人想到八大、齐白石、潘天寿，但仔细看却都不是。在继承传统的同时创新求变，是“申窑”画家们的共同追求。

“申窑”的主人罗敬频也是一位书画家，他出资办窑弄瓷艺，为的是实现一个梦想。罗敬频是上海青浦人，他的家乡是福泉山文化的发源地。他想让6 000年的福泉山古陶和21世纪的海派新瓷有一个交汇点。这个交汇点，就是“申窑”。“申窑”画家们的新作，将出现在上海的艺博会上，我相信，这将是艺博会中一个令人瞩目的亮点。

2001年11月8日于四步斋

失路入烟村

中国的现代作家，能称得上书法家的，首推鲁迅先生，他的书法风格厚重高古，有魏晋之风。茅盾先生的字也独具风格，他的书法清秀峻拔，发展了宋徽宗的“瘦金体”。除了这两位，还有郭沫若、沈从文和台静农等人。郭沫若是才子，他的书法从前备受推崇，地位极高，他写的也多，到处可以看见他的题词墨迹。但看得眼熟了，觉得“郭体”似乎没有鲁迅书法苍老的风骨，也少一点茅盾书法的峻秀，所以也有人说他的字盛名难副。沈从文曾经像隐士一样被很多人忘记，新中国成立后他几乎不再写文学作品，但字却越写越好。他没有把自己看成书法家，只是喜欢用毛笔写字。他常常在一些古旧的宣纸上抄古诗，自得其乐。现在很多人都知道了沈从文的书法，他的字文雅内敛，不张狂、不浮躁，一如这位文学大师的为人。

我是从老诗人曹辛之那里了解沈从文书法的。曹辛之是沈从文的好友，70 年代初，他们两家住得不远，常常来往。沈从文新写了字总喜欢拿到曹辛之家里给他看，也常把自己写得满意的字送给曹辛之。沈从文去世后，曹辛之发现自己竟有了数十张沈从文的字。曹辛之是中国书籍装帧界的泰斗，也是很有造诣的书画家，他曾亲手把沈从文写在一批清宫御用彩色蜡笺上的章草裱成长卷。听说我喜欢沈从文的字，他把那个长卷借给我带回上海，让我欣赏了大半年。第二年我去北京把沈从文的书法长卷还给曹辛之时，他欣然一笑，说："我以为你不想还我了呢！"说罢，拿出家里所有的沈从文书法，让我仔细欣赏，并且一定要我从中挑选一幅。曹辛之认为沈从文的大字草书写得好，而我却更喜欢沈从文写的章草小字。我选了沈从文用小字抄录李商隐诗歌的一幅作品。这是十多年前的事情了，曹辛之先生也已经作古多年。看到那幅沈从文的书法，使我常常怀念这两位值得尊敬的文坛前辈。

现在，我的书房里挂着两幅书法，一幅是书法家周慧珺写的老子《道德经》片断，另一幅便是沈从文抄录的《玉谿生诗》。沈从文的书法就挂在我的书桌上方的墙上，从电脑的屏幕上抬起头来，视线便落在沈从文的字上。那是一张一米多长的横批，写的是每字2厘米见方的小字，抄了李商隐长长短短共8首诗，有五绝七绝，更多的是五言古诗。8首诗，加上边款，有五百余字。因为就在眼前天天看见，所以便看得格外仔细。沈从文抄李商隐的这些诗是在1976年春天，他在署名和边款上这样写："试一手《千金帖》千字文法书李商隐诗，笔呆求宕，反拘束书法内，不能达诗中佳处，只是当不俗气而已。沈从文习字。时七六年春寒未解冻日。"8首诗多选自《玉谿生诗选》，它们是《赠宇文中丞》《晓起》《杏花》《灯》《清河》《袜》《追代卢家人嘲堂内》《代应》。我查阅了《玉谿生诗选》，八首诗是无序地从诗集中选录的。这些诗，都不是李商隐的名作，沈从文选这些诗抄录，是否有什么含义在其中呢？

第一首七绝《赠宇文中丞》："欲构中天正急材，自缘烟水恋平台。人间只有嵇延祖，最望山公启事来。"这首诗耐人寻味。1976年春天，"文化大革命"尚未结束，那是"春寒未解冻之日"，沈从文的日子并不好过，他们夫妇俩和儿子蜗居在小羊宜宾胡同的一间小屋里，大小便还要走到街上的公共厕所里去。小小的房间里只有一张桌子，一家人吃饭，工作，都要用这张桌子，沈从文要写字，必须等桌子空闲之后。就是在这样简陋的环境里，沈从文完成了巨著《中国古代服饰研究》的编著。抄写“最望山公启事来”这类诗句时，生活在窘迫艰辛中的沈从文似乎有所期盼。第二首《晓起》：“拟杯当晓起，呵镜可微寒。隔箔山樱熟。褰帷桂烛残。书长为报晚，梦好更寻难，影响输双蝶，偏过旧畹兰。”李商隐在诗中描绘的情景，是否使沈从文联想起自己在动乱年代的生活？而第四首《灯》，也颇符合沈从文当时的生态和心态：“皎洁终无倦，煎熬亦自求。花时随酒远，雨夜背窗休。冷暗黄茅驿，暄明紫桂楼。锦囊名画掩，玉局败棋收。何处无佳梦，谁人不隐忧。影随帘押转，光信簟文流。客自胜潘岳，侬今定莫愁。固应留半焰，回照下帷羞。”这样的意境，使我联想起沈从文后半世的生活情状和人生追求。处浑浊而洁身自好，难免经受种种煎熬，在孤寂中如果能变成一盏幽灯，即便只剩下半簇火焰，也能烛照一方，驱散周围的黑暗。对一个坚守着理想的文人来说，有什么比喻能比一盏皎洁的幽灯更妥帖呢？第三首《杏花》：“上国昔相值，亭亭如欲言。异乡今暂赏，脉脉岂无恩？援少风多力，墙高月有痕。为含无限意，遂对不胜繁。仙子玉京路，主人金谷园。几时辞碧落，谁伴过黄昏？镜拂铅华腻，炉藏桂烬温。终应催竹叶，先拟咏桃根。莫学啼成血，从教梦寄魂。吴王采香径，失路入烟村。”在李商隐的诗歌中，这样的作品并不算出色。使我难忘的是最后那两句，吴王采花，迷失在花团锦簇的园林中，虽是迷路，却迷得有诗意。这也让人很自然地使人想起沈从文的下半生，他放弃了心爱的文学，把才华和精力投入对古代服饰的研究，当然，还有书法。说是“失路”，其实是找到了一条充满智慧和情趣的通幽之径。第五首《清河》：“舟小回仍数，楼危凭亦频。燕来从及社，蝶舞太侵晨。绛雪除烦后，霜梅取味新。年华无一事，只是自伤春。”

第六首《袜》:“尝闻宓妃袜，渡水欲生尘。好借嫦娥著，清秋踏月轮。”第七首《追代卢家人嘲堂内》:“道却横波字，人前莫谩羞。只应同楚水，长短入淮流。”第八首《代应》:“本来银汉是红墙，隔得卢家白玉堂。谁与王昌报消息，尽知三十六鸳鸯。”这几首诗也许是无意识的选择，诗中的只字片言可能引起了沈从文的共鸣，使他触景伤情、顾影自怜，或是回忆起一段往事，或是念及某位友人。我知道，这其实是无法妄加揣测的，任何联想都只能是一厢情愿的猜测而已。不过，可以感觉的是，这些诗的意境，大多带着几分惆怅，带着几许失落，带着几丝隐忧，也蕴含着一些朦胧的期待。李商隐当年写这些诗时，不会是无忧无虑，更不会志得意满。这样的意境，引起身处逆境的沈从文的共鸣，实在是很自然的事情。

不过，看沈从文的这幅字，更多时候使我感受到的，是中国文字的优雅和奇妙。我常常想象沈从文当年写这幅字时的情景，在那间狭窄的小屋里，他俯身于那张兼作餐桌的旧桌子，挥舞饱蘸浓墨的毛笔，在宣纸上写出一行行娟秀清丽的字。而窗外，北京春日的沙尘暴正在呼啸肆虐，沉浸在笔墨之乐中的沈先生大概是浑然不知的吧。

前几年，我去新加坡参加国际作家节，遇见来自美国的白先勇，我们谈起了沈从文。白先勇认为沈从文是一个真正的智者，能够走过那么动荡多变的险恶岁月，却保持着一个知识分子的独立和尊严，在中国的文人中有几个人能做到这样？我说到沈从文的书法时，白先勇很兴奋，他认为中国作家中沈从文的字写得最好。1980 年秋天沈从文去美国讲学时，在加州大学圣巴巴拉校区教书的白先勇接待了他，两人谈得很投机。临走时，沈从文为白先勇书写了四张大条幅，内容是诸葛亮的《前出师表》。白先勇告诉我，自那以后，沈从文写的四屏条一直挂在他的客厅里，成为他家里最引人注目，也最令人神往的风景。在白先勇后来赠我的一套自选集中，我看到了他坐在那四屏条前拍的一张照片。果然，那几幅字写得洒脱奔放，自由不羁，和我在曹辛之先生家里见到的那些字大不相同。沈从文写《前出师表》，是在抄录我书房里那幅《玉豀生诗》的四年之后，对一个78岁的人来说，也许是“老夫聊发少年狂”了。我想，这应该是沈从文当时心情的自然流露。

2002年4月19日于四步斋

汉陶马头

连云港的朋友赠我两个陶制马头，说是汉代遗物。汉代历史不短，西汉 230 年，东汉将近二百年，前后四百余年。这马头，即便制作于东汉末年，距今也已有 1 800 年了。马头和秦始皇陵兵马俑中的战马很像，已经没有了釉彩，呈露出黄土本色。马头完整无损，造型雄浑厚朴，线条简练刚健，耳、目、鼻，轮廓分明，使人想起汉代名将霍去病墓前的石马。不过和霍去病墓前的石马相比，这两个陶马头的表情似乎更生动。墓前的石马是一种沉静的状态，而这两匹马，耳朵竖起、双目圆睁、嘴巴微张，是正在奔跑中的表情。

有 1 800 年历史的老古董，当然不敢怠慢它们。放到玻璃柜里，用灯光照着它们，常常有事没事地瞧几眼，瞧得熟了，两个马头仿佛都活了起来，不时以它们的语言告诉我一些什么，使我浮想联翩。

你，一个两千年后的文人，你骑过马吗？

——寂静中，我听见那两匹马在悄然发问。

你知道我们是什么马？

——是什么马？你们告诉我吧。

我们是战马。我们曾经在沙场上奔驰，在鼓号声中冲锋陷阵。世界上有什么马比我们更勇敢更威武？我们身上骑着无畏的战士，我们的脚下踩过敌人的尸体，我们的身边回荡着厮杀的呐喊和刀枪的撞击……

我们是拉车的马。我们曾经天天在崎岖的道路上奔跑，我们从来没有机会回头看一眼坐在车上的主人，只能埋头往前走啊、走啊，不知道何处是我们的尽头……

我们是送信的马。我们曾经整日奔波在曲折的驿道上，跑得气喘吁吁，大汗淋漓。信使不停地用皮鞭抽打我们的身体，永远嫌我们跑得太慢。他们怀揣着的是什么信，我们永远也无法知道。

唉，可惜，我们只是两匹殉葬的马，还没有机会驰骋原野，就被埋进了坟墓，陪伴着我们素不相识的死者。我们在黑暗中期待了千百年，只想有朝一日重见天日，做一匹自由的骏马。你看见我们张开的嘴巴了吗，那是我们在墓穴中的嘶鸣。但是我们的声音被黑暗窒息，被时间吞噬，被阴冷的砖石和泥土尘封……

此刻，我们被锁在你的柜子里，我们依然不自由。也好，我们就做来自汉代的使者吧，我们在你的书房里会面，和你一起怀古，和你一起遐想，让你寂静的心驿动不安，让你的思想在两千年的时空间来回飞翔。

有时，我会被自己的妄想惊醒。在我面前的，不过是两个没有生命的陶马头，只是它们确实经历了两千个春秋，那黄土的颜色，那活灵活现的表情，分明在向我叙述历史，在讲遥远的故事。我也由此想起两千年的陶艺家，想象他们用灵巧的手塑造这些马头的情景。小时候，我曾经认为中国古代的雕塑不如西方，古希腊、古罗马雕塑的逼真，在中国古代的雕塑中看不到。自从出土了秦代的兵马俑，人们对中国古代的造型艺术刮目相看。而这两个汉马头，同样也验证着这一点。

2002 年 5 月 12 日于四步斋

上海美在何处
——序画册《上海美》

历尽沧桑的上海从沉睡中醒来，在曙光里一扫旧日灰暗的容颜。她像一个青春焕发的巨人，奔跑阳光里。此刻，全中国，全世界都在倾听她生机勃勃的脚步，都在注视她日新月异的变化。

上海在变，变新，变美，变得魅力无限。她像一个神奇的魔术师，在天地间摇曳生姿，一日一变，一步一景，她展示的新鲜和美妙让世人惊羡。

上海之美，美在何处？

上海之美，美在建筑。旧日的“万国建筑博览会”，已被今天千姿百态的新建筑淹没。没有一个人能说清楚上海这些年出现了多少新的楼房，它们以迥然相异的轮廓，使上海的地平线变得起伏跌宕，也展现出现代人缤纷多彩的个性。

上海之美，美在园林。水泥地里长出森林，曾经是很多上海人的梦想，如今这梦想成真。花间闻鸟语，绿荫掩人声，曲径通幽处，湖波映白云。这样的景象，在上海已经随处可见。

上海之美，美在晨昏昼夜的交替。早晨，曙光为楼房镀上金红的轮廓，晨雾为街道披上柔曼的轻纱。夜晚，万家灯火把城市点缀成不夜的神话世界。说上海是长江口一颗举世瞩目的夜明珠，名副其实。

上海之美，美在一年四季的变化。春的温馨，夏的浓烈，秋的高爽，冬的清朗，在黄浦江和苏州河两岸，在城市的每一个角落不动声色地展露。

上海之美，美在人群。昔日的“蓝蚁之国”，今天已是异色斑斓，千红万紫。上海人缤纷的衣着，既展示着人类爱美的天性，也表现着现代人不趋雷同的个性。如果仔细观察一下今日上海人的表情，你会发现，他们的微笑是由衷的，他们的眼神是自信的，他们眉目流盼中飞扬着激情，闪烁着智慧。

上海之美，美在内涵博大，外延纷繁，无法以两言三语尽述。历史的幽深，现实的瑰丽，交织成今日上海的风姿。不同的人，怀着不同的心情，站在不同的地方，望见的是不同的风景。而所有这些不同之景，汇合成了今日上海的万象更新。

上海之美，为摄影者提供了展现才华的机会。这本画册中，拍摄的都是上海的风景，相信所有看到这些照片的人都会产生惊奇。没有到过上海的，会由衷惊叹：世界上，竟然有如此美妙的城市！而生活在这座城市里的人，在惊喜的同时，也可能会产生疑惑：这难道就是我们生活的城市？为什么她如此新奇？

在欣赏这本画册时，让我们一起为上海祝福：愿她的明天更加美好。

2002 年 11 月 11 日于四步斋

瞬间的追求

——序丹娘摄影作品集《追求瞬间》

天地万物，都在按照自己的习性运行活动，有的规律严谨，一丝不苟，有的自由自在，无迹可寻。每一个瞬间，世界都以不同的面目呈现。摄影艺术之妙境，在于捕捉那些有趣的有意思的瞬间，将它们摄入镜头，定格在胶片上。镜头中的一个瞬间，或许会成为一个时代的浓缩，成为漫长人生的一个缩影，成为人和自然契合的一种象征。寻找并抓住这样的瞬间，就是摄影家的职责；能否抓住这样的瞬间，也是检测摄影家是否成功的标志。成功的摄影家，必定是不辞劳苦，不畏艰险的勤劳者，必定是敏感和细心的追寻者，常人眼里平凡的景物，在他们的眼中也许含有深意；常人眼中热闹的景象，他们却可能视而不见。摄影家，是在以镜头记录世界的运动和变化。历史定格在他们的镜头中，人生的种种况味，凝缩在他们的胶片里。

丹娘是职业摄影家，摄影是她的工作，摄影也使她的生活和人生变得多彩多姿。我曾经在一些众人集聚的场合看到过丹娘，她背着照相机，沉静地站在人群外面观察，举起相机拍摄时却显露出敏捷和干练。丹娘的摄影作品，我以前曾见过一些，印象中她的作品题材很广泛。她在日本生活过一段时间，日本的很多人物风情曾摄入她的镜头。她谋职在影视杂志和电视台，常常为一些文艺明星拍照，听说不少经常上镜的人物都欣赏她为他们拍的照片。这次，她精选自己二十年来追求探索的成果，为世人奉献出一册很值得品读的摄影作品集。读这本作品集，使我对丹娘的摄影艺术有了新的认识。

丹娘也拍风景照，她的风光摄影是对美妙自然的无声惊叹。山川大漠，森林草原，沾着晨露的碧草奇卉，在微风中摇曳的芦苇野蒿，这些风景照片中都看不到人迹。虽然画面中无人物，但能够感觉到，这是一个深爱自然的人，正面对着天地间的美妙景象，屏心静息，发出由衷的赞叹。静中思动，静中显动，是摄影家特殊的方式。她喜欢拍室内的静物，如桌椅，楼梯，灯饰，窗挂，这些静物摄影，不仅在形式上有新意，构图常常奇特而出人意料，更有意思的是，这些静物，能使人联想起人的活动，联想起曾经发生过或者可能发生的人间故事。譬如她在一幅照片中拍了一张茶几和两把无人的椅子，灯光勾勒出它们的曲折多变的轮廓。凝视这一组静物，感觉它们正在讲述一个现代人的故事，委婉曲折，情谊绵绵，冷峻中隐藏着柔情。

丹娘的人物摄影中，有不少作品可能会留给读者较深刻的印象。譬如那幅红衣喇嘛的照片，给人一种神秘的感觉。高原的阳光洒在一堵古老的墙上，金光耀眼，犹如蓝天下一座巍峨的金字塔。年老的喇嘛站在金色高墙前，红色的袈裟迎风飘扬，连接着他身后墙上的一个巨大阴影。看这样的画面，总觉得其中有寓有深意，也许摄影家在按动快门的时候并没有意识到其中寓意，但是创作的经验和直觉使她捕捉到了这类珍贵的瞬间。

丹娘这本摄影作品集中，有不少影视演员的照片，其中有演出的剧照，也有在生活中抓拍的照片。照片上的面孔，很多我们都熟悉，但他们的有些神态和表情，却使人感到新鲜，这就是摄影家善于发现和捕捉的结果。我想，这也是丹娘真诚的态度得到的回报。

上海这座日新月异的城市，为摄影家提供了丰繁的创作题材。丹娘的镜头一直在追踪上海的变化，寻找这座城市的亮点，她以自己独特的视角，描绘着上海的四时风光，其中有历史的脚印，也有正在行进的生活。她拍摄的那组外滩夜景，缤纷如梦，把历史和现实奇妙地融合为一体，引人遐想联翩。

丹娘把自己的作品命名为《追求瞬间》，这大概是她对摄影艺术的一种体验和总结。她寻求捕捉到的这些美妙瞬间，定格在这本集子中，对她自己，这是二十年心血的结晶，对读者，则是一席摄影艺术的精美盛宴。

2003 年 1 月 6 日于四步斋

秋荷之美

李福森先生以莲荷为摄影创作的对象，专心致志，锲而不舍。莲荷生在水面，形形色色，品种繁多，姿态千变万化。而李福森先生的镜头只对准荷叶，而且大多是秋后残败之叶。只拍残荷而不拍其他，岂不重复单调？然而看他的作品，却让人有眼花缭乱美不胜收的感觉。他镜头中的荷叶，不是周邦彦词中“水面清圆，一一风荷举”的荷叶，不是杜甫诗中“圆荷浮小叶，细麦落轻花”的荷叶，不是姜夔词中的“荷叶似云香不断”，更不是杨万里名句中的“接天莲叶无穷碧”，而是一二叶枯荷、两三茎败枝。若在常人眼里，这绝不是美景，它们可能和衰败、枯萎、颓唐这类词汇连在一起。古人写“留得残荷听雨声”这样的妙句，也仅是取其声而已。

李福森作品中的荷叶，似真似幻，在视觉上给人一种神奇的感觉。他巧妙地利用光在水面上的折射，利用天光水色的对比，把那些残缺的荷叶和枝梗表现得千变万化。它们是一个奇异的幻觉，是一片飘忽的光斑，是一段迷离的梦影，是一种无法重复的境界。能在现实的世界中寻觅到这样的意境，是艺术的造化，也是摄影家用想象和技巧创造的奇迹。这些无语的残荷，恰如生命的绝唱，虽然行将衰竭，却以无比独特的姿态和光彩向世人展现了生命的魅力。在这些作品中，能感受到摄影者对生命的思索，使人产生丰富幽远的联想。正如李福森自己所说：“我只想用平凡的光彩去重现生命的风姿，感悟生命所蕴含的、超越生命之上的生存真理”。

佛教中有“莲花藏世界”之说，这是深涵哲思的说法——所谓“一花一世界”，其实是对生命独特而博大的一种智慧的解释。李福森先生镜头中千姿百态的荷叶，似乎在验证着这种深奥的哲理。

光影斑斓，荷叶摇曳，用文字很难描述它们在瞬间的万端变幻。必须沉下心来，细细地欣赏，静静地想象。相信这对大多数人都将是一个美妙的过程。

是为序。

2003年5月6日于四步斋

玉色晶莹汉气象

到徐州，头一件事情就是看博物馆。

徐州博物馆面对着云龙山。很远就能看到那幢颇有大汉气魄的巍峨建筑。白色的花岗岩，托起一个青铜屋顶，就像头戴铜盔的汉代大将军，威风凛凛地俯瞰着他面前的宽阔大道。这条大道，将迎接参观者走进历史，走进一个古老的艺术世界。

徐州古城历史悠久，汉高祖和楚霸王曾以这里为舞台，演出过慷慨悲壮的史剧。金戈铁马，黄钟玉帛，胜者的欢歌和败者的哀叹，早已被岁月的沧桑尘封。然而总会有一些历史的痕迹留下来，它们以最独特的形态，凝集着那个时代的智慧、才华和骄傲，把远去的历史逼真地凸显在你眼前，让你情不自禁地为之惊叹感慨。这些历史的痕迹，就是陈列在博物馆里的那些艺术品。

徐州博物馆里的展品，最吸引我的是汉代的玉器。我看到过不少汉代的石雕，如西安霍去病墓前的战马，连云港孔望山上的石象，这些石雕，表现出汉代艺术恢宏博大的气度，而徐州博物馆里的这些玉器，表现的却是汉代艺术的另一面：精致，文雅，玲珑。徐州博物馆的标记，是一条汉代的玉龙，其造型如英文字母“S”，蟠龙曲尾回首，线条之流畅，形态之生动，让人叹为观止，不愧为玉雕中的精品。在博物馆的汉玉馆中，我见到了这条玉龙。那是一片长不到一尺，宽不过数寸的玉片，温润高洁、晶莹剔透，雕刻的工艺堪称完美。狰狞的龙首，飞扬的龙爪，布满精细纹饰的龙身，无不表现出非凡的想象力。据说，在徐州出土的汉墓中，这样的玉龙并不鲜见。这里展出的玉器共一百七十余件，可以说件件都是精妙之作。展品中有一片弧形玉璜，宽寸余，长不过半尺许，上面浮雕着八条形态各异的龙，玉璜虽小，气势却非同凡响。灯光里，只见透明的玉璜中隐隐约约游动着龙影，谛视良久，那小小玉片在我眼前仿佛化成了一片浩瀚大海，八条游龙在海里追波逐浪，呼啸生烟。在玉器中，另外一件给人印象深刻的展品，是一个精美的玉杯，古称玉卮。这是一个造型别致、雕工精细的带盖玉杯，盖上的钮袢，杯身上的花纹，都设计得别出心裁，虽历经两千多年，依然莹洁如新。据说这个玉卮曾在国外展出，引起一片惊叹之声。很多人只知汉代艺术的雄浑大气，想不到汉代也有如此精致的玉器。

在玉器馆中间的玻璃柜里，陈列着徐州博物馆的镇馆之宝：西汉金缕玉衣。这是中国已出土的汉代金缕玉衣中最完整、最精美的一件，四千二百多块玉片，一千五百多克金缕，串缀成一件玉衣。陪我参观的李银德馆长告诉我，当年在徐州狮子山楚王陵发现这件金缕玉衣时，玉片散落一地，有些已经四分五裂。把四千多片玉重新用金缕串缀成一件完整的玉衣，是极为困难和复杂的工作。修复这件金缕玉衣，使人们对汉代玉器工匠的高超技艺，有了深切的认识。

在博物馆的玉色晶莹之中，我还是窥见了汉代艺术的大气。

徐州博物馆的展品中，值得一看的还有汉代的陶俑。引人注目的是一组西汉乐舞俑，舞俑们长袖飘动，身姿婀娜，翩然起舞。乐俑们或弹琴，或弄瑟，或击鼓，或吹笙——虽是黄土颜色，却气象万千，活脱脱一个汉代乐舞艺术团。另有一组西汉彩绘陶俑，更令人称奇：陶俑男女有别、眉眼各异，男俑的胡须、女俑的眉毛，竟无一人相同，仔细看他们的眼睛，甚至还有单眼皮和双眼皮之分。

徐州博物馆的后院有一座小山，这是汉代的彭王墓。这座古墓，在不久的将来会被发掘，墓中的考古发现必定会丰富博物馆的收藏，而发掘后的彭王墓，也会成为博物馆展厅的一部分。看完展厅里的文物，再走进古墓，感觉如同走进遥远的历史。到那时，徐州博物馆将成为世界上最独特的博物馆之一。

2004 年 4 月 12 日

昆曲之魅

很多年前，读明人袁宏道的散文《虎丘》，其中有对昆曲的描绘，令人心驰神往。那是400年前的情景了，在苏州虎丘，千人聚会，为的就是唱昆曲、听昆曲、赛昆曲。那时，昆曲不是象牙塔里的艺术，文人雅士迷恋，一般的老百姓也喜欢哼几句。昆曲爱好者在虎丘赛唱，犹如山民在山林间斗歌，开始时千百人相互应和，“布席之初，唱者千百，声如聚蚊”，何等的气势。来自各地的昆曲爱好者争相吟唱，“分曹部署，竞以歌喉相斗，雅俗既陈，妍媸自别”。但是唱到后来，就只剩下了真正的行家。“未几而摇头顿足者，得数十人而已。”而袁宏道对那些行家演唱昆曲的描绘，实在是美妙绝伦：“一箫，一寸管，一人缓板而歌，竹肉相发，清声亮彻，听者魂销。”这样的昆曲比赛，一直持续到深夜，到最后，只剩下唱得最好的。千百人只听一人演唱：“一夫登场，四座屏息，音若细发，响彻云际，每度一字，几尽一刻，飞鸟为之徘徊，壮士听而下泪矣。”读到这里，我常常想，那唱到最后的“一夫”，究竟唱的什么曲，为什么如此感人。在阔大的虎丘，千百人在月色下听一个人唱，万籁俱寂、鸦雀无声，只有目光里闪动着感动的微光，那是何等的美妙，遗憾的是不能回到四百年前去探究个明白。

昆曲被称为“百戏之祖”、“百戏之师”，在中国盛行了二百多年，从明代万历一直到清代嘉庆。昆曲的兴盛，也推动了文学创作，中国文学史中那些戏剧名作，大多是为昆曲而作，譬如汤显祖的《牡丹亭》、洪昇的《长生殿》、孔尚任的《桃花扇》。袁宏道在《虎丘》一文中描述的盛况，正是昆曲鼎盛时期的生动写照。昆曲后来逐渐被京剧取代，历史上记载的“花雅之争”，以“花”（京剧）盛“雅”衰告终，其中大概有很多原因。一个重要的原因，是昆曲的宫廷化、小众化，虽高雅却脱离了大众。京剧是新生的剧种，传达了民间的声音，所以赢得老百姓的欢迎，这和昆曲当年的兴盛同出一理。然而昆曲在和京剧的竞争中，也影响了京剧，京昆互相融合，出现了全新的气象。后人常将京剧和昆曲合称为“京昆”。从前的京剧界，如只能唱皮黄不能吟昆曲，那会是一种耻辱。而近代的京剧大师们没有一个轻视忽略过昆曲，如梅兰芳、程砚秋、周信芳、荀慧生，都精通昆曲，能演唱很多昆曲的名段。在昆曲的韵律中，他们的艺术得以升华。

昆曲已经有了六百年的历史，在中国戏曲舞台上的主角地位虽然被京剧取代，但生命力并没有消失。二百多年来，昆曲一直没有退出舞台，一代又一代昆曲传人们坚守着昆曲的舞台，竭尽全力演绎发展昆曲艺术。古老的昆曲薪火相传，如扎根岩缝的苍松，虽孤寂艰辛却枝干峥嵘，风姿不衰。我对昆曲的了解，是从电影开始的，那是上世纪60年代，先后看过几部拍昆曲的电影，一部是梅兰芳、俞振飞和言慧珠合演的《游园惊梦》，一部是俞振飞、言慧珠和梁谷音合演的《墙头马上》，还有就是使昆曲起死回生的《十五贯》。那时我还是少年，看电影只对情节感兴趣，昆曲演绎故事节奏缓慢，应当不合我的胃口，但我还是对那几位艺术大师的表演留下了极深的印象，那些悠扬曲折的音乐、古雅华丽的唱词，还有舞蹈般飘逸的身段动作，都使我难以忘怀。此曲只应中国有，这是最能表现中国古典美的艺术。上世纪 80 年代中期，我有机会看上海昆剧团演出《长生殿》《卖油郎独占花魁女》等传统昆剧，还看了一些著名的昆剧折子戏，如《游园惊梦》《拷红》。在喧嚣的现代生活中，古老的昆曲能使人沉静，使人感觉到做一个中国人的优雅，以及我们身后博大幽远的文化艺术背景。

上个世纪的最后一年，我去新加坡参加国际作家节，遇到白先勇，我和他一同出席《联合早报》组织的演讲会，谈中华文化和汉语写作的前景。白先勇钟情昆曲，谈到中国文化，他便大谈昆曲。他本来以为经过“文化大革命”，传统的艺术在中国内地大概被消灭得差不多了，他曾经为此深感悲哀。80 年代中他回内地，有机会看上海昆剧团演出全本《长生殿》，这使他感到意外，也使他深受感动。演出结束后，他激动地站起来，一个人不停地鼓了十几分钟掌，拍红了手掌。白先勇告诉我，看了这场《长生殿》，他才知道，中国传统的文化和艺术在内地并没有被消灭，他由此看到了中华民族文化艺术在中国复兴的希望。真正的美好艺术，是谁也消灭不了的。

在上海，确有一批昆曲的传人，他们吟唱传统昆曲，也编演昆剧排戏，他们辛勤耕耘，不计名利。有了他们的努力，古老的昆曲在这座现代的都市中才有了一席之地，昆曲的美妙旋律在年轻的人群中才有了回声。我曾经出席过一次关于昆曲的座谈会，会上曾有人提出激烈的观点：昆曲的可贵在于其古老，现代舞台上昆曲必须是原汁原味的老戏，新编戏不会有出路。我也认为保存昆曲传统剧目非常重要，要让现代人了解我们的这件国宝的本来面容。但任何艺术在不同的时代都会有所发展和变化，这才会有新的生命力，昆曲也一样。这两年，我曾多次看上海昆剧团演出的新编昆剧，前几年看过黄蜀芹导演的《琵琶行》，在上海老城厢的三山会馆演出，韵味十足。近两年，上海昆剧团又推出一部新编力作《班昭》。演的是两千年前的人物和故事，却拨动了无数现代人的心弦。新编昆剧《班昭》的出现，在昆曲的发展演变史中也许会记下重要一笔。《班昭》的成功，一是成功地塑造了历史人物：中国知识分子坚韧执着、淡泊名利、为理想献身的精神，集中地表现在班昭和她的师兄马续身上，引人共鸣。二是展现了昆曲的魅力，剧中设计了不少有分量的唱段，大多运用了传统的昆曲唱腔。昆曲融合文学、音乐和舞蹈于舞台的特点，得到了较充分的展现。三是演员的出色表演。担任主演的张静娴和蔡正仁，都是国内优秀的昆曲艺术家，他们是用心在表演。在舞台上，他们的演唱已和剧中角色融为一体。尤其是演班昭的张静娴，从 14 岁的少女一直演到七八十岁的老妇，集花旦、闺门旦和老旦于一身，剧中人物的喜怒哀乐，被她表演得形神毕肖、入木三分。而蔡正仁，则令人信服地演活了马续的憨厚执着和忠诚淡泊。剧中的其他角色，也都得到了较成功的塑造。

我曾经三次和《班昭》剧组一起去大学看他们演出，这出戏在大学演出的盛况使我惊喜。我发现，年轻人对昆曲并不排斥。《班昭》的演出过程中，他们被剧中人物的故事感动，也在昆曲的旋律中沉醉。演出结束后，大学生和昆剧团的艺术家们有非常和谐的交流。年轻人对昆曲的兴趣，被艺术家们的表演撩动，剧场里的气氛虽然没有流行歌星演唱会那样狂热，却也热烈感人。我对大学生们说：如果不热爱属于我们民族的艺术，不珍视传统的文化，也就是我们所说的国粹，那就枉为中国知识分子。而昆曲，就是最有代表性的艺术国粹，是我们的国宝。将它列入世界文化遗产，当之无愧。

我母亲八十多岁了，以前没有看过昆曲，最近我请她看《班昭》，我想她可能会看不下去，会打瞌睡。想不到，她从头看到尾，看得津津有味，不仅被剧情打动，也喜欢里面的唱段，喜欢张静娴的表演。我把我母亲的感受告诉张静娴，她非常高兴。我想，现代观众对昆曲的喜爱，对为这门古老艺术献身的艺术家们来说，应该是最大的安慰吧。

2004 年 6 月

诗意的居住

我看到不少新住宅用了这样一句广告词："人，诗意的居住"。尽管那些做广告的住宅也许离这样的境界相去甚远，但我喜欢这句话。这句话，使人遐想，也让人思索。"诗意的居住"，这"诗意"究竟是什么？颇值得玩味。

"诗意的居住"，首先当然是住宅建筑本身。建筑是一门艺术，一栋楼房就是一件艺术作品，它是绘画、雕塑和所有造型艺术的综合。从前中国人造住宅楼只是解决最基本的存身问题，房子能遮风避雨，能搭个床铺睡觉，就达到了目的。至于房子是否造得好看，是否设计得有艺术气息，有个性，那不重要，甚至可以完全忽略。上世纪六十至八十年代建造的那些千篇一律的简陋的工人新村，我们看得太多，它们是那个时代的纪念碑。这些建筑，大多还在，现在的人们都发现它们实在没有一点美感，没有诗意，所以想方设法美化它们，给它们加盖屋顶，把外墙涂得色彩缤纷。最近这20年，到处大兴土木，中国的建筑设计师生逢其时，有了展现才华、诠释建筑诗意的机会。新建的住宅如雨后春笋，而且给人争奇斗艳的感觉，追求与众不同的个性，追求给人美感的视觉效果，已经成为普遍的准则。

现在的住宅，绝不仅仅是居住存身的需要，也是审美的需要。但是，到底什么样的建筑才符合“诗意”的要求，这不会有标准答案，不管是豪华还是简朴，不管是雄浑阔大还是精致细微，不管是西洋风格还是东方韵味，只要恰当而布局新颖，只要合理而别出心裁，都可能诗意盎然。说得简单一点，可以用一句话表述：只要看着顺眼舒服。除此之外，还有一个更重要的因素，那就是我要说的第二点：环境和氛围。

以前我们往往把建筑看作是一个独立体，建筑的本身就是一切。其实，一栋建筑或者一群建筑的设计成功与否，和它们与环境的关系是否和谐自然，有着极大的关系。上海外滩的建筑群，之所以成为上海的标志，历经大半个世纪而魅力不减，除了这些建筑单体设计建造的独特精美，更重要的原因是它们和周围的环境形成极为和谐的关系，在黄浦江畔错落有致，拉出一道曲折美妙的天际线。现在它们的周边和背后出现摩天大楼，就破坏了原有的和谐。这些年新建造的住宅，越来越注重环境，注重自然的氛围。我曾经写过一篇文章，谈我理想中的居住环境，最美妙的住宅，应该建造在有山有水有天籁之声的环境中。最近去杭州，看了依山傍水的玫瑰园和桃花源，便符合我的理想：房屋建造在山水之间，远离了都市的喧嚣，出门闻水声，悠然见远山，人和自然融为一体。但对于大多数城市居民来说，这是遥远奢侈的事情，能选择到这样的环境造住宅，谈何容易。我以为，建筑设计中的最巧妙的智慧，就是在人为的住宅周围营造自然和天籁的氛围，用树木花草，用精心设计的流水小桥、曲折幽径通达这个目标。“都市里的村庄”，曾经是一个带贬义的词，而今天，这却是建筑设计师们应该追求的目标，在现代生活中，创造一种田园的意境和情怀，这就是诗意。

人文的气息，也是诗意的源泉。什么样的居住地才算是具备了人文气息？这也是仁者见仁的事情。人文的气息往往和历史有关联，历史是不能杜撰的，有些住宅用了一些很有历史和文化韵味的名字，譬如“罗马花园”、“大观园”之类，其实新的建筑和这样的名字所代表的人文内容并不相干。有些住宅区里，做了很多模仿古希腊古罗马的雕塑，尽管做得很像，但总给人不伦不类的感觉。勉强和造作，很难给人诗意的感觉，有时适得其反。我想，新建住宅的人文气息，无法单靠外在的东西营造出来，这需要时间，需要居住者的投入和参与，我参加过上海一些社区的读书和艺术创作活动，参与者都是当地的居民。这样的活动多了，成了平常的社区生活，人文气息自然就会浓郁起来。这也许并不属于建筑的话题，但却和“诗意的居住”是大有关系的。建筑师在设计住宅小区时，应该把这部分内容考虑在内。

诗意的居住，但愿这不仅仅是一句空洞的广告语。希望有更多的设计师和建设者为此开拓创新，身体力行，我们的城市将会因此而诗意盎然。

2004 年 10 月 22 日于四步斋

倾听远古回声

岩画是什么？岩画是我们的先人在大地上留下的痕迹，是他们的智慧、情感和才华的结晶，他们的欢乐，他们的悲苦，他们的欲望和迷惘，他们的憧憬和幻想，都凝聚其中。在遥远得我们无法想象的年代，他们用最简单的工具，一锤锤，一凿凿，在岩石上刻勒出千奇百怪的图像。千万年时光流逝，自然的沧桑、人世的变迁、风暴沙尘、雪雨冰霜，都没有将它们湮没。它们散布在地球的每个角落，只要曾有人类活动的地方，就可能有岩画。在野兽出没的深山荒岭，在人迹罕至的戈壁沙漠，在辽阔的草原，在幽密的森林，它们如天书、如神符，蜿蜒在岩石之上，闪烁着难以言说的神秘。岩画是早期人类留给世界的文化和艺术，是人类的文字和绘画的起源，是人类历史最早的记录，是人类文明最初的曙光。

生活在城镇的现代人，很少有机会看到岩画，更无法想象岩画中蕴涵着的丰富古代信息。中国是一个岩画的大国，但是直到上个世纪中期，中国人对祖先留下的岩画还是所知寥寥。是岩画考古学家们，向世界揭示了中国岩画的秘密。这本书的作者盖山林先生，是我国著名的考古学家，被人称为中国的“岩画之父”，他将自己的生命和心血，都融化在岩画考古事业中。30年来，他跋山涉水，行程数万里，走遍了中国的大地，哪里可能有岩画，哪里就有他的足迹。这本书，以生动的文笔，丰富的资料，介绍了分布在中国各地的古老岩画。这是他的考察札记，是他的学术随笔，是他的思考花絮，也是他的情感结晶。书中涉猎的岩画，大多都是作者的亲历。此书不是简单的岩画介绍，而是凝结着作者的数十年跋山涉水的心血，凝结着他对中国岩画的缜密观察、科学解析和独特思考。通过这些岩画，他向读者描绘出一幅幅古代人类生活的场景，他们狩猎、舞蹈、战争、祭祀、生殖、繁衍、死亡……面对浩瀚神秘的大自然，他们敬畏、迷惘，也发出惊叹和诘问……实地考察这些岩画时，作者如痴如醉，心驰神飞，忘却了跋涉的艰辛和寻觅的漫长。我们可以在他这本书中感受到他的欣喜和沉醉，更能看到一个考古学家的坚韧执着和智慧才华。

盖山林的《中国岩画史》在写作上很有特点，行文基本上是以作者对岩画的考察亲历为线索，如数家珍般一一细述中国各地的岩画，从地理环境到岩画的形成风格，写得细致生动，而对岩画的分析之深入精到，更令人折服。每一幅岩画，都可以把人引入远古时代人类的生存状态和精神需求。作为一个岩画考古学家，盖山林先生具有世界的胸怀，他曾几度远涉重洋，考察过很多异域的岩画，并曾撰写过专著。在介绍中国的岩画时，作者很自然地将中国的岩画和世界各地的岩画作比较，这些内容，也是书中引人入胜的部分。读完这本书，读者对世界的岩画，也会有一个大致的了解。

盖山林先生是我的老朋友，我一直以有这样一位毅力惊人和成就卓著的朋友为荣。盖先生已经著作等身，他关于岩画考古的文字早已在国内外广为流传。而这本新书，在他的著作中大概可以算一个新的品种。这是一本丰富博大的书，是一本把读者引入一个神秘而又古老世界的书。读一读这本书，不仅可以了解丰富多彩的中国岩画，可以神游我们的祖先曾经面对的天地，曾经历过的生活情状，可以了解他们曾经有过的憧憬和幻想，也可以认识盖山林，认识一个将自己的生命与古老岩画融合的中国学者，他用自己的心血和创造，在远古世界和现代人类之间构筑起一道美妙的桥梁。我相信，读者会和我一样，衷心地感谢他。

2005 年 3 月 12 日初稿于北京华润饭店

3 月 15 日定稿于上海四步斋

不该湮没的丹青
——读邵洛羊《丹青百家》

近读邵洛羊先生的《丹青百家》，长了知识，开了眼界，填补了原来认识中一些空缺。此书介绍了鸦片战争以来曾经在上海生活过的106位画家，他们生活创造的年代跨越两个世纪，可以说是群英荟萃。

昔日的海上繁华，不仅仅是由来自西方的高楼洋车、霓虹酒吧构筑而成，翻阅过去的岁月，也能看到一大批中国文化人的智慧和心血凝集在史册中。其中有很多才华横溢的画家，他们的名字，有的还在人们的视线中，如任伯年、吴昌硕、黄宾虹、吴湖帆、潘天寿，还有不少人，差不多已经被世人遗忘，其实他们当年的创造一样多彩多姿。中国水墨绘画的博大厚重和优美飘逸，在他们的笔下得到传承和发扬。如果离开他们锲而不舍探索前行的脚印，中国画恐怕无法发展成今天这样的天地。在这本书中，邵洛羊先生介绍了很多现在已少有人知道，其实成就卓著的画家，如曾为《点石斋画报》画插图的吴友如、力主中国画要革新的陈树人、曾编著《中国画学全史》的郑午昌、精于花鸟而有独创的陈之佛、将西画手法融入中国山水的胡伯翔……此书中有介绍林散之的文章，林散之是大书法家，这我是知道的，但在这本书中，居然看到了林散之的山水画，他的山水画得也很大气，颇有宋元古意，而画中那些灵动多变的线条，使人感觉这不愧是书法大师的笔墨。黄宾虹的高足管锄非，自称“明月前身，梅花后世”，画梅花不落俗套，他曾经从人间“蒸发”了几十年，80年代初才重新复出，引起画坛的震动。邵洛羊先生和管锄非有同窗之谊，介绍他的文字中别有一番深情。

邵洛羊先生是国画评论家，也是画家，虽已高龄，但文字中仍包蕴激情。将画坛的这些几乎被湮没的宿将和他们的作品介绍给现代人，他是做了一件很有意思的事情。由上海辞书出版社出版的这本书，图文并茂，印得精美，值得爱书者收藏。

2005 年 6 月

上海需要什么样的城市雕塑

前天，在南京路步行街上的世纪广场参观了“和平·繁荣”雕塑巡回展，引起对城市雕塑的一些思索。

雕塑对于一个城市的重要性，已经被越来越多的人认识。一个城市，如果自认为很有历史底蕴，也有深厚的文化背景和艺术趣味，但是在这个城市里却看不见几座像样的城市雕塑，那是很尴尬的事情。城市里，如果充斥着蹩脚的让人看着不知所云的雕塑，同样是一件难堪的事情。上海的街头新的城市雕塑正在不断出现，但让人看了惊叹叫好的作品，却还不多见。倒是有些水平不高的城雕，有煞风景之嫌。

什么样的城雕才是成功的？我认为必须具备如下几个条件：

其一，必须表现这个城市的历史，历史事件、历史人物，对历史的思索，都可以，要折射出历史的精神。市民面对这些雕塑，可以怀想历史，认识历史，反思历史，因自己城市的历史而引发自豪感。

其二，城市雕塑必须体现有品味的雕塑艺术，应该是雕塑家用心创作的有个性的艺术品，可以让观者产生美好联想。粗制滥造的东西，还是不要为好，宁缺毋滥。

其三，必须和城市的自然和人文环境相和谐。城市雕塑，应该很自然地成为城市的一个组成部分。如果不考虑周围的环境（自然环境、建筑环境和历史环境），将风马牛不相及的雕塑随意安放，会给人不伦不类的感觉，也许是画蛇添足，也许是张冠李戴，甚至会成为视觉污染。

上海城雕不成功的典范，就是外滩的那座三根水泥柱合成的纪念塔，形状怪异，含义不明，与周围的建筑和环境很不协调。如以上述三个条件论，这件作品无一符合。当初是想让它成为上海新的标志性城雕，但至今没有人认可。上海市民的审美情趣，还是不能低估的。我认为，重新设计这座纪念塔，并考虑移位，已经是刻不容缓的事情。

这次在雕塑巡回展上看到的雕塑新作，其中有一些很有个性的作品，艺术上也有特色。但是如果要将这些作品安置在上海，成为我们这个城市的永久雕塑，我看大多数不合适。上海的城雕，必须根据这座城市的历史和特点，度身定做，要有上海的故事和背景，表现上海的历史和文化内涵。

我想，我们这座城市，需要雕塑来表现城市的历史、文化和城市精神，这是毋庸置疑的事情。这件事情，不能毛糙，不能赶任务，更不能滥竽充数。要尊重历史，尊重艺术，尊重上海人的感情。

2005 年 8 月

无穷的黑白

我曾经三次被黑白摄影作品震撼，由此引起不少联想。第一次使我对黑白摄影产生惊讶的，是郎静山的作品。那是在60年代初期，当时还很少有彩色摄影。一位移居海外的朋友留给我一本郎静山的摄影画册，画册印于30年代，线装本，纯粹的中国风格。如果说，这样的装帧使我好奇的话，更使我吃惊的，是里面的作品：空山石径、松林古寺、闲云野鹤、踯躅在荒道上的道士、浮游在云海上的峰峦……这些摄影作品，活脱脱就是一幅幅黑白的水墨中国画。能把照片拍得像中国画，这确实使我惊奇。在这些照片中，还有一幅兰草，白的底色上，一株简洁的兰草，旁边是用毛笔写的题款，那种形式和意境，酷似古代的文人画，如八大山人、郑板桥的手笔。在大半个世纪前，一个中国摄影家就创作出了如此具有中国风格的作品，这大概不得不使西方人佩服。后来我才知道郎静山在国际摄影界大师级的名声和地位，我想，他是当之无愧的。作为一个摄影家，郎静山非常聪明，他以最有中国色彩的事物作为他的拍摄对象，在形式上也力求有中国风格，他追求的是唐诗宋词的意境，是古代中国文人的审美目光。能用西方的技术再现东方的古代文明，也可以算是一个奇迹。

后来盛行起彩色摄影。70年代后期，彩色照片在中国还是非常稀罕的东西，年轻人常常以拥有几张彩色照片为时髦。但是这种情形持续的时间不长，不到10年时间，彩色摄影在中国已经很普及。看多了彩色的照片，很多人又开始怀念黑白照片。黑白照片的很多韵味，用斑斓的色彩未必能表现。这正像水墨中国画，简单的黑白两色，却能表现五光十色的大千世界。80年代中期，我又一次被黑白摄影震撼了一次。那是美国摄影大师亚当斯来中国办摄影作品展，他的作品，都是黑白摄影。他也是以大自然为拍摄对象，花草树木、河流山峰、日月云雨，自然的形态和万千气象，在他的镜头中被表现得精深博大却又纤毫毕现，他可以在清晰地展示出远山的丰富层次时，也精细地拍出花草的近景，甚至草叶上那些闪烁的露珠。即便是在夜间，他也可以把山的裂缝和月光下的阴影拍得淋漓尽致。看亚当斯的黑白摄影，决不会使人想起中国的水墨画，也不会使人发思古之幽情，只会使人感叹自然的博大和神秘，感叹现代摄影技术的高超和神奇。和郎静山的黑白作品相比，亚当斯的风格完全不同，前者是用摄影表现中国的传统文化和艺术，后者则是现代西方人对自然的理解和向往。我的书桌玻璃台板下，至今仍压着亚当斯的一幅黑白照片，照片拍的是月夜荒山，残缺的月亮抚照峻峭的石峰峭壁，反射着月光的白色积雪和山谷中的巨大阴影形成极大的反差……静谧的画面，却折射出辽阔宇宙的无尽内涵，令人神思飞扬。

1995年春天，旅日摄影家汪芜生来上海办了一个黄山摄影展，也都是黑白照片。看他的作品，又使我受到一次震撼。黄山是地球留给人类的最奇妙的自然景观之一。我去过黄山，曾经为那里的奇妙景色迷醉。从黄山回来后，我几乎没有写任何文字，因为我觉得和那里的景色相比，文字实在太苍白太贫乏——这样的美景，只能意会而无法言传。很多摄影家拍过黄山，黄山的险峰峻岭、奇松怪石和云海迷雾，五光十色地出现在摄影家的镜头中，然而和真实的黄山相比，这些照片不过是沧海一粟。看照片时，绝不会产生身临其境时的那种激动和陶醉。这次，面对汪芜生的黄山摄影，我却震惊了。这是一幅幅黑白对比极为强烈的照片，山峰如同一个个黑色的剪影，凝重地凸现在白色的画面上。很显然，这些照片和我以前见过的黄山摄影不同，它们也使人想起水墨中国画，但和中国画又不一样，在黑和白之间，你可以分辨出很多层次，在浓重的黑色阴影中，山的折皱和草木的葳蕤依然清晰可见。和郎静山东方古典式的朦胧、亚当斯西方现代派的精密相比，这些黑白照片有着卓然不同的韵味。这是一个现代的东方人面对着美妙的大自然发出的感叹和思索，这种感叹和思索充满了与众不同的个性，既不同于郎静山，也不同于亚当斯。单纯的黑白两色丝毫也未使得这些思索显得简单，它们的雄浑和深邃，每一个观者都能体会到。日本的评论家认为汪芜生的黄山摄影营造出了奇妙的仙境，这样的仙境，并不是所有到过黄山的摄影家都能拍到的，即便他们的作品有着令人目眩的斑斓七色。

郎静山、亚当斯、汪芜生，三个不同时代的摄影家，各自通过自己的镜头捕捉到了令人惊愕的美。他们的创造给人的启示是，大千世界中，最丰富活跃的元素，往往蕴涵在最单纯的色彩中，譬如黑和白。

2006 年 2 月

让城市的天空飞扬美妙诗篇

上海的天空中，飞扬着美妙的诗篇。这是我们这座城市令人欣悦的文化风景。

今天下午，数百市民冒着酷暑赶到上海图书馆，来听一场诗歌朗诵会。这场以“爱的倾诉”为主题的诗会，朗诵的是几代诗人创作的爱情诗。朗诵者，是上海的一些名演员和一批业余朗诵爱好者。情真意挚的诗篇，声情并茂的朗诵，使听众为之沉醉。图书馆大厅，成为群众的诗歌厅堂。这样的景象，在上海图书馆经常能看见。

去年5月14日，上海图书馆为我的长诗《沧桑之城》举办朗诵会，我曾经担心，这样的诗歌朗诵会，会不会有人来听。那是个阴雨绵绵的下午，人们从四面八方来到上海图书馆，想不到，会场里座无虚席，很多人坐到了走廊的地板上。朗诵会两个多小时，一个演员朗诵一章，形式似乎单调，但会场里所有人都聚精会神，静静地听着，只有演员激情洋溢的声音和听众的掌声在空中回荡。整场朗诵，没有人退场。这样的气氛，非常动人，也非常感人。作为长诗的作者，我深感欣慰，那么多陌生人，竟然都是文学爱好者，都是诗歌的知音。有来自外地的朋友事后对我说，想不到，在商业气息浓重的上海，竟然有这么热爱诗歌的市民，有这么高雅的文学活动。

从去年春天以来，上海作家协会和上海图书馆不断地在各种场合组织举办不同主题的诗歌朗诵会，礼堂、剧院、广场、山林，都是朗诵诗歌的场所，每次朗诵会，都吸引无数参与者，都获得成功。说成功，并非夸张，这些朗诵会，展示了歌的魅力，展现了上海诗人的创作成果，更重要的是，体现了这座城市的文学氛围，体现了上海人对文学的兴趣和热情。上海的诗歌朗诵会，没有庸俗和喧嚣，没有功利的气味。当那些音乐般的美妙文字在天空中展翅飞翔时，台下无数双眼睛在闪烁发亮，诗人的呼唤使憧憬的心灵共鸣。追寻中的梦和理想，真诚的激情，坦白的心声，千姿百态的语言，透明纯洁的精神，凝合成奇妙的氛围。我想，这种氛围，是我们一直在提倡的城市精神的一部分。能在这样的氛围中无拘无束地放歌吟诗，是诗歌之幸，是诗人之幸，也是我们这座伟大城市的光荣。

令人高兴的是，巍峨的上海图书馆厅堂，已经成为展现诗歌魅力的一个固定场所。诗歌朗诵会，作为一种公益性的群众文化活动，越来越受到人们的欢迎。上海作家协会和上海图书馆联合举办的“海上心声”大型季度诗歌朗诵会，正在成为上海人关注热爱的一项文化活动。“海上心声”诗歌朗诵会，去年的开场，以“祖国颂”为主题，今年开春的一场，以“春天，你好！”为主题，今天的朗诵会，则以爱情为主题。群众性的诗歌朗诵会，内容和形式必须让大众接受，不能媚俗，也不能一味晦涩和阴郁。诗是现实生活在诗人敏感的心灵中发出的回声，只有真诚的歌唱，才能被读者接受，只有那些热爱生活，热爱生命的心声，才能引起读者的共鸣。否则，读者必定会发出嘘声。在上海的诗歌朗诵会上，可以真切地感受到读者的共鸣。我想，组织这样的诗歌朗诵会，既达到了普及推广的目的，也起到引领读者提高审美情趣的作用。经常举办群众性的诗歌朗诵会，对上海诗人的创作是一种检验。诗人，不仅要发现生活中的诗意，不仅要通过诗歌展现自己的才华，描绘梦想，倾诉对生活的挚爱，表达对时代和人生的思考，也要走向大众，让更多的人来听一听，你的吟唱，是否真正表达了时代的心声。

有人说，这个时代不是写诗的时代；有人说，上海这个城市没有诗歌。我不同意这些看法。诗人们的实践，也正在否定这些看法。而我们这座城市里方兴未艾的诗歌朗诵会，恰是一个很好的证明。

上海人，你们爱诗或者不爱诗并不重要，重要的是，爱生活吧，爱生命吧，爱艺术吧，让生活多一点诗意，让被物欲笼罩的心灵开出一扇轻灵的窗户。窗外，自有清风徐来。

2006 年 6 月

电脑前的古玉

电脑和玉，风马牛不相及。但在我的书房里，它们却互相陪伴，日夜不离。只要我坐在书桌前写作，它们就同时展现在我的视线中，交替着被我触摸，引发我的灵感，拨动我的情弦。

我喜欢玉。玉中折射着中国人的历史和文化，也凝集着中国人的智慧和情感。玉的生成，经历亿万年，在自然的怀抱中形成它们纯美莹洁的品质，而经人类的开采，艺人的雕琢，成为美妙的艺术品。这个过程，萌蕴着哲理，也饱含着无穷的奇思妙想。中国人的审美情趣和人生憧憬，在这一过程中得到了体现。

我并不是玉石收藏家，只是对玉有兴趣，到各地访问采风时，有机会就去当地的玉石古董市场闲逛，看到顺眼的玉，也会买几块。我觉得，人和玉，也有一种缘分，相遇了，喜欢了，拥有了，也就是因缘而结合。人和玉的因缘结合，也是一个奇妙的过程。

我把从各地淘得的玉放在客厅的玻璃柜中，放在书架上，零零散散，得闲时看一眼，摸一摸，然而忙的时候，便忘记了它们，有时十天半月不会看一眼。等想到时，才发现自己是怠慢了它们。终于想出一法，选几块玉，放在电脑屏幕前。每天在书房里坐下来，第一眼便看见它们。打开电脑的同时，顺便抚摸一下它们，心为之沉静，情绪也随之安宁。

此刻，坐在电脑前，我便面对着我的三块玉。且容我逐一介绍它们：

圆形白玉璧。前年在兰州黄河边的一家古董小铺中觅得。在一大堆杂色玉器中，它的莹洁纯白和古朴优雅使我眼睛一亮，玉璧上雕刻的生动图像和流畅线条也如鹤立鸡群。铺主是一位须发皆白的老者，夸我有眼力，他说此玉不是千年前古人所刻，但也是清人仿古，玉质无瑕，接近羊脂，是难得的好玉。和他商量还价后，我几乎是倾尽囊中所有才购得此玉。这块玉璧中间有圆孔，双面雕刻，一面是青龙和白虎，另一面是朱雀和玄武，是传说中吉祥辟邪的四大神兽。虽是浅浅的浮雕，却刻出了活泼的神韵，玉璧上生龙活虎，神鸟腾云，让人久看不厌。这样的玉璧，使我联想起我们这个文明古国的悠远历史和灿烂文化，作为这种文化的接受和传承者，心中油然生出自豪来。

黄玉鱼饰。此玉得之于丝绸之路。多年前游历丝绸之路，在古城张掖大佛寺一侧一家古董铺购得。看中这块玉，是因为它奇特的造型。不识此为何鱼，夸张的大头，凸出的大眼，龇牙的大嘴，那表情，是一种惊愕的微笑。鱼鳍和鱼尾如云纹缠绕，鱼身遍布凸刻的圆形鳞纹，柔和而含蓄，和夸张的鱼头形成鲜明对照。凝视抚摸这条玉鱼时，我常常想，它如此惊愕，是为什么？是在海底遭遇奇境？是出海时惊叹陆上的景象？是见到形形色色的爱玉和玩玉者，心生惊喜，便莞尔一笑……所有这一切都是我的胡思乱想。这条小鱼，静静地留在电脑前，在荧屏的亮光里瞪着它的大眼凝视我，使我也忍不住对它一笑，敲打键盘的手指仿佛在随它追波逐浪……

青玉童子。此玉购于新疆喀什下榻宾馆的玉器铺中。喜欢这块玉，一是因为造型，二是因为玉质。那童子，垂首而立，面含微笑，身上的衣褶自然流畅，他手上像是举着一朵莲花，也像是牵着一缕祥云。这块玉的质地也不一般，滋润如糯米，在电脑的荧光中，反射出温和文雅的光泽。这枚小玉人，是典型明代风格的玉雕，我无法断定它是否出自明人之手，但毫无疑问是古人所雕。其实，对我来说，是明代、清代还是民国，或者是现代人所雕，关系并不大，我喜欢这玉童，是因为他的活泼和安详，是因为他给我带来的平和愉悦的心情。

这三块玉，现在似乎已成为我的电脑的一部分，赏玩抚摸它们，也成了我写作过程中很自然的动作。有人取笑我，说这是怪癖，我回答道：这是现代和古代的结合，是科技和艺术的结合，既安抚情绪，又启发心智，何乐而不为？

古玉和电脑，就这样结合在一起，成为我生活和写作的伴侣。

2006年10月19日于四步斋

月光和古瓷

一缕月光，越窗而入，撒落在一间幽暗的书房，顷刻间，莹莹然四壁生辉，天地间的精华，纷纷汇聚拢来。书房的主人，沉浸在月光中，和满室清辉融为一体……

我在展读《望云居藏瓷》时，眼前仿佛出现了上述景象。以前读过金晓东一篇妙文，题为《静夜玩明月》。他把自己心爱的瓷器比作明月，赏瓷如玩月。记得他文章中奇妙的比喻："素白秀雅的定窑碗，好似'玉盘'；晶莹柔润的影青盘，宛若'夜光'；奇巧纹裂的龙泉洗，堪比'冰轮'；近乎凝脂的邢窑炉，就像'玉蟾'；黑花磁州窑精品，布裙荆钗，不掩国色，是名副其实的'素娥'。"他向朋友们描述自己赏玩瓷器的心情，谓之"闲坐案桌前，咫尺对婵娟"。

赏玩瓷器，是一种雅趣，也是中国人引以为乐，并为之骄傲的事情。古代的精品瓷器中，凝集着中国文化和艺术的精华。欣赏古瓷，可以从中窥见历史的屐痕，看到中国艺术的发展轨迹，可以发现古代民间艺术家的智慧和才情，也可以从中了解不同时代的民俗风情。一件古瓷，常常会蕴藏一个曲折跌宕的故事，见证一批人物的命运。这些人物中，有制作瓷器的艺术家和能工巧匠，有形形色色的瓷器使用者和收藏者，我们未必能像考古学家般将一件古瓷的来龙去脉考证得一清二楚，但面对这些造型独特、色泽文雅的古代艺术品，会浮想联翩，引出无穷的遐思。这样的过程，使人心灵沉静，也使人神思飞扬。金晓东那种“静夜玩明月，咫尺对婵娟”的情状，是赏玩古瓷的至高境界，令人神往。

《望云居藏瓷》中，收录了金晓东收藏的三十余件古瓷，都是罕见的精品，可以使对中国陶瓷有兴趣的人大开眼界。金晓东收藏的古瓷，大多是高古陶瓷，其中不少是古人的日用器皿，历经千百年而完好无损，流传至今，堪称奇迹。而这些陶瓷器皿造型之美，内涵之丰，使人对古代中国人的艺术创造能力和风雅情趣心向往之。画册中，越窑开成四年襄阳罗倩故夫人墓志罐引人注目。此罐方口圆底，造型简朴大气，釉色温润如玉，罐外壁刻铭文二百八十余字，述录罗倩故夫人王氏的生平事迹，行文流畅，文采斐然，书法和刻工均有大家风范，非同寻常，是一件珍稀极品。北宋的永和窑蓝釉文官伏听俑，也是一件难得的珍品。这件瓷俑形象奇特，姿态生动，人俑身穿官袍，俯身跪卧，侧首仰望，勾勒鲜明的眉眼中流露出惆怅之情。台湾故宫博物院藏有一件同时代类似瓷俑，是素胎青白瓷，而这尊文官伏听俑却是彩釉，蓝袍绿冠，色彩艳丽。给人的感觉，那彩色的衣袍下，包藏着扭曲寂寞的心。隋代的青釉贴花六系尊，器型别致，是我所见古瓷中很奇特的一件，它的上半部遍缀精美繁复的花饰，风格犹如古罗马和波斯的浮雕，这或许是千年前东西文化交融和汇合的实证。我曾经看过金晓东收藏的宋代和金代的吉州窑和磁州窑瓶罐，为之惊叹。那些器物造型和上面的绘画，可以说是那个年代的艺术高峰。创作这些瓷器的都是民间艺术家，他们没有留下姓名，却留下了那个时代最美妙的智慧和才情。这本画册收录的宋代吉州窑花菊蝶纹瓶、金代磁州窑黑花卷草纹盖罐，是其中的两件精品，瓶罐上的绘画，构图之精妙、线条之灵动、运笔之流畅，令人叹为观止。看瓷上绘画，可以想象当年制陶人面对瓷胎挥笔自如的景象，那种恣肆挥洒，龙飞凤舞的自由神态，在那些黑白的画面中悄然凸现。

我认识金晓东已有三十多年。认识他时，他是《文汇报》副刊编辑，也是业余诗人，总是他向我约稿，为我的诗文做编辑。后来听说他喜欢收集古董，并且以收藏古瓷为乐。本以为这只是他的业余爱好，如同写诗，兴致所至，偶尔为之。然而这爱好却几乎伴随了他的整个人生。数十年的寻觅、追求和研究，使他成为中国古瓷收藏界的重量级人物。作为收藏家，金晓东不仅藏品丰富独特，而且成为这一领域中目光犀利、见地独到的专家。

上世纪 80 年代末，我也曾经一度热衷于收集古瓷，常去古玩市场闲逛，很多次和晓东不期而遇，从他那里，学到不少关于如何收藏鉴赏古瓷的学问。写这些文字时，我很自然地回想起我们的交往。我至今仍记得他的样子：他面含微笑，随手拿起古董铺子中的一件瓷器，抚摸、审视、嗅闻，片刻间，便能准确地推断出它来自何处窑口，制作于什么年代，而且能令人信服地道出所以然来。

对金晓东来说，“玩物丧志”这样的古语应改为“玩瓷励志”，收集赏玩古瓷，提升了他的情趣，考验了他的意志，也丰富充实了他的生活，他的人生，也因此而变得多彩多姿。金晓东之“玩月”，其实是一个当代知识分子对中国古典艺术的沉迷，是对中华传统文化的积累和传承。这本《望云居藏瓷》，正是一个生动的证明。

2007 年 5 月 7 日于四步斋

永远的玉卿嫂

玉卿嫂是谁？是白先勇笔下的人物。在《蓦然回首》(1976)一文中，白先勇有说明：

“有一年，智姐回国，我们谈家中旧事，她讲起她从前一个保姆，人长得很俏，喜欢带白耳环，后来出去跟她一个干弟弟同居。我没有见过那位保姆，可是那对白耳环，在我脑子里却变成了一种蛊惑，我想带白耳环的那样一个女人，爱起人来，一定死去活来的——那便是玉卿嫂。”区区一对白耳环，在作家心里盘桓着，竟似变成一种“蛊惑”。渐渐，脱胎于白氏笔下，成就了一段姐弟间的畸恋，一个永存于现当代中国文学史里的悲情人物。

我估摸，在白先勇的心里面，对玉卿嫂是有些先入为主的设计的。“爱起人来，死去活来”，这死去活来，一方面十分迷人，一方面又十分的骇人。玉卿嫂这类女人，因其执着，在爱情上，很容易谱写出孟姜女哭长城式的千古佳话，也很容易落得万劫不复的境地。玉卿嫂无疑是后一种。她一心爱着患有肺结核病的干弟弟庆生，这种爱，带有一点迷糊、痴狂、强硬、忘我。几股力量搅在一块儿，不但断送了自己可能有的好未来，还断送了自己和恋人的性命。这一招，白先勇下笔狠。他编织好一串陷阱，让玉卿嫂一个一个往里跳，仿佛穿上了红舞鞋，不跳不行的。就像一个牵线木偶，那根线，与其说拽在白先勇手上，不如说就拽在玉卿嫂自己手里。小说人物一旦被赋予了性格，她的人生和故事也就注定了的。

平素里温润如玉的白先勇，一旦下笔，便冷艳迫人、铁石心肠，人世间凄凉痛楚尽在其中。而玉卿嫂，惟其有着令人过目不忘的灵肉共存、可怜动人的特质，作为一个文学形象长久地留存了下来。好比鲁迅笔下之祥林嫂，沈从文笔下之翠翠，老舍笔下之虎妞。

于是，就要被搬上荧幕或者舞台，演来给人看的。杨惠姗、蒋雯丽、方亚芬，分别是电影、电视和舞台版的玉卿嫂。很可惜，我没有看过电影版的玉卿嫂，想来，杨惠姗柔中带刚的气质，是与白先勇心目中的玉卿嫂吻合的，白曾赞其表演“能收能放”。可是，仅仅柔中带刚就够了吗？蒋雯丽也是柔中带刚，却远不是我心目中的玉卿嫂。在电视剧开拍前，我曾见报道说，白先勇钟情巩俐来演，但终未如愿。我理解白先生的心意，他中意的是巩俐的爆发力，潜在的欲望，平静外表下的烈火焚心。这些，不是蒋雯丽具备的。蒋雯丽可以演一个神经质的怨女，却未必适合玉卿嫂。玉卿嫂不是怨女，也不是烈女，她只是一个女人。灵与肉纠缠着，隐忍着，痴痴地往前走，不晓得回头的女子。天下女人多半如此，一心地付出，爱的是对方，更爱的却是自己的付出，流逝的韶华。这样的女子，多半有凄楚的结局。白先勇写的不单是一个玉卿嫂，而是天下的女人。

这玉卿嫂到了舞台上，就给了编导太大的难度和挑战。越剧《玉卿嫂》是委婉的、清淡的、雅致的、惆怅的，像极了江南流水。发生在桂林漓江边的故事，以吴侬软语吟唱出来，多了一份儿女情长的味道。方亚芬标致、水灵，颇具少妇美韵，在气息和神韵上都有了。而编导，要将这部挑战伦理的原著比较文雅地搬上越剧舞台，一定费心良多。淡化了性爱，并给了这段情爱以向往自由的理由。在有些地方，或许无“戏”可言，编剧把吸引观众的责任交给了演唱以及舞台布景。对于越剧戏迷们来说，听方亚芬的大段演唱一定十分过瘾。

我对戏剧不在行，这样的美化，是否因于越剧本身的局限和因袭的审美习惯呢？忽然想，如果不是采用越剧样式，如果不是面对越剧观众，《玉卿嫂》又将呈现怎样的面目呢？她也许会像白先勇那样，超越凡俗，俯视人间，描画出人性的卑微与动人，以及永远都无法解释的人之情爱。尽管，她或许会令底下保守的观众掩目屏息。

2007 年 6 月 19 日

融古铄金见精神

书法艺术，古老却也新奇。数千年来，无数代中国文人泼墨挥毫，把一个个方块汉字描绘演绎得千姿百态，令人神往。在人类的艺术森林中，中国书法卓然独立，无可替代。我一直认为，书法，是最能体现中国文化魅力，最能传达中国人创造精神的艺术。无怪毕加索曾言：如果我是中国的艺术家，我一定选择书法。

书法家能在艺术上自成一家，在博大的书坛取得一席之地，我以为有两个必须的条件，一是对优秀传统的继承，二是独具个性，推陈出新。中国书法源远流长，每个时代都有承前启后的大师引领风骚，他们既传承前贤，虚心学习传统，又能在传统的基础上独辟蹊径，创造新的风格。无视传统的求新奇求怪异，可以吸引眼球，也可能热闹一时，但难以引起审美共鸣，不会有生命力。无根基的空中楼阁，或者凌空而降的外星人，都不应是成功的中国书法家的特质。

宣家鑫的书法，植根于中国书法传统的深厚土壤，以自己的悟性和不懈努力，数十年追求创造，孜孜不倦，使之抽枝长叶开花结果，形成气象丰茂的艺术风格。宣家鑫深谙书法优秀传统的真髓，从少年时代便下苦功打下扎实的传统根基，楷书、行草、魏碑、篆隶，他都曾涉猎，在临摹学习的过程中融会贯通，抓其神韵，取其精髓，再融入自己的心得，营造出与众不同的气韵。

书为心画，文如其人。从宣家鑫的书法中，可以看到一个不甘平庸的艺术家不断寻觅追求的屐痕。数十年来，他不断充实自己，改变自己，超越自己，他的笔墨线条中，能看到古人的痕迹：汉简、魏碑、章草，都在他的书法中留下影子，然后都是隐隐约约，虽然似曾相识，却还是给人新鲜感。我以为，宣家鑫的书法作品中，尤以隶书最为出色。他的隶书，看似古朴拙讷，却又秀丽灵动，有汉魏遗风，却并非一味泥古，字形结构和笔墨线条，都精心营造，大胆出新，写出了自己独特的面孔。

宣家鑫不仅是成功的书法家，还是自学成才的中国古字画鉴定专家，这使他有机会博览古今书法名家的精品之作，领略大师气韵，博采百家之长。这样的浸染，潜移默化，对一个有悟性的书法家来说，其影响却难以估量。

赵冷月先生曾以“融古铄金”四字题赠宣家鑫，这是对宣家鑫书法极为精辟的评价。融古人之精神于现代书法，形成自己的独有风格。我想，这是一个当代书法家能够抵达的崇高境界。

2008 年 7 月 12 日于四步斋

梦想的好莱坞

在我的少年时代，“好莱坞”这三个字是一个充满贬义的名词，它似乎总是和荒淫、暴力和不切实际的白日梦想联系在一起。那时，好莱坞就代表着美国文化，而美国文化代表着什么？那时的舆论，看到的都是负面宣传。天下的黑暗、无耻、荒淫和虚伪，仿佛都集合在那里。

直到有一天看到童话片《白雪公主》，被影片的故事、画面和音乐感动，并知道这部影片是好莱坞的作品，心里有了疑惑：好莱坞究竟是什么地方？能拍出这么美妙影片的地方，不会是鬼魅之地。那时我大概才 9 岁吧。关于好莱坞的疑惑，我问过母亲，母亲无法给我完整明确的回答，但是她谈了年轻时对好莱坞电影的记忆，居然都是美好的印象。母亲告诉我，她喜欢《魂断蓝桥》，据说那时电影院里很多人为电影中的爱情悲剧流泪。还有那部被很多批判文章提到过的“黄色电影”《出水芙蓉》，大多数写文章的人未必看过这部电影，只是望文生义，往淫邪的方面尽情想象。母亲看过这部电影，她曾悄悄地对我说，这肯定不是黄色电影。母亲对美国童星秀兰·邓波儿的电影赞叹不已，说那时候上海大光明电影院放邓波儿的电影时，经常客满，大人带着孩子来看，一票难求。邓波儿来过上海，在大光明和上海观众见面，引起轰动，成为上海人街谈巷议的热门话题，人人都喜欢这个会唱会跳、天真活泼的美国小姑娘。秀兰·邓波儿是一个创造奇迹的童星，童年就获得奥斯卡奖。1929 年美国爆发经济危机，电影院也随之萧条冷落，是邓波儿主演的影片让全美国的影院重新场场爆满。一个不满 7 岁的小姑娘，竟挽救了面临财政灾难的福克斯公司，使之起死回生。美国作家沃尔特·温切尔曾在他的文章中发表这样的议论："色情不可能成为电影的主导力量。请记住，当今世界领导电影主流的是查理·卓别林、鲍里斯·卡洛夫和秀兰·邓波儿。"如果沃尔特·温切尔的评论属实，那么，这样的主流，也应该是好莱坞的主流。而以卓别林和邓波儿为代表的主流，格调应该是健康清新的。"文化大革命"之后，秀兰·邓波儿主演的大多数影片都在中国的电视节目中重放，中国人通过电视荧屏认识了这个风靡 30 年代的美国小姑娘，时过半个世纪，她依然被中国人喜欢。上世纪七八十年代，邓波儿成为美国的外交官，曾担任大使，也当过国务院的礼宾司长。记得在 20 年前，邓波儿被老布什总统任命为美国驻捷克斯洛伐克大使，那时她已经六十多岁。1985 年我访问美国，曾去好莱坞影城参观，在那条著名的星光大道上，有很多电影明星的手印和题词，我找到了 50 年前 7 岁的邓波儿留下的手印和题词："我爱你们大家！"

其实，好莱坞拍过不少讽刺西方拜金主义的影片，譬如根据马克·吐温小说改编的电影《百万英镑》，"文化大革命"前电影院里就放映过，"文化大革命"结束后也是最先重映的外国影片之一，在中国几乎家喻户晓。我在看这部电影之前读过马克·吐温的这个短篇，那时还是个初中生，对小说中描绘那些只认钱不认人的势利眼，印象很深，小说中有这样的文字："瞟了一眼钞票，他的笑容就凝固了，脸色大变，就像你在维苏威火山山麓那些平坎上看到的起起伏伏、像虫子爬似的凝固熔岩。我从来没见过谁的笑脸定格成如此这般的永恒状态。这家伙站在那儿捏着钞票，用这副架势定定地瞅……”在看电影时，我看到了被表现得活灵活现的势利眼，服装店那个势利的店员看到那张百万英镑时呆若木鸡的样子。看《百万英镑》，也记住了格里高利·派克。

后来，陆续看到一些好莱坞的电影，记忆中，都是又好看又引人思索的电影。譬如奥黛丽·赫本和格里高里·派克主演的《罗马假日》，这部上世纪50年代拍的黑白故事片，看后难以忘怀，一个虚构得接近荒唐的故事，但却引人入胜，纯真的公主和平民记者之间美好却无望的爱情，让人叹息。最近看到一篇写这两位好莱坞明星的文章，让人心灵颤动。文章中这么描述两位主人公：

“他是个绅士，有着雕塑一般坚毅的轮廓和刚直不阿的个性。他举止优雅、气质谦和，纯净的眼神像个庄严的传教士。他能将笑容演绎得让人心动，柔肠百转而又分寸在握。他是全球千万女人们的梦中情人，他的生命里有无数红颜佳丽走过却没有出现过一次绯闻。在过去长达半个多世纪的时光里，他一直被全世界的影迷们作为偶像与道德榜样崇拜着，他的名字叫格里高里·派克。”

“她是个天使，出身名门。她高贵善良、与世无争，举止优雅得体，柔媚娇羞得像个不谙尘事的孩子。她的性格矜持内敛却又平易近人。她有着姣美的容颜和如花般的笑靥，两只会说话的大眼睛如一泓高原的碧潭，清澈澄静、楚楚动人，长长的睫毛像秋日里飞舞的蝴蝶，薄如纱翼的翅膀扇动着青春的快乐与轻盈，她的名字叫奥黛丽·赫本。”

绅士遇到了天使，会发生什么故事呢？据说，第一次见到赫本，派克为她的美丽和纯真而震惊，而初入影坛的赫本，本来就是派克的影迷，她崇拜派克，迷恋他俊朗的男人气质。拍《罗马假日》时，两人互相倾慕，产生爱意。但派克是有家室的人，他很克制，只是将爱意暗藏于心。而赫本，也不敢吐露真情，她觉得自己不能破坏对方的家庭。《罗马假日》结尾时，男女主人公在记者招待会上分手时优美、无奈而伤感的表情，竟然成为他们一生交往的一个缩影。他们的爱情，是开始也是结束。两个人成为终生的挚友。赫本结婚时，派克送了一枚蝴蝶胸针给她，这枚胸针一直陪伴着赫本，直到她生命的最后一刻。这枚胸针，是派克祖母珍贵的家传之物。1993 年赫本去世，派克拄着拐杖来参加她的葬礼。葬礼上，白发苍苍的派克老泪纵横，他说："那个美丽的罗马之夏，能作为赫本的第一个银幕情侣握着她的手翩翩起舞，是我无比的幸运。"他低下头，轻吻着赫本的棺木深情低语："你是我一生中最爱的女人。"在场的人无不为之落泪。10 年后，苏富比拍卖行举行赫本生前衣物首饰的义卖活动。87 岁高龄的派克再次赶来，高价买回了这枚胸针。49 天后，派克微笑着离开人世，手里握着那枚蝴蝶胸针。派克和赫本，使我联想起音乐家勃拉姆斯和克拉拉，这是高贵美好的人类情感的典范。

"文化大革命"10 年，中国人再没有机会看到好莱坞的影片。"文化大革命"结束后，第一次看到的好莱坞影片，是《音乐之声》，那是在 1977 年春天。那时，文艺界有一种劫后重生的感觉，上海在展览馆召开了一次大型文艺座谈会，很多销声匿迹多年的文化名人出现在座谈会上，如巴金、于伶、柯灵等。座谈会的尾声，是观赏一部"内部电影"，这是一个无比美妙的尾声。这部电影，就是美国影片《音乐之声》。曲折跌宕的情节，诗一般展现在优美的音乐中。爱情和亲情，真诚和伪善，正义和邪恶，在这部电影中被表现得扣人心弦。电影结束时，剧院里爆发出一片掌声。看电影鼓掌在当时很反常，而且是一部好莱坞的"内部电影"，但这掌声是情不自禁的，是大家发自内心的赞叹。《音乐之声》在当时引起的震动，真可以说是惊艳，是幽暗中的一道闪电。文艺座谈会结束后，这部电影在很长时间里成为大家议论的话题。几年后，《音乐之声》在中国公开放映，玛利亚和特拉普上校成为家喻户晓的人物，电影中的歌曲也开始在中国广为流传。这段往事，很有说服力地证明了艺术的影响和力量。

作为观众，我们只是从能看到的影片了解好莱坞。至于好莱坞到底是一个什么样的地方，它的历史，它的现状，它的辉煌，它的困窘，也许可以供专家写很多论文，这是值得深入研讨的话题。24年前我去好莱坞，曾经以好奇的眼光东张西望，感觉那里确实是一个创造神奇的地方，是让一些人实现梦想，也让更多人梦想破灭的地方。回来后曾写过一首题为《好莱坞》的短诗，可以作为这篇短文的收尾：

一批又一批默默无闻的少男少女，
在这里被全世界传颂。
银幕像太平洋的潮汐，
每一簇浪花上都印着他们的笑容。
走在光滑如镜的街道上，
脚下便踩着了他们的名字；
抬头望那排云般的广告，
目光便撞到了他们的眼睛。
这里的每一扇门都虚掩着，
门里随时可能走出光彩照人的明星。
摄影机日夜拍摄着新的《天方夜谭》，
胶片里录下了人间罕见的奇妙风景
……
于是少男少女们潮水般来了，
涌到这里来做金黄色玫瑰色的梦，
梦的碎片撒满了每一寸土地，

失败者的泪水波涛滚滚……
可好莱坞依然像磁石把人心吸引。
你看夕阳大道尽头那低垂的夕阳，
辉煌的残焰悲凉而迷人……

2009年5月16日于四步斋

古玉崧泽

崧泽，是一个奇妙的名字，从字面上看，有山峦，有树林，有波光湖影，两个字，就是一幅中国韵味十足的山水画卷。

在上海的地名中，最能令我产生遐想的，就是这个位于青浦的小村子——崧泽村。这是一个遥远而又亲切的名字，遥远，是因为它承载着6 000年古老的历史；亲切，是因为它使我走近我们远古的先人。

崧泽，是上海的源头，也是江南华夏先民的源头。在中华文明丰富多彩的源头中，崧泽是古老而奇妙的一脉。这里出土的古人遗迹，被称为“上海第一人”，“上海第一房”，“上海第一村”。这样的描述，也许未必精确，但是，五六千年前，我们的祖先就已经在这里生活、劳动、繁衍，这是一个无人能否认的事实。很多年前，我去过崧泽村，看到过考古现场，那些被岁月封存了五六千年的土层，袒露在阳光下，向现代人展示着远古的秘密。考古现场，看到的是黄土，是残骸，是被漫长时光侵袭腐蚀的碎片。那些石斧、石锛、石凿，粗糙暗淡，静默无声，却在我的凝视中铮然作声，五千多年前的劳动号子，仿佛正伴随着那些原始工具发出的叮当之声，在江南大地上回荡……

而令我产生无穷遐想的，是在崧泽出土的古玉。尽管历经千年，崧泽古玉却依然莹洁剔透，在它们温润沉静的光泽中，能幻化出远古祖先的种种生活情状，甚至他们的悠扬歌声和悲欢表情。我们的祖先爱玉，并非出于占有宝贝的欲望，而是为了表达心中的理想。玉，和古人的精神生活有关，他们精心雕琢的玉器中，有对生活的热爱，对梦想的祈望，也有对幸福的憧憬。

崧泽出土的玉器中，有几件美妙的玉璜。玉璜是古人的饰物，类似今天的项链，以绳牵引，佩在前胸。璜，《说文解字》的解释为："半璧也。"崧泽人将美玉雕琢成璜，却不是简单的半圆形，半璧如桥，如虹，如云中新月，如海上初阳。古人的想象，比我更丰富。我见过崧泽出土的两件玉璜，让人惊叹不已。

一件玉璜，玉质黝黑，形如航船。艺术的灵感来源于生活，五六千年前，船已是崧泽人的生产和交通工具。想来应该是木质的小船吧，它们滑行在清波粼粼的湖面上，也颠簸在波涛起伏的海浪上，崧泽人在船上挥篙舞桨，捕鱼，运粮，旅行……一叶扁舟，维系着多少人的期冀。一个 5 000 年前的女子，将一艘玉雕的船佩在胸前，有什么意义？我想，不仅仅是为了追求美，也是将希望悬在心头吧。希望捕鱼者满载而归，希望远行人平安归来，希望生活如航船乘风破浪……现代人如此想象，也许牵强附会，但我相信，古人的希冀，必定比我的想象更悠远，更宽广。

是的，面对祖先浪漫无羁的想象，我由衷惊叹。崧泽出土的另一件玉璜，造型更奇妙：玉璜两头，一头是鱼，一头是鸟。鱼在水里游，鸟在天上飞，琢玉人将鱼和鸟合于一体，又是为了什么？鱼是古人最重要的食物，将鱼雕成璜，是祈求上天给人类充足的食物？我想不会那么简单。鸟呢，鸟不是重要的食物，自由的鸟，栖息在林，高飞在天，人们更多是欣赏它们飞翔的美姿，聆听它们婉转的歌唱。玉璜上的鸟，代表什么？是对天空的向往，对自由的赞美？这样的想象还是牵强。

我想，将鱼和鸟合于一体，是一个浪漫的结合，是一个异想天开的创造。这一片小小玉璜之中，有崧泽祖先和自然的对话，有万类生灵之间无声的交流，有无穷无尽的天籁和声。这个鱼鸟玉璜，透露给我一个无误的信息：我们的祖先，是浪漫的，是富有想象力和创造才能的。

五六千年前的崧泽人，过的是什么生活？现代人只能靠考古发掘出来的器物做推测想象。可以断定，茹毛饮血的原始时代已经过去，崧泽人在水乡泽国建设起自己的家园，他们捕鱼、打猎、耕种，过着简单的生活。然而文明已经水乳交融于他们的生活中。崧泽人不仅追求丰衣足食，也追求美，出土的玉器，是最有力的证明。我见过这里出土的一枚玉块，这是用白玉雕成的环状耳饰，式样简朴而精致。玉环中有一条断裂空隙，可以夹住耳垂使之不会脱落。这大概是人类最早的耳环。这枚精美的玉块，即便是出现在今天的玉器首饰店中，也是一件让人赏心悦目的饰品，甚至可以称它是一件时尚饰品。时尚女子的耳垂上如果晃动着这样一枚古雅的玉环，一定品位不俗。谁会想到，这竟是6 000年前古崧泽女子的饰物！在这枚玉块中，远古和现代，那么自然地融为一体。

今日崧泽，大道纵横、新房林立，昔日的农田里绿荫蓊郁，犹如花园。然而我每次经过这里，心中却漾动一片温润莹洁的玉色。崧泽古玉，在这片江南沃土中深藏不露，6 000年后重见天日，把现代人拽回到中华文明古老的源头。有时我忽发奇想，6 000年前的崧泽人，如果突然复活，发现自己面前的大地上发生了如此巨大的变化，目光中将会闪烁何等的惊讶……

2009年季夏于四步斋

诗意的摄影

——序何肇娅人物摄影展

天地万物，都在按照自己的习性运行，有的规律严谨，一丝不苟，有的自由自在，无迹可寻。每一个瞬间，世界都以不同的面目呈现。摄影艺术之妙境，在于捕捉那些有意味的瞬间，将它们摄入镜头，定格在画面中。镜头中的一个瞬间，或许会成为一个时代的浓缩，成为漫长人生的一个缩影，成为人和自然契合的一种象征。摄影家是在以镜头记录世界的运动和变化。历史定格在他们的镜头中，人生的种种况味，凝缩在他们的作品里。

何肇娅是一位擅拍人物的摄影家，她喜欢将自己的镜头对准女性。她选择拍摄对象，未必是美女，也未必是明星，但一定是内心世界美丽丰富的优雅女性。她镜头中的人物，有作家，有演员，有教师，也有从事其他职业的女性。何肇娅的摄影，以她独具个性的方式，向人们展现了女性的魅力。她镜头中的人物，很平静，很恬淡，看不到任何浮躁和窘迫。她们的动作和微笑都那么优雅平和，内心的沉静和丰富，在动作和眼神中含蓄地流露出来，自然如天籁回声。何肇娅拍摄的人物，有不少是我熟悉的朋友，在她的作品中，这些熟人使我感觉到一种新鲜，一种娴静，一种诗意之美。我想，何肇娅是一位有诗人气质的摄影家，她能以自己的镜头，将生活诗化，将人物诗化。而这样的诗意，并非艺术家的虚构，它们原本就存在于生活中，只是很多人的感官已经迟钝麻木，难以发现。而何肇娅，却用自己的镜头，捕捉到了这种诗意，并通过那些优雅的女性，将它们展示于人间。摄影家和被她所拍摄的人物之间，如何产生心灵的默契，在按动快门的瞬间，将美好诗意定格，这也许是艺术的秘密。恰如李商隐诗句描绘的奇妙境界："身无彩凤双飞翼，心有灵犀一点通"。

2011年12月5日于四步斋

走进历史的画廊
——序大型画册《广富林》

广富林，是一个古地名，亦称“皇甫林”、“广福林”，地处上海松江的佘山一带。广富林这三个字，有点神秘的意味，因为其中的涵义太丰富。广富林的涵义，可以供考古学家写一本绚烂辉煌的大书，也可以构织成一首境界幽深的人文史诗。在中华文明的历史航程中，广富林是引人遐思的一个驿站，它使中华文明的内涵变得更为博大丰繁。广富林的被发现，是江南的幸运，也是上海的幸运，上海人因此追溯到了五千年前的古老源头，看到了五千年来在这片土地上衍生出来的万千气象。有人因此把松江称为“上海之根”，并非没有根据的夸张之辞。

这本以“广富林”为题的画册，是一本富有创意的美术作品合集，是油画艺术和人文历史的一次有意味的结合，是一场赏心悦目的“画说历史”。油画家对历史的追溯、想象和憧憬，既让观者赏心悦目，也让人神思飞扬。参与此题材创作的画家中，有声名显赫的画坛老将，有才华横溢的中年画家，也有不少崭露头角的青年才俊，可以说是几代画家的一次颇具规模的雅集，是寻觅历史真相的一次探索。画家们立足广富林这片古老的土地，驰骋想象，舒展才华，以大胆的艺术想象力，穿越历史，返回到千百年前的江南，返回到已经被风沙湮没的旧时岁月。画面上斑斓的色彩，传神的形象，浓郁的氛围，犹如历史的回音壁，让人在时空的交错中听到回旋飘漾的昔日音响。

广富林的地下发现，曾经是考古界的一件大事。从这里出土的大量先人遗物，甲骨、玉器、陶瓷、砖瓦、各种劳动工具，把千百年来在这里发生的故事片断陈列在天地之间，也把千百年来先人在这里留下的足迹凸现在现代人的视线中。然而这些考古发现，只是历史的几个残片，只是岁月大树上的几片落叶。要想依据这些残片和落叶重塑历史的本来面目，完整重现当年的景象，似乎没有可能。而史册中的有关记载，是抽象的文字。油画家们的创造，将形象的提示和抽象的诠释融为一体，使历史的场景逼真地凸现在画布上。艺术家用现代人的情怀，现代人的色彩，想象历史，塑造历史，重现曾经在广富林发生的故事，想象五千年来无数智者贤人在这里的活动，也想象人间烟火如何在这片土地上绵延不绝，升腾繁衍。先人的喜怒悲欢和生离死别，成为这些油画的主题，史册中的辉煌和落寞，融汇在画家们风格各异的彩色笔触中。画册中的作品，无论是风景还是静物，是建筑还是人物，无论是宁静单纯的小景，还是人潮汹涌的场面，都能引人走进历史的曲折长廊，回味岁月的沧桑。画家们的创作，并没有受到地域的局限，他们的视野和思索的触角，越过广富林，越过松江，越过上海和江南，向辽阔的中华大地辐射。可以说，艺术家们是用画笔探索并描绘了中华文明漫长跌宕的发展轨迹。这是现代的观念和古典情怀的融合，是历史和现实的交汇，是艺术和生活的糅合。

欣赏这些油画时，我特别留意画面中出现的历史人物，其中有很多熟悉的名字：春申君、陆逊、董其昌，黄道婆、徐光启、夏允彝、夏完淳、陈子龙、史量才、施蛰存、程十发……他们生活的年代，相隔千百年。这些人物，有的我只是听过传说，有的我熟知他们的事迹和作品，有的我甚至有过交往。凝视画面中的人物，时空仿佛都会消失。我的目光和画中人眼神交接时，仿佛能感知他们的悲欢哀乐。他们曾经叱咤风云，曾经上下求索，他们的勇气和睿智，他们的创造和奉献，他们的成功和失败，曾经影响过历史的进程。人类的历史，其实就是一代又一代人延续不断地追求理想，追求幸福的过程。在画中和无数不同时代的人物相逢，不仅让人重温历史，也让人思索历史。

古老的广富林，如今是年轻的大学城，是求学的年轻人云集之处。我想，脚踩着这片古老土地的年轻学子，应该来看看这些油画。广富林会为他们打开一扇奇异的门，引他们走进历史的画廊。百幅油画，承载的是数千年历史，进来看一看，也许能感受做一个中国人的骄傲。

壬辰元宵于四步斋

天地汇胸臆

——读张雷平的国画近作

近日，在上海美术馆看女画家张雷平的画展，惊叹于她斑斓多彩、气象万千的绘画风格。

张雷平的国画，我很早就开始关注，在中国的女画家中，她是才华横溢的一位，也是勤于思考，敢于创新的一位。她的创作常常让我感觉惊奇。她以女性的细腻叙述生灵的曼妙，也以博大的心胸倾诉天地的浩瀚。她身居上海，却不迷恋于江南的平坦纤柔，足迹常常在崇山峻岭和荒漠大野攀登跋涉。她的绘画题材丰富，天地间的景象，无论巨细，只要纳入视野，都可以构织成美妙篇章。她可以铺陈高山大地的浑厚辽阔，也可以勾勒闲花野草的委婉精致。自由的笔墨，无拘无束，恣意挥洒，在宣纸上渲染山水的律动和生命的奔放，展示大自然瞬息万变的奇丽境界。山之一石，田之一隅，海之一角，花之一瓣，草之一叶，在她的笔下，都可以铺衍出神采飞扬的表情。

张雷平的绘画，将传统笔墨和现代精神水乳交融，将精微细腻和雄浑博大汇合为一体。繁复驳杂的色彩，单纯简洁的线条，在她的笔下都可以构织成令人神往的画面。她的水墨风景，寥寥几笔，便画出悠远丰繁的山水情韵，让人想到朱耷和陈子庄。这样的极简，并非她画风的常态，她有时极繁，线条密集，色彩斑斓，让人目眩。且看她在画中写雾凇，雾凇是水气精灵，依附于花树，迎寒而生，晶莹剔透，却难述其形，用国画表现不易。张雷平画来却得心应手，她在黑色画底上以极为繁复密集的白色线条和点彩，活画出夜寒中凝结的雾凇，远观之，只见冰雪如丝，满目晶莹。她画的玉兰花，也非同寻常，变幻无穷的墨线，勾画出无数几何体，粗看不识，细看则万千朵玉兰粲然怒放，让人称绝。

这次看张雷平的画展，有两类题材的作品让我感觉心灵震撼，一是芦苇，二是梯田。

芦苇是我熟悉的植物，年轻时在崇明岛“插队落户”，我曾经与之朝夕为伴。秋风起时，芦花遍地，阴晦时灰白如雪，夕照中金红如血，这样的景象，已是灵魂中不灭的记忆。张雷平笔下的芦苇千变万化，芦花在阴晴雨雪中开放的场面，被她描绘得逼真而浪漫，真实的芦苇和画家心中的芦苇，交织成画中奇异的景象。她画的芦苇中，有巨幅作品《前程》，一大片深沉耀眼的红色铺满画面，浩瀚芦荡在她笔下化成了燃烧的火，沸腾的血，红色中一线留白，是流水和天空，一行芦雁，漫天悲鸣。这样的芦苇，看似热烈，骨子里却是坚忍和凄怆，给人惊心动魄之感。看张雷平的芦苇，使我回想起青春岁月，心魂为之共鸣。

张雷平画梯田，颇多神来之笔。画中的梯田，远近高低，俯仰横竖，各不相同。自由自在的线条，如流水蜿蜒，如飞云驰骋，将梯田表现得万般灵动，感觉画面上不是沉默的土地，而是飞舞的生灵。看画中梯田的视角，如飞鸟在天空俯瞰大地，大地如鱼，梯田如鳞；又如地上的奔马回首仰望山峰，山峰如天，梯田如云。画中的梯田，有彩色的，更多是黑白的水墨。我更欣赏她的黑白梯田，浓淡变幻的墨晕中，包藏着世间所有的色彩，黑白之中流溢着青绿金黄和千红万紫，可以任你遐想。与其说她在画梯田，不如说她在画自然，画宇宙，画人在天地间的憧憬和幻想。

面对张雷平的绘画，我有时纳闷，这些灵感和构图，如何产生？很自然地，想起了古人的妙语：天地入胸臆，笔底生风雷。

2012年6月26日于四步斋

金石学问

——序《施元亮篆刻选》

施元亮是沪上开一代风气的篆刻名家，他即将出版的这本新印谱，风格奇崛，气象万千，值得细细品赏。在施元亮的篆刻作品中，能感受到高古的格调，秦汉的铿锵，魏晋的风雅，浸透在他的字里行间。然而施元亮并不满足于临摹古印，不止步于泥古和仿古。在他变幻莫测的篆刻中，也能透过斑驳多变的字体，飞扬不羁的笔画，表达出现代人变革求新的精神。能将古老的意蕴和现代的精神在小小的印章中融合为一体，可谓艺术之奇观。

我第一次知道施元亮，是在二十年前，友人曹可凡赠我两方寿山石印章，一方是我的名章，另一方刻的是我的书房“四步斋”。可凡告诉我，治印者施元亮，是陈巨来和方去疾两位先生的高足。这两方印章，刻得工整清秀却刚健有力，白文的名章，朱文的斋名，都是清晰可辨的小篆。我喜欢这两方印章，二十年来常常钤用。我以为，这就是施元亮的篆刻风格，中规中矩，刚健清秀，颇有乃师陈巨来先生的派头。这次观赏他的篆刻新作，其风格之缤纷瑰丽，气象之新奇繁博，令我吃惊。方知以前对他的了解，实在是一叶障目。

施元亮不是墨守成规的艺术家，而是一位在继承了博大丰厚的传统之基础上，推陈出新，力求变革，创造出独特风格的篆刻家。画家刘旦宅曾为施元亮的篆刻题辞“古朴新奇”，道出了施元亮篆刻风格的特点。

篆刻，是最能体现中国精神的艺术。如果要选一门最纯粹的中国艺术，篆刻是首选。篆刻是展现汉字的艺术，展现汉字，非笔墨书写，而是用刀刻在石头上，再蘸印泥钤到纸上，所以谓之“金石”艺术。汉字，经由金石的陶冶，呈现出奇异的风采。汉字之美妙，通过篆刻家的创造，抵达高妙的艺术境界。篆刻家的创作，受到古人铭刻汉字的启发，青铜铭文，砖石浮雕，竹简绢帛，摩崖石刻，活体印刷，墨彩书法，古人留下来的所有对汉字的表达，都是篆刻家的灵感之源。篆刻家，是真正的汉字学问家，他们是书法家，也是雕刻家，古老的汉字在他们的心里衍生出千变万化的形态，又通过他们手中的刀，在石头上蜿蜒飞扬，定格成形。中国的书画，如缺少了篆刻家们创造的红色之印，便是残缺之作。印章的边款，也是篆刻艺术的重要组成部分，用刀勒刻的边款，文字简洁，排列讲究，刀锋刻出的字体，和墨写的文字，意蕴气象完全不同。金石碰撞激起的涟漪，既刚劲有力，又绵延不绝，其中的韵律，犹如闪电滑过夜空，又如古时编钟余音绕梁。施元亮钟情篆刻数十年，一直孜孜不倦地探求着金石学问的奥秘。他的这本篆刻选，将他对篆刻艺术的理解，生动地呈现在读者面前。收入集中的很多印章所刻姓名，都是我认识的朋友，那些熟悉的名字，竟然被刻得如此新奇灵动，超凡脱俗，相信得到这些印章的朋友，一定都无比惊喜。我也喜欢集中的一些闲章，词文雅，意幽邃，字飘逸，形独特，如：“好风如水”，“和雪暖花”，“明月当世”，“饮绿知春”，“翰墨同根”，“弘道养正”，“大音稀声”，“山随画活云为诗留”，“虽贫贱不以利累”，“笃悠悠”……一方闲章，一片不同的风光，一派不同的意境，令人神往。

对于篆刻，我是外行，承蒙元亮先生看重，嘱我写序，使我有幸欣赏到他美妙的篆刻作品，遂有了以上感想。

壬辰初秋于四步斋

茶禅的魅力
——序《禅壶清韵》

茶，来自山野，是自然的造化和人的智慧的奇妙结合。茶中有禅味，而禅道，也经由茶得到释解。佛教崇尚饮茶，有“茶禅一味”之说。所谓“以茶喻禅，以茶行禅，以茶悟禅，以茶参禅；以禅释茶，以禅施茶，以禅品茶，以禅释茶”。其中道理，自可在饮茶静思中品悟。

紫砂壶，因茶而生。作为茶具，紫砂是公认的上品。制壶之材料，也是来自山岩，碾石成泥，经由陶艺家匠心独具的创造，塑造成壶，又经烈火陶冶，烧制成型。紫砂艺术，是中国陶艺中的一枝奇葩。

紫砂艺术，并非只是造型的艺术，古时便有文人以书画参与其事。文人以笔墨题辞绘画于壶上，再由陶艺家镌刻定型，壶上书画，和紫砂壶融为一体，成为一种独特的艺术。茶壶成为书画的载体，而书画的意境也通过茶壶得以传播。

上海茶禅会的创始人谈桃林先生，热心传播中国传统文化，尤其对紫砂艺术，颇有独到创意。他曾邀集文学艺术界的很多名家在紫砂壶上题字作画，制成雅玩，引起广泛关注。成立茶禅会之后，他热衷于推广茶禅，并广约各界名流，雅集于上海玉佛寺，谒佛参禅，赋诗作画，题写禅意文字，铭刻于紫砂壶上，创作出一批有幽雅禅味，有艺术意境的“禅壶”。这本《禅壶清韵》，既展示了紫砂艺术的瑰丽多姿，也形象注释了“茶禅一味”的精妙，汇集了各界名家的智慧和才情。

桃林先生策划倡导的，是一次既风雅，又有文化内涵的艺术活动，其宗旨，是净化人心，美化生活，传播弘扬中华民族文化。《禅壶清韵》的问世，是这次活动的一个成果，相信读者能从中欣赏紫砂艺术的多姿多彩，也能感受到茶禅的奇妙魅力。

壬辰中秋于四步斋

灵动静美的世界

——万芾和她的绘画

万芾用她的七彩画笔，将天地间的花树飞鸟邀集到宣纸上，向世人展现出气象万千的奇美景象。她的画作中，生灵飞动却幽谧静美。繁花在云霞中静静绽放，枝叶在月光下自由缠绵，神态安然的莺雀在花香树影中驻足、踱步、鸣唱、飞翔……面对这样的画面，感觉到的是大自然的优美灵动和宁静祥和。

中国的花鸟画，古往今来，繁华似锦，万涓成海，名家辈出，无论工笔写意，出类拔萃者前赴后继。每个时代，都有大家引领风骚，让后来者钦服惊叹。新生代的中国画家，要在这古老而强大的传统中独辟蹊径，画出新的风采意蕴，绝非易事。万芾的花鸟画，让人感觉到一种新鲜的气息。她善于以小见大，以静思动，于繁复中显单纯，于工整中见飘逸。她的画，尺幅无论大小，画面无论疏密，色彩无论浓淡，都能把人引入美妙的天然胜景。即便是朦胧淡雅的水墨，也可以将飞鸟的活泼和花树的葳蕤表现得风生水起。她的画笔所致，虽只是花园中一个小小角落，却让人窥见大千世界的丰繁浩瀚。人世喧嚣，但万芾描绘的自然美景中自有一片清幽静雅的所在，令人神往。

万芾是一个性情安静的女画家，她不张扬，不浮躁，虽然生活在热闹的都市，却能以一颗沉静的心观察自然，谛听天籁。天地间的树木花草，在她的眼中都是曼妙可亲的挚友，而栖息翔游于花树中的花鸟虫鱼，都是她的知音。自然弥漫在心田，天籁回漾在胸臆，她的笔墨才会如此丰沛传情。

说万芾是花之挚友，大概并不过分。她曾为一百种花卉造像，天南海北的四季花卉，千媚百娇，姿态各异，被她描摹得细致精微，摇曳生姿。她就像一个辛勤的园丁，用自己的笔墨耕耘播种，栽培出千红万紫。她的画室，就是一个莺歌燕舞的百花园。

万芾的绘画题材，并不局限于花鸟，她也画仕女人物，画静物山水，甚至能画现代城市的风景。我曾经约她为《上海文学》的小说画插图，她精心构思的那些工笔白描的人物画，把小说中的人物神态描绘得惟妙惟肖。上海世博会期间，她为世博会创作的上海风景画，画巍峨的高楼大厦，也画街巷中的人间烟火，在细致中透出了大气。

绘画艺术的至善境界，不仅仅在于对所绘物象的形似和精到，更为可贵的，是画家能将自己的情感融汇于笔墨，描绘出理想的境界。这一点，万芾很明白，她努力在做，并且是做到了。

壬辰中秋于四步斋

天地氤氲融襟怀

——读徐茂平的油画

在上海的画家中，徐茂平就像一个独行侠，很多年来，他锲而不舍地在自己的画室中探索艺术的真谛，寻找并开拓着属于自己的天地。在喧嚣功利的世风中，他甘于寂寞，保持着艺术家的尊严，一步一个脚印地追求着自己的艺术理想。近日在浦东图书馆看他的画展，很多人面对他的作品发出惊叹：在上海，还有这样的画家！

徐茂平的油画，以丰富的色彩，恢宏的气韵，展现出独特的风格和耐人寻味的内涵。他的创作风格，在具像和抽象之间，看似抽象的画面中，意象缤纷，涵义幽邃。他有非常坚实的写实功底，但他不满足于一般的具体描绘，他将构思中的物象和意境，融化在波涛迭起的色彩中。他的作品色彩层层叠叠，变化无穷，却不是杂乱无章的堆砌，也不是故弄玄虚的炫技，面对他的作品，能感觉到色块和线条的自由律动，犹如交响乐在天地间回旋荡漾。有人称他的油画为“色彩的交响乐”，是很形象的比喻。

他的油画，让人联想起一些大师的作品，譬如毕加索、米罗、赵无极，但很显然，他和这些大师的作品又不一样，在斑驳绚烂的色彩中，人们看到的是一个中国画家推陈出新的风格。他在自己的作品中描绘浩瀚的天地山川，捕捉瞬息万变的奇妙天籁，也追溯中华历史的古老源头，画家的情感和思索，自然顺畅地融汇在汹涌而来的色彩意象之中。站在他的油画前，我很自然地想起远古哲人的诗句："天地氤氲，万物化醇"，"天地与我并生，而万物与我为一"。

当代诗歌的文化生命力
——赵丽宏和法国诗人的对话

2008年4月19日下午，在上海市作协大厅，举行了一场中法诗人双语朗诵会交流活动。此次由法国驻华大使馆举办的“诗人的春天在中国”系列活动先后在北京、成都、西安、上海四个城市举行。上海市作家协会副主席，著名诗人、散文家赵丽宏和法国著名诗人雅克·达拉斯、马克·布朗舍以及法国演员雅克·博纳菲用汉语、法语各自朗诵了诗歌，并就诗歌与媒体的关系，诗歌内在的音乐性等问题做了一系列探讨。

诗歌与音乐的关系

赵丽宏：雅克·达拉斯是法国的著名诗人，我和他尽管没有见过面，但是读过他的诗。虽然翻译成中文后和原著可能有些变化，但是我有共鸣。我想诗歌是从人心里面流出来的声音，是人类的理想、梦幻和对美、幸福的追求。有些诗歌是能吟唱的，有些只能是通过文字感染人，不管它们是何种形态，只要能够走到读者的心灵，拨动读者的心弦，引起共鸣，那就是美好的诗歌。

有个说法，如果把世界文学比做一个宝库的话，那么诗歌是其中耀眼的钻石。我们中国的古诗，可以说是体现了诗人的最高智慧，极简短的文字，琅琅上口，却能够描绘出阔大的意境，深邃的思想，丰富的画面，让读者产成无尽的联想。这是汉字的荣耀。现代诗不一定押韵，可以很自由地写，但诗中也应该有内在的音乐感，即便你不念出来，在心里默默地吟诵，也能感受到。诗的魅力是语言的魅力。

博纳菲：从诗歌要讲到音乐性，是一个很大的问题。因为语言的这种音乐性是通过人的想象体会到的。在我们现在生活的这个时代里，可能说音乐来得比诗歌更重要，因为音乐传播的渠道更多，可以通过广播、唱片传播，所以很多普通的人认为什么是诗歌，实际上就是音乐。确实，我们诗人给出的回答是很有意思的，他认为，可能在法国来说，实际上，在全世界可能都是这样，有同一个现象，就是诗歌和音乐之间，不断地处于一种抗争、争斗的状态。在法国，现在也有很多著名的歌手，其中有一些也是中国听众所熟悉的。确实，这些歌手代表了法国的声音，以一种诗的形式代表了法国的声音，可是在我们诗人看来，诗歌有两种形式，一种是可以咏唱的诗歌，也就是歌曲，另一种是不能咏唱的诗歌，也就是在座的诗人以各种形式写下的诗句。所以他们彼此之间在不断的抗争，今天的法国诗歌所要做的事情就是来表现这种抗争，这种抗争在我们诗人看来就如同丈夫和妻子的关系，在婚姻的状态下，不可能永久和谐和美妙，往往在度过了蜜月期之后，丈夫和妻子之间会出现冲突、吵闹，所以这种抗争的状态是一直存在于法国的诗坛。

布朗舍：因为博纳菲是学过音乐的人，所以可能他看待诗歌就和其他诗人更不一样。虽然他学的不是乐器的演奏，但是他接受过系统的音乐教育。所以他说在他看来，实际上音乐和诗歌是相通的，诗歌里面都是暗含着一定节奏的。虽然在法国也有一些诗人认为诗歌是反音乐的。可是他自始至终认为诗歌是可以达到给读者一种感性的、乐感的审美效果的。所以他希望他能够通过诗歌把他脑海里存在的那个五线谱存在的曲调通过文字表现出来。他认为我们应该可以在未来的诗歌中找到德彪西这样的音乐大师，也就是说诗人是可以达到这样的境地的。也许，我想音乐性是我们任何一个诗人和读者在阅读中所要追求的，正如刚才让谢说到的，他也希望读者在阅读他的诗歌的时候，能够体会到他脑海里存在的，或者说他想要通过诗句传达给读者的那份乐谱。

赵丽宏： 刚才两位讲的我很有共鸣。我喜欢德彪西的交响诗《牧神午后》，令人产生遐想的美妙乐音。我知道《牧神午后》是根据法国诗人马拉美的诗创作的。在听《牧神午后》之前，我没有读过马拉美的诗。后来读了马拉美的诗，我可以想象德彪西如何在马拉美的诗歌中寻找到了音乐创作的灵感。《牧神午后》的旋律和马拉美的诗，我觉得意境还是非常吻合的。

我刚才讲到诗中有能吟唱和不能吟唱的两个种类。能吟唱的诗歌，其实是文字和音韵旋律的结合体，两者互为缠绕，不可分割。我们中国古代的诗和词都是能够吟唱的，文字和节奏都很美，古代诗人吟诗，抑扬顿挫，如同演唱，诗歌能在民间广为流传，有些作品妇孺皆知，很大程度上是得益于此。我们的现代诗已经慢慢失去了这种传统。但是现代诗里，也有饱含音乐元素的作品。真正的好诗在文字里面应该隐藏着音乐的节奏，哪怕你不读，你只是看，你也可以感受到里面的节奏。有些所谓的诗中，没有任何节奏，我想这个就不是诗了。与其如此，不如不分行，使之成为散文。我欣赏那些蕴涵着音乐节奏的诗，如果能够使音乐家看着你的文字，心中涌现美妙的旋律，就像德彪西读马拉美的诗写出《牧神午后》一样，那是诗歌的光荣。

达拉斯： 可能在以往的象征主义诗人的眼里，诗就是绝对，就是一切，诗歌就是他自己，他可以完全地展现自己的魅力。但是我不太同意，我觉得诗首先是有思想的，诗的想法是在音乐存在之前，在诗本身的音乐存在之前就已经有了。所以诗是在不断地和音乐抗争，和其他所有的艺术形式在抗争。这种抗争更应该被理解成一种对话。诗在和其他艺术创作形式的对话过程中，才获得了自己独占鳌头的姿态。

布朗舍：大家可能不太相信我同意达拉斯的观点，我认为哈斯已经完全反映了我心里想说的话，音乐对诗歌来说是很重要的，可是当一个诗人提笔开始作诗的时候，他不会对自己说所要做的事情是写音乐，毕竟诗歌是不等同于音乐的，诗歌实际上也不等同于其他的文学样式。诗歌和其他的文学样式只是不同的文字的游戏的方式而已。所以诗歌只是一种形式，诗歌应该和其他的文学样式进行沟通。

诗歌在新媒体中的走向

赵丽宏：用伴奏吟唱这种形式表现诗歌是可以的，但是现代新诗、自由诗用这个方式不大好。因为要让读者心理产生共鸣，最主要的还是要通过文字。表现诗歌，还是要直接朗诵。法国的“声音与文本”这个组织非常好，朗诵诗歌，并以音乐伴奏，确实对推广诗歌起了很大的作用。我们也在做这样的事情。上海有一批中国一流的表演艺术家，组织了一个朗诵团，每过两个月，就在上海图书馆举办一场诗歌朗诵会，规模非常大，听众踊跃，有时会场走廊里也站满了人。上海的诗歌朗诵会，朗诵的大多是当代诗人的新作，也有现代诗歌的经典名作，包括一些被翻译成中文的外国诗歌。这里的媒体，对我们的诗歌朗诵会，常常进行报道。我以为，诗人不必拒绝媒体，尤其是那些影响巨大的媒体，电视、网络、广播。应该利用这些的媒体，让更多的人认识那些好的诗歌。我记得很多年前，曾有一位法国诗人说，诗歌如果拒绝电视，就等于自杀。这话虽然有些偏激，却说出了一个道理，如果诗歌满足于小众化，满足于自我陶醉，路子会越走越窄。再好的诗歌，如果不传播，没有人读，不会有任何影响。

达拉斯：刚才说到了诗歌和媒体的未来走向，我不太同意，其实这也不仅仅是我个人的一种想法。诗人首先是个文人。在法国，所有的文人，他们对媒体都是持有一种谨慎的批判的态度的，要了解法国社会，必须要从18世纪开始，一定要了解伏尔泰、卢梭、狄德罗这样的大师的思想，才能理解法国的人文思想如何走到今天的。其次对未来来说，诗人是一种小众，不是大众群体，他们在社会中的生存状态可能不是很好，大多数的诗人不能赚到很多钱。可是他们是文人，他们希望了解到这个社会真实的一切，而这个真实的一切有时候并不是在媒体、特别是新媒体上能了解到的。因为很多的新媒体是要靠赚钱维持它的生存的，诗人确实也关心新技术高科技的发展，比如说很多诗人也会使用因特网技术，可是他首先关心的是真实，什么是真正的真实。

赵丽宏：对媒体的看法，我想我也是同意的。诗人这个称号，也许有点泛滥，贪图名利，追风趋时，行为怪诞，"功夫在诗外"的所谓"诗人"，到处都能看到，而且常常发出很大的噪音，败坏诗的名声。媒体为这样的噪音兴风作浪，为真正的诗人所不耻。真正的诗人，当然是有思想有才华的文人，中外古今都是如此。当代中国诗人了解社会和人生，绝不是依赖媒体，我们活着，用自己的眼睛看周围的世界，体验人生。法国诗人读伏尔泰、狄德罗、卢梭，中国诗人读孔子、老子、庄子、李白、杜甫、苏东坡、鲁迅，也读外国哲人的书。伏尔泰、狄德罗和卢梭，我们也读。但是，我认为在科技发达的媒体时代，诗人没有必要封闭自己，满足于自我陶醉。通过现代媒体，让大众了解有这样一批思想深刻、才华横溢的小众，了解他们用文字创造的精神世界，有何不可？这可以提升社会的精神品质。诗人和媒体，不应该是敌人。

博纳菲：作为一个演员，我参加了很多的诗歌推广工作，所以我对这个问题的看法也是非常有意思的。我认为，在我们举行的朗诵会中，没有过多的技巧性，把最简单的诗歌最简单的语言传播到读者当中去。比如说在伊朗、在阿尔及利亚，很多电台都在晚上八点档的黄金时段，有诗歌朗诵的节目。所以在那里，尽管有很多人不认识字，可是他背得出很多诗歌。这就是靠着朗诵诗歌的工作来推广的。所以我认为，可能不太需要电视这种很花哨的方式来推广诗歌，如果说诗歌需要媒体的帮助的话，电台比电视要更有优越性。

布朗舍：实际上，每个人都有每个人的困惑，每个人的追求，但是我认为，归根结底，这一代的年轻诗人和老一代的诗人，他们的追求应该是一样的。首先他们对世界上的万事万物都是很敏感的，其次他们都希望发现新的土地，新的世界。所以，就这一点来讲，诗人的使命，诗人的责任从来都没有变。我接受的音乐教育和主持的文学活动，使我不是和读者接近，而是和我自己的作品更接近。

达拉斯：世界上有各种诗歌，可以出自并非才华横溢的诗人之手，也有一些大诗人写出一些并不怎么样的诗歌。各种可能性都有，这也是一个非常复杂的关系。对他来讲，诗歌的创作，首先是要有一种非常高度的自我的集中，某种意义上说，是一种非常自私的现象，集中在自己的身上，然后再尽最大的可能把自身所有的东西贡献出来，而这个东西一旦出来，就成为不受其他东西影响的一个客体，这个客体的使命就是要奔到读者那边去，希望被读者或者被艺术家所接受，以另外一种方式延续他的生命。

赵丽宏：是的，诗人讲究个性，表达内心的隐秘，但也需要读者的认同，就如达拉斯先生所言“要奔到读者那边去”，否则就无所谓生命力。

关于诗歌的可译性

达拉斯：从法语到中文，在我们大多数人的心目中，包括一些译者，所有的人几乎都认为诗歌是不可翻译的。我个人也从事一些翻译工作，但是我认为诗是可译的，而且诗必须是可译的。诗人可以说是这个世界上最聪明的人，他们知道语言的错误、瑕疵在什么地方，他们在诗歌里弥补这些瑕疵，把语言最美的东西呈现给大家。他们同时也体会到，世界和世界，语言和人群之间有哪些不和谐的地方，而且他们知道语言、民族、国家彼此和谐共处是多么的难，这就需要翻译来逐一地解决这些问题。

赵丽宏：说诗歌是不可翻译，这肯定是一个夸张的不准确的论断。以往的文学史已经提供了不少成功的范例。但是，我认为诗歌的翻译确实非常艰难，不成功的经验也许更多。我有这样的阅读经验，幼年时读过很多外国大诗人的汉译诗集，阅读之后，却无法产生钦佩的心情，因为感觉这些被翻译成汉语的诗歌很一般，不能打动我。那时候我很小，不知道原因，后来我知道这是翻译不到位的缘故。诗歌的很多美妙之处，蕴涵在文字之中，有时只可意会，不可言传，只有母语的读者能体会。翻译者想将它们传达成另一种语言，非常困难，翻译出来的文字，也许是另外一个新的东西。我有一次非常有意思的经验，多年前，我接待一个挪威的作家代表团，其中有一位著名的汉学家，他研究中国的古诗，是杜甫专家。在他翻译成中文的一篇论杜甫创作的论文中，引用了杜甫的一首诗，此诗先被他从中文翻译成挪威文，他的论文又中国的翻译者从挪威文翻译成中文。这样，杜甫的这首诗就变成一首汉语新诗。我自认为熟悉杜甫，却无法判断这是杜甫的哪一首诗。之后，我为此翻遍了《读杜心解》，还是无法将杜甫的这首诗对号入座。经过两次转译以后，这首诗已经变成了另外一首完全不相关的作品。所以我想，诗歌的翻译确实非常困难。母语写作中的节奏和音乐感，隐藏在文章中那些含蓄的内容，要转译成另外一种文字，不容易。比如说中国古诗里面的五绝和七绝，二十个字、二十四个字，简洁铿锵，能够表现这么阔大丰富的意境，翻译者水平再高，也无法把那种魅力翻译出来。中国的翻译者翻译西方的诗歌，道理也一样，可以把那种意境翻译出来，但是原作的那种母语的音乐的美，母语里面隐含的那种幽默和智慧，转换成汉字后，可能就消失了。我们读到的，可能是另外一首意境类似的诗。所以，我想翻译是可能的，但是翻译者必须对两种语言都非常熟悉，对待翻译的语言就像母语一样熟悉。此外，诗歌的翻译者，自己必须也是一个诗人，能用母语写诗。这并不是每一个译者都能做到，包括一些非常有名的翻译家。

不过，不可为之事还是要做，如果没有翻译的话，我们就永远不知道，在异国他乡，诗人们在写些什么，所以还是需要翻译。上海作家协会最近翻译了一本上海诗人写上海的英文歌集，在美国出版，译者是中国人，但是也请美国人一起参与。效果如何，有待英文读者的鉴定。

诗歌的历史使命

赵丽宏：我们古代的和前辈的诗人，为我们做了非常好的榜样。读他们的诗歌，我们至今还能够被感动。为什么？我想这种传统就是诗歌千百年来一直长盛不衰的颠扑不破的一个真理。一个是爱，就是诗歌传达的人类心灵的爱，爱大自然，爱人，爱生活；另一个是梦想，我觉得诗歌是梦想。人类心灵里有很多的梦幻，通过诗歌，用文字把自己的梦幻表达出来。人类是需要幻想，需要梦幻的。如果没有梦幻的话，人类就有灭亡的这一天。所以我想诗歌是爱和梦幻。

达拉斯：要理解法国的诗歌的话，一定要明白这样一个道理，就是他从他自己的文学传统中吸收了很多的养料，大家耳熟能详的很多法国大家的思想和作品。但是其实呢，还有另外一种，叫作新传统的东西。在1789年法国大革命，这种影响不是瞬间产生的，是过了很多年之后，对生活在二十世纪的诗人产生的影响。比如说超现实主义诗人，他创作的时候就面临两种传统，非常古典的传统，另一种就是新传统，所以他有一种矛盾和挣扎，他要把着两种传统完全地体会、容纳吸收之后才能反映在他的诗歌里面。所以在法国，做一个诗人是很艰难的一件事情。

在我们读一本小说的时候，我们首先被各种各样的情节所吸引，因为作家写作的时候就是希望读者能够不停地一页一页地翻下去。比如说侦探小说，我们发现作者有时候在误导我们，我们走回到故事的结局，然后我们又走回到正确的故事线索上来，等到我们阅读到最后的时候，就知道整个故事了。但是侦探小说，我们一旦合上书，就不会再看第二遍，因为没有东西可吸引你了。可以说他的生命在于让人去读。诗歌则不同，诗歌是把阅读和理解的最大的自由完完全全地交给了读者。我们不知道读者会把我们的诗作理解成一个什么样的结局。所以我觉得诗歌的存在，大半意义在于读者。

赵丽宏：法语是逻辑性很强的语言，在你用法语创造诗歌的时候，这种挑战尤其大。那些能留下来，被广为流传的诗歌，一定是表达了诗人真诚的情感。让读者共鸣的，最重要的是诗人的真诚，还有就是诗人浪漫的情怀、奇妙的想象以及对宇宙人生的独特看法。我们古代的和前辈的诗人，为我们做了非常好的榜样。读他们的诗歌，我们至今还能够被感动。为什么？我想这种传统就是诗歌千百年来一直长盛不衰的颠扑不破的一个真理。真正的诗歌表达了什么？一个是爱，诗人用他们的文字传达了人类心灵的爱，爱大自然，爱人，爱生活；另一个是梦想。人类心灵里有很多的梦幻，通过诗歌，用文字把自己的梦幻表达出来。人类需要幻想，需要梦幻。如果没有梦幻的话，人类就有灭亡的这一天。所以我想诗歌是爱和梦幻。

有些诗歌轰动一时，但作品没有审美的价值，尽管诗中的内容因针砭了时弊而震撼人心，但是这种震撼，并非诗歌的力量，写一篇社论也许能达到更为强烈的效果。这样的例子，我们在过去的时代看到太多，有些诗歌当时曾传诵一时，轰动一时，但是这个时代过去以后，人们对他诗里面表达的问题不太关注了，这些诗歌也就随之被大家遗忘。所以真正有生命力的诗一定是以独特的艺术方式表达了作者的真实情感，这情感可能跟他当时的社会生活密切相关。比如说屈原的诗，屈原是一个爱国诗人，他的怀才不遇，他的忧国忧民，这种思想可能带有很强烈的政治色彩，但是他是用奇特的形式、美妙的文字把他的思想倾吐出来，所以他写出了真正的诗，不朽的诗。时至今日，是诗人通过诗歌表达的那种对理想的追求，仍然可以打动我们。

博纳菲：尽管有时候中法双方的交流不太那么顺畅，甚至会有激烈尖锐的分歧，但是我们的相遇和沟通是很重要的，我想这也是为什么我们的听众从城市的四面八方到这里来的原因，我想我们彼此之间沟通得很好。

达拉斯：是的，诗人需要沟通，今天的会谈非常有意思。希望以后我们有机会在不同的地方相遇，用诗歌来对话。

诗·梦·金钥匙

在塞尔维亚的古城斯梅德雷沃，我得到一把金钥匙，这是欧洲对中国诗歌的褒奖。对我而言，这是一个意外。在来自世界各地的诗人注视下上台领奖，感觉犹如做梦。颁奖词中有这样的话："赵丽宏的诗歌让我们想起诗歌的自由本质，它是令一切梦想和爱得以成真的必要条件。"宣读颁奖词的是塞尔维亚作家协会主席拉多米日？安德里奇，也是一位诗人，他的颁奖词的题目是《自由是诗歌的另一个名字》。他的话在我心里引起了共鸣，这是对所有发自心灵的诗歌的评价。他在颁奖词中引诵了我四十多年前写的诗句：

你说，要是做鸟多好，
做鸟，就能比翼双飞，
在辽阔的天空里自由翱翔；
你说，要是做鱼多好，
做鱼，就能随波逐流，
在清澈的流水中幽会。
生而为人，你我只能被江海分隔，

日夜守望……

我想起了写这些诗句时的情景：一间小草屋，一盏昏暗的油灯，从门缝里吹进来的海风把小小的灯火吹得摇晃不定，似乎随时会熄灭。然而心中有期盼，有梦想，有遥远的呼唤在灵魂里回旋。在那样的岁月，诗歌如同黑暗中的火光，如同饥渴时的一捧泉水。文字是多么奇妙，它们能把心里的梦想画出来，固定在生命的记忆板上。不管岁月流逝，它们会留在那里，就像水里的礁石。流水经过时，礁石会溅起飞扬的水花。

从斯梅德雷沃市长手中接过金钥匙之后，要发表获奖感言，我说了如下这些话：

能用中国的方块字写诗，我一直引以为骄傲。我的诗歌，被翻译成塞尔维亚语，并被这里的读者接受，引起共鸣，我深感欣慰。

诗歌是什么？诗歌是文字的宝石，是心灵的花朵，是从灵魂的泉眼中涌出的汩汩清泉。很多年前，我曾经写过这么一段话："把语言变成音乐，用你独特的旋律和感受，真诚地倾吐一颗敏感的心对大自然和生命的爱——这便是诗。诗中的爱心是博大的，它可以涵盖人类感情中的一切声音：痛苦、欢乐、悲伤、忧愁、愤怒，甚至迷惘……唯一无法容纳的，是虚伪。好诗的标准，最重要的一条，应该是能够拨动读者的心弦。在浩瀚的心灵海洋中引不起一星半滴共鸣的自我激动，恐怕不会有生命力。"年轻时代的思索，现在回想起来，仍然可以重申。

感谢斯梅德雷沃诗歌节评委，给了我这么高的荣誉。这是对我的诗歌创作的褒奖，也是对中国当代诗歌的肯定。感谢德拉根·德拉格耶洛维奇先生，把我的诗歌翻译成塞尔维亚语，没有他创造性的劳动，我在塞尔维亚永远只是一个遥远的陌生人。

中国有五千年的诗歌传统，我们的祖先创造的诗词，是人类文学的瑰宝。中国当代诗歌，是中国诗歌传统在新时代的延续。在中国，写诗的人不计其数，有众多优秀的诗人，很多人比我更出色。我的诗只是中国诗歌长河中的一滴水，一朵浪花。希望将来有更多的翻译家把中国的诗歌翻译介绍给世界。

谢谢塞尔维亚，谢谢斯梅德雷沃，谢谢在座的每一位诗人。

这是我的肺腑之言。

把我的诗集翻译成塞尔维亚语的德拉根·德拉格耶洛维奇是著名的诗人，他上台介绍了我的经历和诗歌。听不懂他的塞尔维亚语，但知道他说些什么，这是他为我的诗集写的前言中那些睿智的议论。在这本双语诗集中，他的前言已经被翻译成中文。他的发言中有这样的话："人类几千年的诗歌体验已经证实：简练的语言，丰富的想象，深远的寓意是诗歌的理想境界，永远不会过时。"

颁奖会的高潮，是诗歌朗诵。我站在台上，在灯光的照耀下，用我亲爱的母语慢慢地读自己的诗，我知道，今晚的听者大多不懂中文。但我看到台下无数眼睛在闪光，一片静寂。我的声音在静寂中回荡。其中一首诗的题目是《古老的，永恒的……》，这是我年轻时代对自然之美的向往。时过三十多年，这些文字还能拨动人心，而且是在远离故乡万里之外的异域。

掌声很热烈，持续得也很久。我想，这是礼节性的掌声，在这说着完全不同语言的遥远异乡，谁能听懂我的诗呢。当然，随后有人用塞尔维亚文和英文朗诵，朗诵者是这里的著名演员，我不认识。我的诗，变成了完全陌生的语音和旋律，重新在静寂中回旋……

诗歌毕竟不是音乐，还是会有语言的障碍。尽管我看到听众脸上的陶醉，但我相信，他们只是借景抒情，只是在联想，在陌生的旋律中，回忆着自己的梦。

典礼结束走出会场时，被当地的年轻人包围，他们拿着我的诗集要求签名，合影。一位满头银发的老太太走到我身边，喃喃地说了一番话。翻译告诉我，她说她被你的诗歌深深感动，她衷心祝贺你。一位来自塞浦路斯的诗人走过来拥抱我，说今夜是中国诗人的夜晚，是你的夜晚。

在会场大门口，一个姑娘从后面走上来，把一个手提袋送到我手中，她羞涩地笑着说："祝贺你，这是我的一点点心意。"说完，转身离去。手提袋里，是一束鲜花，一瓶红葡萄酒，还有一块巧克力。里面放着一张小纸条，上面写着："谢谢您，给我们一个如此美好的夜晚！"

举头仰望，一轮皓月当空。万里之外的故乡，也应该是这样的明月照人吧。

以为一切都已过去，没想到诗的余韵竟袅袅不绝。

第二天早晨，在街上散步，经过一家超市，一位中年妇女从超市里出来，手里提着装满食品的袋子。看到我时，她惊喜地喊了一声，走到我面前停下来，面带微笑，叽里咕噜说一大段话。陪我散步的德拉根用英文告诉我："她说，昨天晚上，她在电视里看到颁奖仪式了，她很喜欢你用中文朗诵的诗，尽管听不懂，但是她觉得非常优美，非常动人，她很感动。她祝贺你得到金钥匙奖。"

在酒店午餐时，那位年轻的领班走过来，向我鞠了个躬，笑着称我"诗人先生"，并祝贺我获得金钥匙奖。他向我索要诗集，他从新闻里获悉我被翻译成塞语的诗集已经出版。他说：我喜欢诗，很想读你的诗集。我送了一本诗集给他，他凝视着封面上涌动的海涛，惊喜的目光中闪动着蓝色的波影。

接送我们的汽车司机，一个高大英俊的中年汉子，每次见面，只是微笑。颁奖典礼之后，他看到我笑着喊道："Champion，Champion

（英文：冠军）！”他用手比划着告诉我：这几天塞尔维亚网球选手德约科维奇在上海赢得了网球冠军，而你则在斯梅德雷沃赢得了诗歌冠军。他伸出大拇指上下挥舞着，不停地喊着“Champion”，就好像自己也得了大奖。他当然是好意，但这样的类比是滑稽的，很不恰当。我笑着告诉这位快活的司机：“写诗不是打网球，诗歌是没有冠军的。所有发自心灵的诗歌，都是好诗。”

这位快活的司机，载着我在塞尔维亚展开一场诗歌之旅。在幽静的古堡，在中学和大学，在国家电视台，国际书展，在塞尔维亚作家协会的厅堂，我和来自世界各地的诗人一起朗诵，不同的语言的诗歌，汇合成奇妙的河流……

在贝尔格莱德大学孔子学院，面对着一群热衷于中文的大学生，我的演讲和朗诵无须翻译，他们能听懂，并能用纯正的中文和我交流。一个亚麻色长发的姑娘对我说：我们特别高兴，今年是一个中国诗人获奖。她的话，引起全场的掌声。大学生们有很多问题：诗歌在当代中国的命运怎么样？你为什么写诗？“文革”对你的创作有什么影响？诗歌表达的内容和诗歌的形式，哪个更为重要……

我很难详尽地回答这些问题，我说：“答案可以从中国当代的诗中寻找。希望你们都成为翻译家，把优秀的中国诗歌翻译成塞尔维亚语。在中国和塞尔维亚之间，需要你们构架起诗的桥梁。”大学生们笑着用掌声给我回应。

在贝尔格莱德国际书展，我在缤纷的书廊中漫步时，突然有一个奇怪的声音从一个书柜下面传来。低头看去，是一辆特别低矮的轮椅，轮椅上坐着一个残疾妇女，她失去了双腿，看上去像一个侏儒。她抬头看着我，脸上含着微笑，手里拿着一本书，竟然是我那本刚出版的塞、中双语诗集《天上的船》。旁边有人用英文告诉我：她祝贺你获得金钥匙诗歌奖，想得到你的签名……

数不清多少次在这里签下自己的名字。在遥远的异乡，人们并不认识这几个汉字，只因为它们和一把诗的金钥匙连在了一起。

在斯梅德雷沃博物馆，我看到了那把金钥匙的原型。这是一把古老的铜钥匙，五百年前，曾经用它开启壁垒森严的斯梅德雷沃城堡。五百年的岁月，已经将它变成了一把锈迹斑驳的黑色钥匙，陈列在玻璃展柜中，黯然无光。我得到的那把金钥匙，形状大小和这把古老的铜钥匙完全一样，但它是新铸的，装在精致的羊皮盒中，光芒耀眼，象征着诗歌的荣耀。两把钥匙之间，有什么联系？是漫长曲折的岁月沧桑，还是陌生人类的交往融合？答案当然很简单，是诗，人类的优美诗歌，穿透了历史的幽暗，也开启着心灵的门窗。作为国际诗歌奖的斯梅德雷沃城堡金钥匙，应该是涵着这样的隐喻和意蕴吧。

2013 年 11 月 16 日于四步斋

文学之美

《上海文学》从创刊到现在，已经整整六十年。巴金先生在 1953 年创办了这个刊物，最初的刊名是《文艺月报》。创刊以来，她几乎是伴随着新中国的曲折脚步，一路探索，一路坎坷，一路激情挥洒，一路悲欢离合。回顾《上海文学》走过的道路，感受她的辉煌和荣耀，体味她的艰辛和甘苦，是一件令人感慨也让人深思的事情。

《上海文学》犹如一个舞台，六十年来，中国的几代作家在这个舞台上纷纷登场，他们发表在《上海文学》上的作品，在新中国的文学史上留下了深刻的印记。他们的喜怒哀乐，他们的憧憬梦幻，他们的惆怅和困惑，他们的才情和创造，都留在了已经泛黄的书页之中。展读这些保留着不同时代屐痕的文字，可以追溯流逝的时光，反思过去的历史，也可以重新燃起对文学的热爱和激情。优秀的文学作品，是它们所产生时代的情感、智慧和良心的结晶。发表在《上海文学》上的作品，很大一部分对此可以当之无愧。

六十年来，《上海文学》的命运和我们国家的风雨历程密切相连，她的辉煌，她的黯淡，她的跌宕沉浮，都和时代的变迁息息相关。《上海文学》创刊之初，新中国刚刚成立不久。我们可以在当时的刊物中看到作家们对新生活的向往和渴望，当时引人瞩目的作家，都在这里发表过新作。不少年轻的作家在这里发表了他们的成名作。《上海文学》上的一些短篇小说和诗歌散文成为那个时代的经典之作。在很多人心目中，《上海文学》是一个其他园地难以取代的文学花苑，是文学爱好者的精神家园。即便是在中断和沉寂的时候，《上海文学》一直没有被热爱文学的中国人淡忘。“文化大革命”结束后，一度停刊的《上海文学》重新开张，成为新时期中国文学的一个重镇。她以海纳百川的胸怀，向各种流派和风格的文学作品敞开了大门。中国的老、中、青三代作家在《上海文学》亮相，展示了他们曾经被压抑了的才华。新一代年轻的作家又从这里起步，走向更广阔的文坛。纵观《上海文学》的六十年历史，我们可以清晰地感受到社会的进步和人性的回归，高尚的文学理想在我们这片土地上永远不会消亡。

在我的办公室里，有几件东西值得一说。

一把旧椅子。它的年龄比我老，估计已近百年。这是一把有扶手的西式靠背椅，做工很考究，可以看作一件艺术品。从《上海文学》创刊以来，这把椅子就一直是编辑部的一部分。很多前辈在这把椅子上坐过，巴金，靳以，魏金枝，钟望阳，茹志鹃，李子云，周介人……多少人曾经坐在这把椅子读稿说话，已经无法考证。上世纪七十年代末，我还在大学读书，有一次收到编辑部的信，约我来《上海文学》谈稿子，是赵自先生坐在这把椅子上，他的亲切和威严，和这把椅子融合在一起，成为《上海文学》在我记忆中的一个征象。六十年来，一批又一批作家和编辑为《上海文学》殚精竭虑、呕心沥血，是他们用心血和智慧，铸造了这本刊物的品格。《上海文学》能在这大半个世纪中坚持文学理想，不断地创造辉煌的业绩，能在新中国的文学期刊中占据重要一席，和他们的无私奉献和创造性的编辑工作是分不开的。这把椅子，现在端放在我的办公室的窗前，是一件历史的纪念品，一座让人追溯远去时光的雕塑。几代《上海文学》编辑前赴后继的身影，迭现在这把椅子上，让后人肃然起敬。

这是钱谷融先生用毛笔题写的“文学是人学”五个字。十年前，本刊五十周年社庆时，我请钱先生为我们题辞，他说自己不擅用毛笔。我说，请你写五个字：“文学是人学”，这几个字，你怎么写都是最好的。钱先生年轻时代写的《文学是人学》，道出了文学的真谛，他因此被批判了很久，历经人间沧桑。也正是这篇文章，如同灯塔，暴风骤雨和冰雪雷电，都未能熄灭它的光焰。文学是人学，这已是公认的文学创作之至真原理，所有的文学作品，都是对人性的探索，对人间万象的展示。钱先生答应了我，并寄来了这幅题字。他用毛笔在宣纸上写了五个两寸见方的字，写得工整端庄，很有派头，题辞下面签了名字，却没有钤印。我后来请一位篆刻家为钱先生刻了一方印，在题字上补钤之后，将印章送给了钱先生。在我的办公桌前，抬头就能看到钱先生的题字，“文学是人学”，这是前辈真诚的引领，也是一个永久的提醒。

这是著名女书法家周慧珺的作品，写的是四个大字“海纳百川”。周慧珺先生是我的老朋友，也是《上海文学》热心的支持者。现在的《上海文学》封面，是她十年前为我们书写的刊名，已经成为我们刊物的标志。“海纳百川”，是《上海文学》追求的一种胸怀和品格，我们接纳各种风格不同的作品，不管是奇花异卉还是杂树野草，只要是独特自由的美妙生灵，都可以在我们的园地中生长绽放。在庆祝刊物六十岁生日的时候，我们编选了一本《上海文学》插图画册，举办了一次插图画展，我又请周慧珺为画册和画展题写了名字：“文学之美”。这十多年来，《上海文学》每一期都约请画家画插图。国内的很多美术名家加入到文学插图的阵营中来，其中有国家画，油画家，也有水彩画家。为文学作品画插图，不是一件简单容易的事情，画家们事先必须仔细阅读需要插图的文字，对作品作出自己的解读，然后再以自己的风格创作插图，虽只是小幅作品，却都是精心构思，将文学作品描绘的情境生动展现在画面之中。他们以绘画的魅力，展示了文学之美。这些插图，对一本纯文学刊物，既是雪中送炭，也是锦上添花。文学和绘画的结合，成为我们的刊物的一种风格。周慧珺题写的“海纳百川”和“文学之美”，也可以看作是朋友们对《上海文学》的勉励。

在《上海文学》创刊六十周年的时候，我和编辑部的全体同仁，心里怀着感恩之情。感恩我们的前辈，几代《上海文学》的编辑，是他们前赴后继，铸造了这本刊物的精神和品格；感恩我们的作者，六十年来，是全国乃至世界各地的作家，以优秀的作品支援我们，使我们的刊物保持着清新和活力，始终站在文学的前沿，向世人展示中国文学的新貌；感恩社会各界对我们的帮助和支援，我们和所有纯文学刊物一样，在这些年中经历过世态炎凉，然而不管是热还是冷，总是有人向我们伸出援手，让我们在最困难的时候也不感觉孤独，始终保持着文学的尊严。当然，也感恩我们的读者，六十年来，不离不弃，来自读者的赞许，是对我们最大的鼓励，也让我们看到了我们坚持和坚守的价值。如果没有大家对《上海文学》的贡献、支援和帮助，这里只能是一片荒芜和寂寥。

前几天，我在编辑部说，我们刊物年过花甲了。年轻的编辑对我的话很不以为然，他们说：花甲之年，在人们的印象中是对老人的称呼，《上海文学》不老迈，我们还很年轻。年轻人这样评价我们这本刊物，我深感欣慰。对一本文学刊物来说，六十年的历史不算太短，然而文学的理想和精神是不会随时光老去的。六十岁的《上海文学》仍然应该是一本拥有年轻心态的杂志。面对着前人的业绩，我们会经常思考：在未来的岁月中，如何继续发扬《上海文学》的优良传统，不媚俗，不随波逐流，如何锐意进取，探索创新，使她保持着勃勃生机，保持着年轻活力，从而无愧于前人，也无愧于我们所处的时代。这是一个义无反顾的崇高目标，我们当为此竭尽全力。

这一期刊物，是新一年的开张。读者可以看到我们公布的《上海文学》获奖名单。这些获奖作品，是从前三年本刊发表文章中评选出来的佳作。《上海文学》奖从八十年代开始，已经评了十届，作家和读者看重这个奖，是因为这个奖是和很多优秀的作家和作品连在一起的。衷心祝贺获奖者。这期刊物开头，我们发表了十位作家的短文，这是他们为祝贺本刊六十周年社庆而作，老、中、青三代作家，真情叙写了他们和《上海文学》的交往以及对本刊的期冀，让人感动。这期刊物中，有很多值得一读的新作，在此不一一例举。王蒙先生今年在这里开设专栏“王蒙说”，相信会成为读者期待的专栏。王蒙先生是《上海文学》的老朋友，他以《说给青年同行》作为栏目的开篇，这是他和青年作家一次推心置腹的长谈，他以自己的真挚和智慧，对文学的历史和现状作了独到的分析，对年轻一代是难得的启迪。文章结尾处，王蒙先生以他独有的幽默挑战年轻人：“我还要与你们在文学的劳作上，在作品的质与量上，展开友好比赛！”希望年轻的作家们响应前辈的呼唤，《上海文学》将为这种“友好比赛”提供自由开放的舞台。

2013 年 12 月 15 日于四步斋